鳥獣戯画
我が人生最悪の時

isozaki ken'ichirō
磯﨑憲一郎

講談社文芸文庫

目次

鳥獣戯画

凡庸さは金になる

凡庸さは金になる。それがいけない、何とかそれを変えてやりたいと思い悩みながら、何世紀もの時間が無駄に過ぎてしまった。休日に町に出ても、目に入ってくるのは赤と緑で縁取《ふちど》られたポスターばかりで、通行人は何が書いてあるわけでもないその紙の前でいちいち立ち止まり、隅から隅まで舐め回すように見入っている、ポスター同士を見比べている。人間の関心を惹く物であるならばどこかしらそれは、金の匂いがするのに違いない、彼ら彼女らは一生の内でたった一度か、二度しか割り当てられていないなけなしの運を、金と引き換えに、今ここで使ってしまおうか、どうしようかと思案している。すると一人の男が意を決して、あり金ぜんぶを窓口の女に渡してしまった、紺色の制服の女は、男がほとんど一生を費やして、それこそ地べたを這い、泥水を啜るような思いをしながら貯えてきた金とはとても見合わない、薄幸そうな瘦せた三十絡みの女だった。女は無造作に男の金を機械に投げ込んだがその瞬間の、破顔といってもよいような男の晴れ晴れとした笑みは、傍にいた他人の私をさえも愉快な気持ちにさせた。とりあえず手元に金さえなくれば、人間は解放されるものなのだな、思い煩《わずら》う理由もなくなるのだな、しかし彼ら彼女らにも、そして同様に金にも、もはや関わってなどはいられない、今も大して変わらないといえば変わらないのだが、その頃の私は愚かさに対する怒りで身も焼き尽くさんばかりだった、怒りの昂ぶりのあまり何度も夜中に目を覚ますほどだった。私は道を急いだ、ある人と待ち合わせをしていたのだ。ある人というのは高校時代からの古い女友達だったが、二十八年間の会社員生活を終えた、ようやく晴れて自由の身となったその第一日目に会う相手としてもっとも相応しいのはその女友達であるように、私には思えたのだ。

喫茶店のドアが開くと、黒服の店員は訳知り顔で頷きながら、奥のテーブルへと私を招き入れる仕草をした、だがその席には誰も座っておらず、飲みかけのコーヒーが置いてあるわけでも、女性物の上着が椅子の背に掛かっているわけでもなかった。理由はわからないがなぜだか私は、先にこの喫茶店に到着した女友達が小さく右手を振りながら、怒りで顔を真っ赤に染めている中年男を思わずうつむかせ、自らを恥じ入らせる、涼しげで軽やかな微笑みでもって待ち受けてくれるものだとばかり思い込んでいた。しかしそんな期待は期待のままで捨て置かれ、無言の私は芯を抜き取られた腰砕けで、力なく椅子に座り込んだ。店内にはパブロ・カザルスでも、ロストロポーヴィチでもない、聴いたことのないチェロの独奏が流れていた、周りはまたしても金儲けにしか興味のない救い難い年寄りばかりだったが、まるで互いに競い合うかのような大声で喋り続けるその会話を聞くともなしに聞いてしまうと、年寄りは女も男もみな例外なく、大病を患って手術をしてようやく最近退院したばかりなのだそうだ。死の淵から舞い戻った人々が再び金に執着する、その意味するところは、貯えがあったお陰で名医を紹介され良い治療を受けることができた、だからつまりは地獄の沙汰も金次第ということなのか、いやいや、金ではどうにも変えようがないことがあるからこそ、奴らは金輪際地獄から抜け出せないのではないか。待ち人が到着するまでの時間を私は耐えた、怒りと苛立ちで蒸発して消え去ってしまいそうになるところを、ただこの店のコーヒーの旨さに救われていた、ミルクを少量、砂糖をたっぷりと入れたコーヒーの熱と甘味が身体の隅々まで、それこそ頭のてっぺんから鳩尾《みぞおち》の奥深くを通り、両手両足の指先へと染み渡っていくように思われた。ここは都心の一等地に一軒だけ奇跡的に残った昭和の喫茶店だった、白塗りの壁は煤《すす》で汚れ、杉材の柱も黒い光沢に覆われている、薄い、しかししっかりとした一枚板を使ったテーブルと椅子は細かな傷だらけで、交互に組み合わされた寄せ木の床も靴跡と油で黒ずんでいる、古い暖炉には本物の薪が焼《く》べてある、季節は春だったが、まだコートの手放せない気温の低い日が続いていた。

読みかけの本ならば鞄の中にあるが、こんな環境ではどうせ一行たりとも頭の中に入ってきやしない、仕方なくテーブルの上の一点を凝視し続けていた私が、逆にじっと自分に注がれている視線を感じて恐る恐る顔を上げると、目の前には一人の、若い、背の高い、美しい女が立っていた。「先日のテレビ番組、拝見しました」年初に出した長編小説のプロモーションの一環で、私はある有名建築家と対談していた。本来なら接点など持ち得るはずのない彼とは、今から五年前、私が勤務していた会社での講演を依頼したことが縁で知り合った、向こうとしても会社員でありながら小説なんて書いている変わった人間に興味を持ってくれたこともあるのだろうが、単なる同世代というだけでは済まない、生まれた年も、しかも誕生月までが一緒という不思議な符合があることが分かった。ということは彼と私は、同じ年に大学を卒業して実社会で働き始めた、にもかかわらず、彼の方は二十代の半ばに設計した小樽の駅舎が建築学会賞を受けて以降、北海道の地域活性化検討会議のメンバーも務める、イタリアやデンマークからも仕事の依頼が来る、有望な若手建築家としてしばしばメディアにも取り上げられてきた、しかし彼の名前が一般にも広く知られるようになったのは、当時人気絶頂だった女性歌手のCDジャケットのデザインをたまたま引き受けたことによってなのだから、今だに経歴紹介文では必ずそのCDジャケットに触れられてしまうことまで含めて、彼としてはじつは不本意なのかもしれない、片や私はといえば、バブル期入社のサラリーマンの多くがそうであったように、残業と夜通し続く接待の日々に心身を消耗させるばかりだったのだから、むしろ共通点なんてないに等しい、ほとんど対照的な青年期を過ごしたのだ、ともいえる。彼の自宅は、私が住んでいるのと同じ、世田谷区内にあった。年に一度か二度ではあったが、彼の家の近くで昼食を共にし、それからさらに喫茶店に移って午後の遅い時間までずるずると話し込んだこともあった。お互い意識的にだとは思うが仕事の話は避けていた、思春期に夢中になった音楽だとか、今では廃刊になってしまった雑誌だとか、跡形もなく取り壊された渋谷や池袋の商業施設だとか、そんな昔話で盛り上がることが多かったように思う、その日の朝刊のコラムの揚げ足取りや、家族に対する愚痴のような他愛もない話が、流れによっては、最近秘かに付き合い始めた女性といったかなり際どい領域にまで及ぶことだってあったのだが、要するにそういった話題の一つ一つが、自分たちが着実に老いつつあることの再確認にもなっていたのだろう、私は白髪は増えるに任せておいたが、建築家は恐らく、不自然にならない程度に髪を染めていた。

そう考えてみると私の知っている建築家は、拍子抜けするほどまっとうな人物だった、待ち合わせ時間に遅刻することなどけっしてなかったし、それどころか一度などは、既に小一時間その席でくつろいでいたかのような風で待ち合わせ場所に到着した私を迎えたこともあった、慌てた私は、約束した時間を間違えてはいまいか確認せねばならなかったぐらいだった、食事代を私が支払ったらそのことは忘れずに憶えていて次の回は必ず支払ってくれたし、プライベートの場ではあっても靴を脱ぐような下品な振る舞いはぜったいにしなかった、私は彼に、大企業の内部で信頼を勝ち得て出世していくタイプと同じ匂いを嗅ぎ取っていたような気がする、だからこそ私としても身構えることなく安堵して、彼のような有名人と付き合うことができていたのだろう。ＮＨＫの深夜番組に出演することが決まったとき、担当編集者は対談相手として建築家の名前を挙げてきた、正直なところ私はその案に乗り気にはなれなかった、プライベートの関係をこういう機会に利用することにも気が引けた、収録が一週間後と急だったので、多忙な人にはそれはさすがに失礼だろう、ところが建築家はこの話を受けてきた、知名度から考えても番組の主役は彼に譲らざるを得なかったが、それでも私の新刊のプロモーションという目的はじゅうぶんに達せられるはずだった。収録当日は空の青味が強すぎて薄暗く感じられるほどの冬晴れだった、なのに去年はどうしてあんなに毎週毎週大雪が降ったのか！　それもよりによって長女の大学入学試験日に狙いを定めるようにして！　自転車のハンドルに取り付けた座席にまだ幼かった長女を乗せて、行き先もなくただ近所を走り回った昔を思い出して、感傷にのみ込まれそうになるのを私は必死に堪《こら》えた。深夜番組の収録なんて、どうせ会議室のような場所で簡単に済ませてしまうのだろうと思っていたところが、案内されたのは空き倉庫を改装した広いスタジオで、暗幕を張った黒い背景の中央に建築家と私の二人だけで座らされた、ライトを浴びると周りは何も見えなくなった。「一九八〇年代という時代は、その頃流行っていたファッションにしても、美術にしても、音楽ビデオにしても、今見たら物凄く恥ずかしいものなのだけれど、当時その内部にいた作り手側の人間もそれが恥ずかしいと分かっていながら、後々取り返しのつかない酷いことになると気づいていながら、それでもそこから抜け出せなかった、ひたすら恥ずかしいものを作り続けてしまった、そこが罪深いのだと思います」「日本人は、とか、愛知県民は、とか、団塊の世代は、とか、何百人、何千人もいる大学とか企業をあたかも一つの人格であるかのように括ってしまう暴力的な言説も同じなのですが、そういうのは全て、冗談として聞き流すしかないですね、そこでいちいち突っ掛かっていたら現実の会話なんて成り立たなくなってしまうから」「建築家の仕事というのは、一度作品が完成したが最後、自分の残りの人生を通じてのみならず、死後の何十年、何百年にも亘って、その作品が不特定多数の人目に晒され続けることが前提なのです、そんな恐ろしい仕事は他にはないように思います」恐らくそうなのではないかという予感はしていたのだが、公の場でも建築家は普段と変わらずにいてくれた、話す内容が、ということではない、そういう部分は彼はそつがなかった、テレビの対談用に適度に意外性のある話題をいくつか用意してきていた、発言を受け渡す間合いとか、無言で頷く仕草とか、視線の投げ方とか、ときおり差し挟む一瞬の笑みとか、発話そのものよりも大事なそういった場を支配する技術において、建築家は普段と何ら変わるところはなかった、そしてじっさい私は私で、安心して彼の誘導に我が身を委ねることができたのだ。「職業というのはもちろん、学校を卒業して実社会に出るに当たって個々人が自らの意思で選択する決まりにはなっているのですが、しかしその分野で成功して、歴史の一部分となるような仕事を成し遂げた人というのは、野球選手にしろ、芸術家にしろ、実業家にしろ、じっさいにはむしろ職業の側から選ばれた人です、職業が自分を見つめて選んでくれようとしているのに、それに気づいているのかいないのか、たいていの人はそっぽを向いてそこから逃げ去ってしまう」「だからやはり偶然とか運というのは、世の中一般で何となく大事だと考えられているのよりも、本当はその何千倍も、何万倍も大事なのでしょうね、大事過ぎて、我々人間の小さな手にはとても負えない、運気を引き寄せようなどと願うのはもってのほかです、人間は自分たちの身の丈に合った、もっとささやかな願いを持たなければならない、そのささやかな願いですらも、叶うかどうかは運次第なのだから」思い返せば確かにそうなのだ、彼のような人物に導かれながら、私たちは今までの半生を生きてきてしまった、無理解で横暴な年長者と対峙せねばならない場面でも、彼のような人物が矢面に立って、同年代の私たちを守ってくれるものだと信じて疑わなかった、仮にじっさいにはそれが、彼がいうような冗談だったのだとしても、単なる商売だったのだとしても、彼と同時代を生きたことを誇りに思いながら私たちは老いていくのだろう、刷り込まれてしまった全幅の信頼はもはや死ぬまで揺らぐことなどないのだろう。「気づくのが遅すぎた、取り戻すことなど叶わないこの年齢になるまでの時間を思うと、頭を掻きむしりたくもなるのですが、勝敗を決するのは練習量でも、経験でもなく、コンディショニングなのですね、私たちは生きている限り肉体の指示を受け続ける、徹底的に受身の存在なのだから、人生を通じて肉体のコンディションに振り回され続けているわけです、良い結果を残そうと思ったら肉体を良い状態に保っておくことこそが全てなのだといっても、けっしていい過ぎではない」「そういう意味でも、私が一番気を遣っているのは睡眠ですね、怒りのあまり寝つけなかったり、夜中に何度も目覚めてしまった後で迎える朝は、今日という失われた一日を生きねばならないことが確信されて、それこそ絶望的な気持ちになります」そこで私は思わず、ええっ！　と声を上げそうになるほど驚いたのだが、建築家は酔っ払っていた、その瞬間まで気がつかなかった私もライトの眩しさと熱にやられてやはりどうかしていたのかもしれないが、充血した左目、まだらな朱色に染まった首筋、声をあげて笑った瞬間に吐き出された息にも恐らくワインか発泡酒だろう、軽く一杯という程度では済まない、かなり強いアルコール臭が混ざっていた、集合時間は午後の二時だったのだから、彼は番組の収録前に昼から酒を飲んでいたことになる、私は下戸なのでよほどの必要に迫られない限り酒など口にしないが、このときばかりは目の前に座るこの対談相手に猛烈な羨ましさを感じた、緊張と怯懦《きょうだ》の中で私たちが浪費してしまった何十年間かを、いや、近代資本主義が成立して以降の何世紀かを、この男はこんなにゆるゆると奔放に、自分を甘やかしながら生きてきたわけだ、酔って仕事場に現れても誰からも文句などいわれない、周囲から大目に見られるのが彼にとっては当然なのだ。私はほとんど嫉妬すら感じていたのだと思う、しかしそれも一瞬のことで、それから以降はむしろ、もしかしたら私が生きたかもしれない、生きねばならなかったかもしれない、業を背負った、欲深い人生を同じ年の、同じ月に生まれたこの友人が、私の代わりに生きてくれたことに対して深い感謝の念を抱いたぐらいなのだ。

建築家は酔いも手伝ったのだろう、饒舌に喋り続けた、対談の終わりに私は、良い物を作ってさえいればいつかきっと受け容れられる、売れるようになると信じることができたのはいつの時代までだったのか？　そんな意味の質問をしたのだと思う、それには彼ははっきりとは答えなかった、面倒臭そうに私を睨み返し、聞き取れない単語を一つ二つ発しながら口籠《くちご》ってしまったのだが、放送でもその部分はカットされていた。「先日のテレビ番組、拝見しました」長身の美人の瞳は何かを問うているかのように大きく見開かれ、頰はしっかりとしたピンク色、潤んだ唇は光沢が不自然に強過ぎる、滑らかに梳かされた栗色の髪が胸の膨らむ手前まで落ちたところで内向きに螺旋を描いている、鳩尾の部分にだけアーガイル柄の入った紺色の薄手のセーターは上半身の線をくっきりと浮かび上がらせ、ライトグレーの短いスカートの下にはここだけは野暮ったく見える黒いタイツが、細く長い脚を包んでいる。年に一度か二度ほど起きる、駅の構内や路上でとつぜん見知らぬ読者から話しかけられるときの不意を突かれた戸惑いは、このときの私にはなかった、そんな猶予すら与えぬぐらい彼女は馴れ馴れしかった、もしくは自信に満ち満ちていた、そして了解も得ぬまま私の向かいの高校時代の女友達が座るはずの席に腰を下ろしてしまったのだが、じっさいにはいくら何でもさすがに彼女だって、その前に自らの名前ぐらいは名乗っていたはずだ、それは映画やテレビのドラマでときどき耳にする女優の名前だった。容姿の若さから私は、その女優はまだ二十代の半ばなのだと思い込んでいたのだが、じつは今年で三十歳になることが分かった、それればかりか、最近離婚して実家に戻ったことまで、初対面の男に彼女はあっさりと教えてしまうのだ。「驚いたことに、相手が同性愛者だったんです」他人事でも語るかのように、彼女は声をあげて笑った。これが笑える話だろうか？　いや、それより何より、そんな立ち入った身の上話を聞かされているというのに、私たち二人が出会ってからはまだほんの十分か、せいぜい十五分しか経っていない、どう考えてもこの展開は危険だった、この女も危険だった、私を陥れようとして仕組まれた罠としか思えなかった、もしそうでないとしたら彼女はただ単に、こちらを絶句させるほど開けっ広げで無防備としか思えなかった、今、すぐ次の瞬間にもこの場に女友達が現れたら、私はどう言い訳する積もりなのだろう？　浮気現場を家族に見つかった亭主でもないのだから、言い訳などする必要はないのか？　書き出そうと思えばノートに書き出すことさえできるほど、自分が今置かれている状況は把握できていたというのに、やはり溜まりに溜まった怒りの感情が私の肉体を変えてしまっていた、額から両目の周りに身体じゅうの血液が集まって、まっとうな判断力を奪っていた、心拍数が高まっているのが分かった、そして思考の中でわざわざ声色《こわいろ》を変えまでして、自分自身に命令を下していたのだ……ようやく晴れて自由の身となったというのに、冒険をしないでどうする！　危険な隘路《あいろ》に敢えて踏み込まないでどうする！　いろいろと御託を並べながらけっきょくの目的は金儲けでしかない、老人たちやあの建築家みたいな人間と一緒にされてなどたまるものか！　どうせ振り回されるのならば、俺はもっと別の摂理に振り回されてやる！　だが後から振り返ってみると、怒りが変えようとしていたのは肉体ではなく、むしろ残りの私の人生だったのだろう、起こるべきことは起こらず、起こるはずのないことだけが起きた、出会った一番最初から私は、女優の彫像めいた背の高さにすっかり魅せられていた、そしてじっさい自分でも信じがたいことに、彼女と京都で落ち合う約束までしてしまったのだ。

美人

まださして長くもない小説家としてのキャリアの中で、幸いにして七冊の単行本を刊行することができた、小説中の登場人物が京都の町を訪れる場面は、今まで少なくとも四回は書いているはずなのだが、じつをいうと作者である私が京都を訪れたことがあるのは高校時代の修学旅行のときのたった一度だけだ。いや、会社員になって五年目の夏にも一度、取引先のカナダ人夫妻を祇園祭に案内したことがある、それは会社員生活二十八年間でもっとも屈辱的な、徹底的に悪意に打ちのめされた記憶として、これからも私の中に留まり続けるだろう。三条大橋近くのビジネスホテルにチェックインしてから、女優が出演する芝居が始まるまでの時間を、私は鴨川沿いの遊歩道を散歩することにした、五月の連休明けの、紫がかった薄日の射す夕方だった。堰にかかる水の音が街中《まちなか》の騒音を消してくれていた、対岸の石畳にちょくせつ腰を下ろす、濃紺のだぼだぼの背広に白いワイシャツの若い会社員と、黒い髪を一つに結び、グレーのベストに同色のスカートの事務員のカップルが、東京にはもうこんな人々は一人も存在しない、昭和時代の生き残りのように見えて仕方がなかった、私の長女と同い歳ぐらいであろう大学生が二人、キャッチボールをしていた、野鳥のような甲高い鳴き声をあげながら硬式テニス用の蛍光色のボールが私の頭上を往復した。右手に杖をついた、額だけが禿げ上がり、白髪《はくはつ》は長く両耳に被さるほどに伸びた小柄な老人からすれ違いざま、声をかけられた。「わざわざこんな遠くまで、良く来てくれましたね。ご苦労様です」老人は優しく微笑んでいた、私も反射的に会釈をしてしまったが、私の本の読者ではないことは分かった、ならば会社員時代に仕事上の接点があった人物なのか？　取引先のキーパーソンたちの顔と名前を、私はまったく憶えることができなかった、名刺交換をしたそばから、それこそ会ったほんの一、二時間後にはこの役職の、この名前の人物がどんな髪型をしていたのか、眼鏡はかけていたか、それとも裸眼だったのか、ネクタイの柄、背広の色、革靴の大きさと形、痩せ型か肥満か、長身かチビか、それらをことごとく忘れてしまっていた、そのあまりの記憶への未練のなさは自分でも腹立たしいほどだった。どうして今更こんな脚本が書かれ、資金と時間と労力が集められ、じっさいに上演までされてしまったのだろう？　もちろん世の中には、特に今の日本にはそういう需要があるからに決まっている、女優の主演した芝居は小声でそう呟かざるを得ない残念なものだったのだが、劇中でただ一人、漁業協同組合の青年役を演じた俳優にだけは、私は感心させられてしまった。身長はさほど低くはないが高くもない、小太り、四角い黒縁眼鏡をかけて、縮れ毛のもみあげを顎に届くまで伸ばしている、額から落ちる汗を首にかけた赤いタオルで絶えず拭っている、場をわきまえない大声で下品に笑いながらヒロインの肩を思い切り強く叩き励ます、彼がいることによってその場の空気には夕飯のおかずの煮魚の匂いが混じる、するとどんなに深刻に見えた問題であっても、今日何としても解決せねばならぬ理由などじつはどこにもないのだと皆が気づかされる、彼はそういう男だった。会社員時代の取引先のキーパーソンたちとは大違いだ、長編映画の中でほんの一瞬だけ登場する脇役だったとしても、私はぜったいにこの俳優を見逃さない自信がある、これが単なる役作りに過ぎず、じっさいの彼が伏し目勝ちで口数の少ない、相《あい》席《せき》になったらこちらから話題を繰り出し続けなければならないような男だったりしたらがっかりだが、そんなことはまずあり得ない、生身の彼が劇中の役になど収まり切るわけがないのだ。するとそこで私は、ならば逆もまた真のはずだと閃《ひらめ》いた……夕方の鴨川べりですれ違った白髪の老人は、あれは俺の書いた小説中の登場人物だったのではないか？

先斗町《ぽんとちょう》の路地の奥まった場所にある湯葉料理の店を女優が予約してくれていた、約束の時間よりも十分ほど早く到着したというのに、舞台を終えたばかりの彼女はもうそこで待っていた、座敷に一人座っていた、前時代的に上下関係の厳しい芸能の世界ではそういう風にしつけられているのかもしれないという考えが過《よぎ》ったら、これはたぶん子を持つ親としてのありふれた感情なのだろうが、彼女が哀れに思えた。白熱灯が肌色の漆喰の壁に反射して、部屋ぜんたいが橙色がかっていた、真夏に着るようなノースリーブの白いワンピースの女優は、東京で会ったときに比べてずいぶん幼く見えたが、我ながら情けないと思いつつも、ついさっきまで舞台の上で衆目を浴びていたヒロインと、今こうして狭い部屋で、二人だけで向かい合って言葉を交わすことができる喜びというよりはむしろ優越感には、まるで夢の中の出来事のように抗し難かった、それは芝居じたいはどうにもつまらなかったという感想すらどこかへ押し遣ってしまう、現実の肉体の存在感に私は今晩二度目の敗北を喫した、つまりはそういうことなのかもしれない。やはり彼女の瞳は相手に深い感謝の念を抱いているかのような錯覚を与えるほどに大きく、念入りに梳かされた茶色の髪から続く、胸元にくっきりと浮き出た鎖骨は筆記体のアルファベットで書かれた頭文字のようでもあった、剝き出しの丸い両肩はこの部屋を満たしているのと同じ、橙色がかった光を放っていた。じっさいのところ彼女は美しい、その美しさ以外には何一つ魅力のない女だった、毎朝八時半には出社する会社員の生活を続けながら、いったいどうやって執筆の時間を捻出していたのか？　小説の下書きはするのか？　するのであればそれは原稿用紙にするのか、それとも手帳に鉛筆で書き留めるのか？　あなたの髪は癖毛なのか、それともパーマなのか？　美容院には毎月いくら払って、どんな整髪剤をつかっているのか？　今まで私が何百回も受けてきたそういった下らない質問を、彼女はいっさい私にして来なかった、だから誤解のないようにこれだけははっきりいっておきたいのだが、彼女は十分に聡明ではあったのだ、恐らく生得的にだと思うが、奴隷の思考から逃れる術を知っていた。そう前置きしたとしてもしかし、ただその人が美人であるというだけで、男たちはどうして彼女の発する一語一語に真剣に聞き入り、論理の破綻をたやすく乗り越え、うんうんと頷いてしまうのか！　どうせ記憶になど残らないことが予見されていながら、夜を徹して続く冗長な語りを、どうして受け容れることができるのか！　そもそも私たちは、目の前に座る相手が話す言葉を確かに聞いていたなどと、胸を張っていい切れるものなのだろうか？

日航ジャンボ機墜落事故で日本じゅうが騒然としていた一九八五年の夏、埼玉県深谷市で彼女は生まれた、両親は最初、藍《あい》という名前を考えたが、画数が良くなかったため葵《あおい》と名付けることにした、父親は損害保険会社の社員だったために二年ごとに転勤を繰り返した、それに伴い家族も国内を転々と引っ越したのだが、彼女が小学四年に上がった春に川崎市に住むようになってから以降、母娘はその地に留まり、父親だけが単身赴任をするようになった。二歳までしか住んでいなかった深谷の記憶はとうぜん残っていないが、しかしときおり断片的に、彼女にもそれが自らの本当の記憶なのかどうかも定かではない、引っ越しを繰り返していた子供時代の視覚がよみがえることがある、砂利道の隙間に枯れ草と若葉がまばらに混ざる、季節が春になって間もない畦道《あぜみち》を彼女が首をうなだれながら、不機嫌そうに両手をスカートのポケットに突っ込んだまま歩いている、スカートの下には毛玉のいっぱい付いた厚手の白いタイツを穿いている、周囲にはただ黒いばかりの掘り返された畑が広がっている。振り返れば遥か遠くに、まだ歩くことのできない妹を抱いた母親が立ち止まって、こちらに向かって微笑んでいるのが見える、いや、じっさいには彼女の後を追って歩いてきているのだが、その歩みののろさが彼女を苛立たせた、どうにも許せなかった、それ以前にもっと別の、彼女を苛立たせる理由もあったはずなのだが、その理由を思い出すことはもはやできなかった。あたかも怒りに対するなぐさめのように、枯れ草の上に一枚のカラスの羽が落ちていた、羽弁《うべん》は黒というよりはほとんど紫色に近い、羽柄《うへい》はプラスチックめいた乳色だった、彼女はその羽を取り上げて、目の前でしげしげと観察してみたいという衝動に駆られた、同時にこれはもしかしたら自分を試すための罠かもしれない、という考えが過った、指先が羽に触れた瞬間、黒いマントを纏《まと》った男が現れて彼女にこう告げるのではないか。「欲しい物にすぐ手を出すようでは、欲しい物などけっきょく手には入らないのだぞ」彼女は両膝が固まったまま棒立ちになり、眉間にしわを寄せながら足下の黒い羽を見つめていたところが、いつの間にか追いついた母親があっさりとそれを拾い上げ、左腕に抱いた赤ん坊にまるで菓子でも与えるかのように手渡してしまった。彼女は自らの迷いを悔いた、思い悩むことによって失うものはあっても、得るものなどは何もないのだ、結果はどうあれ迷うより先に行動してさえしまえば、少なくとも不安な気持ちに留まらずには済む、悔いる前に足を一歩前に踏み出し、手を差し出してみることだ。しかしそんな自らに対する戒めの言葉をわざわざ引っ張り出す必要なんてないほど、物心が付いた時にはすでに彼女はじゅうぶんにせっかちだった、子供らしい穏やかさなどかけらもなかった、朝は家族の誰よりも早く目覚めて自分で焼いたトーストを食べてから一人で登校した、小学校の校庭ではやはり早起きの男の子が一人か二人、サッカーボールを蹴っていたが彼女は遊具で遊ぶわけでも、花壇の花に水をやるわけでもなく、教室の中を苛立たしげにぐるぐるとただ歩き回った、友人たちが席に着いて担任教師が朝礼を始めるまでにはまだ一時間以上もあったのだ。かといって授業が始まったら始まったで、答えはとっくに明かされているのに延々と回りくどい解説を繰り返す教師に対する彼女なりの不満の表明として、鉛筆の背でコツコツと机を叩き続けていたし、テストともなれば最初の五分で解答を書き終えてしまうのだが、問題文をろくに読んでもいないものだから半分以上は誤答だった。体育の授業で丸二ヵ月ミニバスケットボールの練習試合が続いたときには、勝負への拘りの強さに自分でもげんなりした、もうこの年頃には彼女はクラスでも飛び抜けて背が高く、彼女にボールが渡りさえすればつまらないぐらいあっさりとシュートを決めることができたのだが、もたもたしてボールを回してこない級友に対しては容赦なく罵声を浴びせた、彼女の怒った顔が怖くて泣き出してしまう男の子もいたぐらいだったが、もっとも彼女は彼女でしょっちゅうファウルを取られて、退場させられてしまうことも多かった、ダブルドリブルやトラベリングといった反則など、そもそも彼女は覚えていなかったのだ。図工の時間となれば色紙を丸めた輪をただ数珠状に繋げたものを手早く作って提出したし、リコーダーの課題曲も皆が互いの出方を窺《うかが》っているときに真っ先に手を上げて、『さようなら』という一番簡単な曲をとっとと演奏し終えてしまうのだった。

とうぜん成績もクラスで最下位だったが、そんな彼女でも何人か仲良くしてくれる友達はいた、子供が成長して思春期に入って、変わった人間を除け者にする陰湿さが芽生えるよりも前だったからかもしれない。それともこれは私の想像に過ぎないのだが、既にこの頃の彼女が美しかったからなのではないだろうか? たとえ子供といえども美人には弱い、授業中に不意に肩を突つかれて、振り向いたすぐそこに将来の美人が座っていたならば、男の子女の子の別なく思わず笑みがこぼれてしまうものなのではないか? 役にも立たないこんな授業など早く終えて休み時間に入って、可愛いこの子の肘を掴んで二人して階段を転がり落ちんばかりに駆け下りたい、そんな風に切望するものなのではないか? 友達二人に誘われて、彼女は横浜の水族館へ遊びに行くことになった、小学校卒業も間近い三月の日曜日のことだった、待ち合わせ場所の駅の改札に到着すると手を振る二人の友達の隣で、髭面《ひげづら》に黒縁眼鏡の中年男が彼女に向かって深々とお辞儀をした、友達の父親が付き添ってくれるのだとは分かったが、二人のどちらの父親なのかは説明がなかった、移動の車中では女の子三人、途切れることなくお喋りを続けたが、離れた席に一人座る髭面の男が目に入ってしまうと彼女は自分がこの数ヵ月、単身赴任中の父親を思い出しすらしていないことに驚かざるを得なかった、別所で暮らし始めてまだ一年足らずだというのに父親の顔を思い浮かべようとすると、どうしてなのか連続テレビドラマに出てくる俳優の顔と学校の教頭の顔が重なって、見上げる電車のつり革の向こう側に見えてしまうのだった。幼い頃の彼女はどちらかというと母親よりもむしろ父親になついていたのだ、泣き叫んで父親の外出に自分も付いていくと訴えたのは、ふだん母親は買うことを禁じている菓子を父親であれば買ってくれるからとか、貸しビデオ屋でアニメ映画のビデオを山ほど借りてくれるからという理由だけではなかったはずだ、確かに誰がどう見ても父親は幼い彼女を溺愛していたし、彼女は彼女で常に父親の姿を探し求めていた、しかし同時にこの愛情は、当事者二人の間で交わされた、世の中の愚かな決まり事から逃れるための密約でもあったのだ、いったん親馬鹿と見做されてさえしまえば、会合への誘いも礼を失することなく辞退できたし、無駄遣いもたいていは正当化できた、誰に邪魔されることもなく自宅のソファーの上で二人して寝転んだだらけた格好のまま、休日の午後を過ごすことができたのだ。そんな同志のような、共犯者のような関係だった二人だというのに、別々に住み始めてたったの一年で相手の顔すら思い出せなくなってしまう、お互いいなければいないで目下《もっか》の興味と心配事がその不在の穴埋めをしてくれる、ということは今では父親の方でも娘の顔など忘れてしまっているのではないだろうか？　まさかとは思うが、隠れてこっそりと別の家族と暮らし始めている、などということはないのだろうな？　被毛から水滴を垂らしたまま岩に這い上がっておどおどと周りを見回しているハイイロアザラシにしても、増えすぎてしまった自らの体重に復讐されているかのように動きの鈍いセイウチにしても、その日の彼女には動物たちはみな父親の不在を嘆いているように見えてならなかった、ホッキョクグマの黒い瞳と長く伸びる胴は、大きさこそ何十倍も違うが彼女が最近飼い始めた子犬を思い出させた、こんな場所に遊びに来ている暇があるのならば、犬を散歩に連れ出してやるべきだった、まったくこんなことでは飼い主としても失格だ。休日だというのに水族館は不思議なほど閑散としていた、無数の小魚の群れの周りを不気味に泳ぎ回るエイやサメが人気のはずの大水槽の前にも、彼女たちの他には一組の老夫婦が呆然と無言のまま立ち尽くすばかりだった、開館からまだ何年も経っていないというのに、稼ぎ時の休日にこんな客の入りで水族館は大丈夫なのかしら？　しかし人間の眼があろうとなかろうとそんなこととは関係なく、五万尾のイワシの群泳は文句無しに美しかった、一尾一尾の鱗が水槽内を照らすライトを銀色とピンク色とエメラルド色に反射させながら、全体は自ら意志を持って変形し続ける巨大な球体か、もしくは砂漠に突如立ち上る竜巻《のぼ》のようだった、ゆっくりと水面近くまで上昇して散り散りに消えてしまったかと思うと、銀色の光の柱は海底から再び現れた、過剰な美しさがゆえに手の込んだ作り物めいた印象さえ与えたが、これは紛れもなく自然界に存在するありふれた生き物の集合に過ぎなかった、ときおり群れから振り落とされてしまう小さな弱い魚も、生への執着を思わせる悲壮さで、意を決してもう一度大群泳へと合流していくのだ。もうあと二、三年経ってしまったら、どこか斜に構えて、「ずっと見ていると目が回るし、それに何だか気味が悪い」などという憎たらしい言葉を吐いたりするのかもしれないが、まだ小学六年生の女の子であれば素直にこのイワシの群れの美しさに感嘆の声を上げることができた、だがこの場合それは子供だけではなく大の大人にも当てはまった、少女たちから見えぬよう離れた場所の暗がりに身を潜めて、髭面の中年男はまるで恐ろしい天変地異でも見るかのように水槽の中の魚たちの回転を凝視していた、両腕を力なくぶら下げたままときおり口だけが開いて、小声で何かつぶやいてはいたが言葉にはなっていなかった、男は頰に涙さえ流していたのかもしれない、後ろを振り向いてその呆《ほう》けたような姿を見つけてしまったとき、彼女はついに居ても立っても居られなくなった、明日ではもう遅い！　今日、今すぐに、私じしんの親に会いに行かなくては！

性急、という言葉などまさか小学生が知るはずもないのだが、彼女がどんな子供だったのかを表現するには正しく性急という言葉こそが相応しかった、しかし大人になった現在の彼女にいわせれば、だからといってどうしようもなく困ることなど何一つ起こらなかった、そう反論するのに違いない、確かに性急が理由で子供は不幸に陥ったりはしないものだ。水族館を飛び出した彼女はすぐさま横浜から上野まで出て、そこから東北本線の各駅停車に乗り換えて父親の単身赴任地である郡山へと向かった、その日の晩の九時少し前、彼女の持ち合わせでは足らなかった列車賃を持って、改札で待っていてくれた父親は彼女に会うなり優しく微笑みながら頷き、ただこういった。「ありがとう、よくここまで来てくれたな、パパも葵に会いたかったよ」

犬の血液型

過去の私の小説の登場人物たちと同様に彼女も犬を飼っていた、それは引っ越しを繰り返した幼い頃には叶えられなかった夢を叶えたというよりは、彼女の母親の強い希望だった、犬は不要な期待など背負わぬようありきたりにシロと名付けられたマルチーズだったが、じっさい彼女は犬と一緒にいるときにだけは落ち着いた、温厚な子供でいることができた、絶えず自分を急かして身体を動かし続けなければ気が済まなかった少女でも、犬を相手に遊んでさえいれば何時間も部屋から出ることはなかったのだ。しかし大人だろうと子供だろうと、傍《かたわら》で無防備に仰向けに寝転がる飼い犬を片手で撫でながらそれでも苛立ちの収まらない人間など、この現実の世界に一人でも存在するものだろうか？　ましてやそれが、夢の中から抜け出してきたかのように小さな身体の、純白の柔らかな体毛の真ん中にときおり瞬きする悲しそうな垂れ目と折れ曲がった耳を持つ、マルタ島に立ち寄ったフェニキア人の船員から古代ギリシャにもたらされたという、歴代エジプト王家では黄金の器で餌を与えられ、イギリスの貴族や金持ち連中からは抱き犬として寵愛されたという、もっとも古い時代から人間を魅了してやまない愛玩犬であるならば、飼い犬にじっと見つめられた彼女がどんなに気がかりな用事を後回しにしてでも、今この時間の、この場所に留まり続けたいと願うことのほうがむしろ自然なのだ。平日は学校から帰るなり犬を散歩に連れて行くのが彼女の日課だった、いったん散歩に出たら出たっ切り短くても一時間、長いときは二時間以上も彼女と犬は帰って来なかった、彼女はもうとっくに中学生になっていたのだが同級生の女の子たちが学習塾に通ったり、駅ビルの中の雑貨屋に寄り道したり、大人向けのファッション雑誌をめくったり、PHSをいじくり回したりしている時間を自分は犬と二人だけで過ごしていることについては、子供みたいだと恥ずかしがるどころかむしろ優越感を覚えていた。だって同級生たちときたら皆、見ていて気の毒になるぐらい、前触れもなくとつぜん自分は仲間外れにされるのではないかと絶えず怯えているのだ、しかも信じ難いことにこれから先、大人になって老人になって死ぬまで怯え続けるのだとしても、人並みに美味しい物を食べて綺麗な服を着て、何年かに一度は海外旅行に出かけたりしたいのならばそれも支払わねばならぬ代償だと諦めて、受け容れている風さえあったのだ。同級生たちは誰から指示されたわけでもないのに半ば義務ででもあるかのように、今後何ヵ月間かそのことで頭を悩ませることになる新たな計画を持ち出してくる、例えばそれが文化祭で発表する創作ダンスであるならば、はじめは気の合う三、四人で話し始めたものが、翌週には参加メンバーは十人以上に膨らんでしまっている、曲目はいつになっても決まらず、となればとうぜん振り付けも決まらず、それぞれが勝手なことをいっていても時間の無駄だから手っ取り早く多数決で決めてしまいましょう、などと仕切る者も出てこない、放課後の練習はいつも誰かしらの都合が合わず全員揃ったためしがない、そもそも全員というのが今の段階で何人なのか？　この企画の本当の参加者は何人なのか？　もはや誰にも分からなくなってしまっている、さらには許可もなく放課後の教室を占拠していると密告が入り学年主任の教師から延々と説教されて、そこでようやく同級生たちは、どうして自分たちはこんな苦しい目に遭わねばならないのか？　誰が最初に創作ダンスの発表なんて思いついたのか？　何もしなければしないでも済んだことではないか！　と後悔し始めるのだが、それでも中には何とか見た目を整えて文化祭での発表まで漕ぎ着けるグループもいる、舞台の上で踊る少女たちの顔は行き場のない怒りと緊張で赤く染まり、長い髪からしたたる汗の量も尋常ではない、中学生の二の腕や両脛はまだ鶏足のように細い、その細い両手両足をちぎれんばかりに何度も回転させながら踊る、振り付けの順番を間違えないように踊ることで精一杯で、観客にときおり微笑んでみせる余裕はない、一時間弱のステージを終えた少女たちは一気に四十代の中年女にまで老け込んでしまったかのような眉間に縦皺を寄せ下顎を突き出した疲弊し切った表情で、誰が見ていようとお構いなしにそのまま教室の床にだらしなく仰向けに倒れ込む、そしてこういう経験を共有することによってのみ、私たちの内の誰一人としてまだ仲間外れにはなっていないのだという束の間の安息に浸ることができるわけなのだが、それではこの創作ダンスになど端《はな》から参加する気もなかった、同級生たちが互いの腹の探り合いをしていた夕方の時間帯に犬と散歩ばかりしていた彼女はやはり仲間外れだったのだろうか？　いや、必ずしもそういうことでもなかった、同級生から誘われれば、彼女だって原宿や渋谷まで買い物に出かけることもあったのだ、半年に一度か二度のことではあったが、友達と表参道を歩いていると彼女は見知らぬ若い男から声をかけられた、油を塗った髪をきれいに撫でつけて眼鏡は銀縁、痩せこけた蒼い頬と顎、白のワイシャツに水玉のネクタイ、濃紺の背広という銀行員風なのがまじめを装っているようで逆に怪しげだったが、要するに男はモデル事務所のスカウトマンだった、その場で適当にあしらって無理やり手渡された名刺も破って捨ててしまったが、こういう一件があるだけで同級生たちは彼女に一目置いた、十四歳のときに彼女の身長は百七十センチあった、靴のサイズも二十四センチ半だった、じつをいうと彼女がスカウトされたのはこれが初めてではなかった、恐らく入所費用とレッスン代が目当てなのであろうエキストラ専門の事務所も含めてだが、今までにも二、三度、彼女は芸能事務所のスカウトマンから声をかけられたことがあった。言葉も、金も、嫉妬の感情も、何も知らないまっさらな状態でこの世に生まれ落ちてからほんの十何年かそこらで、人間はどうしてこうも俗な価値観に染まってしまうのかとも思うが、この手の話は中学生ぐらいの年頃の女の子の間にはまたたく間に広まるものだ、相手を酷く傷つける、一晩じゅう枕に突っ伏して泣き続けさせる一言を吐くことにだけ長けているような連中でも、彼女には手出しはしなかった、いじめている側がみじめに思えてくるほど、彼女は既に疑いようのない美人だった、そしてスタイルが抜群に良かった、運動着姿で同級生と並んで写真を撮ると、遠近法が狂っているのではないかと見紛うほど腰の位置が高かった、細く長い手足は定規を当てたようにまっすぐだった、髪は頭の後ろで一つにきつく結んでいるので小さな卵形の顔の形が嫌味なぐらい強調された、大袈裟ではなく写真の中でさえ、十代の頃の彼女の笑顔は光り輝いていた。

彼女は美人の人生を歩み始めていた、それはどうやら酷く孤独な人生となろうことも予見できたのだが、しかし彼女には犬がいた、犬を飼い始めてから彼女が家を出るまでの十六年間、大雨の日と風邪で寝込んだ日を除いて、一日も欠かさず彼女は犬を散歩に連れていった、いや、日が傾いて西の窓から射し込む光が黄色がかってきて、いつもの散歩の時間になったことを察した犬が落ち着きなく彼女の周りをうろうろし始めたならば、たとえ彼女は発熱して横になっていたとしても迷うことなく、いきおいよく布団をはね除けた、寝間着の上にダウンジャケットだけを羽織って、いきなり全力で疾走する犬に引っ張られるようにして、彼女も住宅街の坂を一気に駆け上がった、二月の終わりの晴れた夕方だった。夏の間はいくえにも重なる葉が肌を突き刺す日射しをさえぎってくれていたケヤキ並木も、冬になって葉が散り落ちてしまうと北風に頼りなく揺れるひょろひょろと貧相な幹があらわになった、通りの両側に建ち並ぶ家々も屋根の形や門の位置、塗り壁の色を少しずつ変えてはいるものの同じ資材を使っているのは明らかな建売住宅で、この町の歴史がまだ浅いことは隠しようもなかった、それでも彼女と犬にとってはここは自分たちが育った町に違いなかった、どの曲がり角をどの方向へ曲がればどんな景色が見えるか熟知していた、彼女が一番好きだったのは、二軒の大きな家の壁に挟まれた細い道を入った行き止まりの高台からフェンス越しに見下ろす、なだらかに続く斜面だった、道路を歩いているときには家と自動販売機とタクシーしか見えないこの町もこうして眺めてみると、スレート葺きの屋根と屋根の間から飛び出しているクスノキやカシといった背の高い常緑樹ばかりが目立った、三階建て以上のマンションや商業施設は斜面を下りきった駅の周りにしかなかった、急行列車の車輪とレールが軋む音が、恐らくそこから一キロ以上離れているであろう彼女と犬がいる場所にまではっきり聞こえた、つい三十年前まで、ここは見渡す限り芋畑と雑木林ばかりが続く丘陵地帯だった。いつの間にか日は沈んで東の空には濃紺の冬の夜が広がっていた、まだ赤みの残る西の空には生き物のようにぎらぎらと輝く金星が見えた、するととつぜん、右の手の甲に蜂に刺されたような鋭い痛みを彼女は感じた。「痛い!」思わず反対の手でそこを押さえたが、痛みは一瞬で消え去った、犬が短く鳴いて何かを教えてくれた、雪が降っていた、空はこんなに晴れているのに雪が降るのもおかしなものだが、つまりそれほど気温が下がっているということか……そのまま彼女の膝がゆっくりと折れて尻餅をつき、背中の力が抜けてコンクリートの地面に仰向けに倒れてしまった、彼女は高熱のために気を失っていた、後から思い返してもその直前まで、まさか現実の自分が意識を失うなんて考えてみたこともなかった、そういうことは映画や漫画の主人公にだけ起こるものだと彼女は思い込んでいたのだ。降り積もるというほどではなかったが、細かな雪の粒が横たわる彼女の顔の上に舞い降りていた、雪はほんの一瞬だけ六角形の結晶を見せてから、彼女の発する熱で溶けて水滴となった。そのとき不思議なことが起こった。彼女の愛してやまないマルチーズがリードを付けたまま走り出した、細い道を抜けて坂を下って迷わず駆け込んだ先は診療所だった、泌尿器科だったのが惜しかったが医者がいることに違いはなかった、医者が自らの背に彼女をおぶって連れて戻り、すぐに点滴を打った、彼女の体温は四十一度を超えていた。

家族も診療所に駆けつけたが、彼女はそのまま一晩眠り続けた、翌朝彼女が目覚めたときには医者だけが一人、前かがみで頬杖をついた疲れた様子で、病室の隅の椅子に腰掛けていた。「犬の恩は生涯忘れるなよ」飼い主の異変に犬が気づいた、犬が知らせにきた先は病院だった、確かに奇妙な話だ、でもそれを奇妙というのであればそれは動物を馬鹿にしているからこそ出る発言なのではないだろうか？　犬を愛している飼い主であれば誰でも皆同じだと思うが、人間がすることならばたいていは犬だってできる、真面目にそう信じているものだ。「若さにも感謝した方がいい、俺の歳で、あの高熱で雪の降るなか眠っていたら、八割方助からない」年配の医者は白髪混じりの長髪に口髭を蓄え、そしてやはり黒縁眼鏡をかけた、長身の痩せた男だったが、年配とはいってもじっさいにはまだ三十七歳だった、しかし十四、五歳の少女から見たら三十七歳だって年配には違いない、親子であったとしてもおかしくはない。医者は離婚経験のある独身者だった、医者のくせに無類の酒好きで、酔い潰れてしまえばそれこそ公園で野宿だってしかねないほど、ほとんど毎晩飲み明かしていた、もともとは福島県の出身で、都内の大学病院で勤務医として働いていたのだが協調性が足りないために職場が苦痛でならず、逃げ出すような形で辞めてしまって五年前に川崎市内のこの新興住宅街で開業した、駅から離れた場所の、しかも専門は泌尿器科だったのでとても繁盛している医者とはいえなかったのだが、それでも独り身の男が暮らしていくには十分な稼ぎにはなった。診療時間が終わると医者は白衣を脱いで、学生が着るような派手な赤いセーターに着替えて、こそこそと誰かの目を避けるように行きつけの店へと向かう、夕飯はその店で出る野菜の浅漬けとか枝豆とか卵焼きとか、ミックスナッツのような乾き物ぐらいしか食べないので中年太りにはならない、体重はむしろ少しずつ減り続けている、医者としての目で見ても理想的な栄養バランスなのだと言い張るが、その代わり酒を五時間、六時間、だらだらと間断なく飲み続ける、一晩で焼酎のボトルを一本空けてしまうことも珍しくはない、医者本人いわく、店の美人女将と関係を持ちたいと狙っているとか、同性愛者のパートナーと待ち合わせているとか、そういう分かりやすい理由があって店に通っているわけではない、気分良く酔うためには酒そのものと同等か、もしかしたらそれ以上に、飲む場所と時間こそが大事なのだ、自宅で飲んでいても本当にこれが同じ自分なのかと疑いたくなるほど内臓は冷えたままで、どうしても酔いが回ってこないのだ、という説明だった。前妻との間には来年から小学校に上がる娘がいて、二ヵ月に一度、三時間だけ、二人きりで会える約束になっている、次に娘と会う休日にはどこへ行くのが良いだろう？　デパートで簡単な昼食を取った後で玩具売り場に連れていって、神のように寛容に振舞って、娘が興味を示した物は次々に買い与えてやろうか？　それとも遊園地に連れていって、ふだんは母親が禁じているチョコレートケーキやアイスクリームやポップコーンを好きなだけ食べさせてやろうか？　医者は仕事中も頭の隅でずっとそんな風に思案しながら二ヵ月間を過ごすというのに、いざじっさいに娘と対面したその瞬間から、不安そうに自分を見上げる五歳の子供の目を直視できず、はぐれないようとりあえず手だけは繋ぐのだが口からはため息ともつかない、語尾のはっきりしない言葉が途切れ途切れに出るばかりで、子供がとつぜん体調を崩したり、面倒な事件や事故に巻き込まれたりすることなどない内に、早くこの三時間が過ぎ去ってほしいとただそればかりを願ってしまうのだった。

医者に関するこれだけの情報を、彼女は数日の内に集めていた、つまりは必要もないのに泌尿器科に通い続けたということなのだが、まずいことにこれは一目惚れだった、そして彼女にとっては恐らく初恋ということになるはずだった。これから思春期本番に入ろうとする少女であれば無理からぬことではあるが、痩せた、離婚経験を持つ中年男というのは祖国を追われた王のようにさえ見えてしまうものだ、自らの健康などかえりみない夜更かしと酒浸りの生活からこの男を救い出してやって、八十歳まで長生きできる肉体に作り変えてやれるのは自分しかいない、そしてじっさいにその年齢まで傍にいて支えてやれるのも自分以外にはいない、彼女は勝手にそう思い込んでしまった。大人になった彼女が当時の自分を冷静に分析すると、やはり離れて暮らす父親への思慕があったことは否定はできないのだが、しかしそれにしてもこのときは嵌まってしまった相手が悪かった、深酒と翌朝の二日酔いで人生の一日一日を台無しにしている男だった、診療中も、特に午前中は患者よりもむしろ医者の方が病的な白い顔をしていたし、会食の約束もすっぽかすので付き合いが続いている友人はほとんどいなかった、本人ははっきりとは語りたがらなかったが、妻と娘が家を出ていってしまったのも酒が原因で良くないことが起こったに違いなかった。好きな人ができたのだ、三十七歳の、バツイチの医者なのだと思い切って打ち明けたところで、それを応援してくれる人など友達にも家族にも一人もいるわけがない、何といっても彼女はまだ、この春から高校に進学する十五歳だったのだ、だから彼女は一人で、犬だけを連れて診療所に足しげく通った、医者としても毎夕診療時間の終わる間際に訪ねてくる美少女にけっして悪い気はしなかったはずだ。「人間の血液型は四分類だが、犬の血液型は十三分類あるといわれている、人間と違って犬の多くは、たとえ飼い犬であっても自らの血液型など知らぬままに死んでいくのだから、世界中の犬を検査してみればこの分類数は何倍にも増える可能性だってもちろんある、しかしもし仮に世界中の犬一匹一匹の血液型を判定できたところで、その結果を犬じしんに伝える術など人間は持っていない」「泌尿器科の患者の中でも尿路の不定愁訴、つまり頻尿に対しては八味地黄丸《はちみじおうがん》や牛車腎気丸《ごしゃじんきがん》といった漢方薬を処方することが多いのだが、そもそも漢方の薬理作用は科学的には未だ証明されていない、二千年という長い歴史の中で統計的に、経験的に有効だと信じられているに過ぎない、これほど爽快な、潔く認められた人間の敗北は他に聞いたことがない、保険適用される漢方薬も最近は増えている」しかし彼女を恋愛の対象として見るには、やはり医者は年齢が離れ過ぎていた、身長百七十センチの彼女を前にしておかしな話ではあるのだが、じっさい医者からすると彼女と五歳の娘の姿が重なって見えてならなかったのだ、どこにも共通点などない二人は、男親の愛情を求めてやまない女の子であるというただその一点において、分かち難く似ていた。こんな自分でも子を持つ親であるという現実からは逃れられない、医者は我ながら愕然としたのだが、本当のところはこの親としての感情に寄ってすがって自らの欲望を押さえ込んでいただけなのかもしれない、小さな白い犬を膝の上に抱き、右手の四本の細い指は犬の首の辺りを絶えず優しく撫で続けている、さして楽しそうに饒舌に話しかけてくるわけでもない、むしろ黙って不機嫌そうに下唇を舐めていることの方が多い、だがまっすぐに伸びた背筋と一つに結んだ黒い髪、思わずこちらが目を逸らしたくなるほど大きく見開かれた、強い意志を宿した瞳に気圧されて、十五歳の少女の率直さから逃げるようにして医者はほどなく席を立ち、赤いセーターに着替え、小走りでいつもの店へと向かうのだった。

逃避行

医者の行きつけの店はこの町から急行で一駅下った、JRとの乗換駅近くの繁華街のビルの三階にあった、カウンター六席に四人掛けのソファーが一つだけの小さな店だったが、夜の八時を回ると常連客が一人、また一人と、連れ合うことなくばらばらと集まってきた、常連客同士も知らない仲ではなかったのだが、挨拶を交わすでもなく黙って席に着くと、ビールにするか、焼酎の水割りにするか、冷酒にするか、その日の体調によって飲む酒を変えて注文した、つまみは頼まず、店から出された物を出された順番に、従順に平らげた。カウンターの中では薄化粧の中年女が客から注がれる視線を避けるように下を向いたまま、念入りに食器を洗っていた、この女がこの店のママなのか、長い髪はよく梳かされて艶《つや》があるが、細い目、細い眉、尖った顎と痩せて動脈が浮かび上がった首、くすんだ銀のネックレス、生成りの麻のブラウスは、この女が日の当たらない幸薄い人生を自ら望んで選択しているのではないかと思わせるほどわざとらしく、取って付けたように見えた、こういう女がいるから大人たちは理由などない漠然とした不安に囚われたままなのだ、その上また好き好んでこういう女の周りに集まってくる男が絶えないから、世界はさらに暗くなるのだ。「やっぱりあなたは嘘をついていた」彼女が医者の元に通い始めてから半年ほど経った夏の夜、医者に連れられて初めてこの店を訪れたとき、彼女はそう呟いた、その小さな声は店内に流れる有線放送にかき消されてしまったが、医者はばつの悪そうな顔をしていた。自分でもどうしてなのかは分からないが、この店の、この席で飲まないとすんなりと酔いが回ってこないのだ……でも本当は、あなたの目当てはこの痩せ細った中年女だったのでしょう？　この女の住んでいる安アパートに酔った勢いで土足のまま転がり込んで、畳の上にちょくせつ女を押し倒して関係を持ちたいと思っているのでしょう？　だからあなたは私を振り切るようにして、飽きることなく毎晩この店に通って、なけなしの金を払い続けているのでしょう？　冷静に振り返ってみると、その女は現在の彼女よりもずっと若かった、二十代の前半か、せいぜい半ばに差し掛かったぐらいだったのではないか？　いつの時代でも、嫉妬心に囚われた十代の少女からすれば年上の女なんてみな老けて、衰えて見えるものだが、けっきょくこの半年の間に二人はそういう関係になってしまっていた、彼女にとってみれば医者が人生最初の恋人だった、同級生の誰もが一目置く美少女がさえない中年男にあっけなく捕まってしまう、そんなのはありふれたよく聞く話といえばよく聞く話ではあるのだが、どんな恋愛でもその渦中にある当事者にとっては抜き差しがたく切実なものだ。家族にも友達にも相談できるはずがない、仮に相談したところで別のやっかいな問題を抱え込むことが目に見えている、この十六歳の恋愛を成就させるためならば、彼女はここから先、何十年もの人生を棒に振る覚悟ができていた、このときの彼女には、担任教師からの小言にしても、同級生同士の諍《いさか》いにしても、流行りのペディキュアやサンダルにしても、恋人と飼い犬以外の自分を取り巻くいっさいが絶望的に些末なことにしか思えなかった。

とつぜん頭上からサイレンのような耳に突き刺さる高音が鳴り響いて、薄暗い店内がさらにもう一段暗くなった、ソファー席に座っていた一人の客がカラオケを歌い始めた、顔と半袖シャツから出た二の腕が赤黒く日に焼けた、体格のがっちりとした初老の男だった。「夜明けを待つ、私は一人、夜明けを待つ……」演歌ではない、彼女もどこかで耳にしたことのある昭和の歌謡曲だったが、年寄りの野太い声で歌われる、そのメロディはけっして悪くはなかった、音楽だって昔は誠実に作られていたのだ、今となっては信じられないが、彼女が生まれた一九八五年より以前はテレビの音楽番組にも本物の歌手が出演していた。「夜明けを待つ、あの人の帰らない、夜明けを待つ……」歌詞は長年連れ添った男を心変わりした女が捨てる、自分が去ったことに後から気づくであろう男を、遠く離れた場所で女が憐れむ、そんな陳腐な内容だった。三番までフルコーラスを男が歌い終わると、客たちは三、四回手を合わせるだけの儀礼的な拍手をした、医者も忘れ物にでも気づいたかのように慌てて拍手をした、店のママだけは気遣って頷きながら、「やっぱりこれが一番良い出来なのじゃあないかしら？」と声をかけてくれたのだが、カラオケを歌った本人はこんな場所になどもう一刻たりとも留まっていられないといわんばかりに、飛び跳ねるように立ち上がり、金も払わず、後ろを振り返りもせず苛立たしげに早足で外へ出ていってしまった。自分以外の誰かが口を開くのを待つかのように有線放送がかすかな音量で流れていた、ほどなくドアが開いて、恰幅《かっぷく》のよい、額の禿げ上がった赤ら顔の男が鼻歌混じりで入ってきた、彼女はてっきりカラオケを歌った男が気を取り直して戻ってきたのだと思ったがそうではなかった、それは別の男だった、男は医者を見つけるなり責めるように「何だ、もう来ているのか」といい捨て、隣に座っている彼女を一瞥してから彼女とは反対側の、医者の隣のカウンターの丸椅子に腰を下ろしてしまった。「まったく、六時からずっと待っているのに黒坂の奴、推薦状を持ってきやしない、商工課には期限を延ばしてもらって、明日必ず届けると伝えてあるのに、どうする積もりなんだ？　承認印だって取り付けなきゃあいけないのに、あいつはそういう所、本当にいい加減だよ、コーヒー豆は適当そうに見えて、そういう所はちゃんとしているんだよ、商売は下手でも約束は守る、自腹を切るのを厭《いと》わない、コーヒー豆に比べたら、黒坂なんて人間としては下の下だが、それでもあいつは土地と金を持っている、どうせ親から相続した資産には違いないが、しかし金持ちは自分を甘やかすことを知っている、他人に迷惑をかけても悪びれずにいることができる、それが世の中ぜんたいにとってぜったいに良くないだなんて、さすがの俺にだっていい切れないのだよ」男の、人差し指と中指で煙草を挟んだ、静脈の浮き出た左手の甲に、彼女は一瞬目が釘付けになるぐらいのほとんど性的な興奮を覚え、すぐさまそれを打ち消し、恥じた。仮に金持ちが一種の緩衝材の役目を果たすことには同意するとしても、大声でわめくように話す、日に焼けた筋肉質の中年男ほど不愉快でいまいましい存在はこの世の中には他にない。「黒坂さん、昨晩ここにいたときに、名古屋に行かなきゃあならなくなった、名古屋に行かなければならない、面倒臭い！　俺は行かない！って騒いでいましたけど、それが今日だったのかしら？　それともただ単に、嫌なことから逃げたのかもしれない、名古屋に行かなきゃならないなんて、丸っきりの嘘なのかもしれない」「いや、あいつのことだから、嘘なんてついたりはしない、逃げるための嘘なんてつかずに、嫌なことは嫌だからしない、行きたくない場所には自分は行きたくないから行かないと、誰にどう思われようと平気でいえてしまう奴なんだよ、黒坂は。俺があいつを渋々ながらも認めざるを得ないといっているのは、そういう所なのだよ。十五年後か、二十五年後か、こんな商店街は再開発されて駅ビルかショッピングセンターにでもなって、こんなちっぽけな飲み屋はもちろん跡形もなく無くなって、俺たちは皆老いて何人かは苦しみ抜いて死んだ後も、黒坂だけは一人生き残る、古い記憶の奥底に留まり続けるという意味じゃあない、じっさいあいつだけは年を取らない、耳に被さる黒々とした長髪、怒り肩に緑色のチェックのシャツを羽織って、だぼだぼのズボンとサンダル履き、腕組みをしたまま首をゆっくり振りながら歩く、今と変わらぬ若々しい後ろ姿を、老人となった俺たちは呆然と見送ることになるだろう」ママも、医者も、真顔で頷きながら男の言葉に聞き入っていた。まったくこいつらは馬鹿じゃあないのか！　外に出れば満天の星を眺めることだってできる静かな夏の夜を、薄暗い狭苦しいスナックに籠って、ゴルフ焼けした中年男の思い込みを聞いて過ごさねばならない理由がいったいどこにあるというのか！けっきょくこういう欲望を満たす代償として、人生は削り取られ、深酒によって身体が蝕《むしば》まれていくのだ、この意志薄弱な痩せ細った男は、関係性の綾《あや》から抜け出したくても抜け出せないだけなのだ、ならば身体じゅうに若い血の駆け巡るこの私が救ってやろう！　左の手首をありったけの力で摑んで、そのまま引っ張って大通りまで連れ出してやろう！そうすればきっと私の恋人は自由になれる！「明日の朝の始発で、町を出よう」怒りの昂ぶりのあまり大声で叫び出しそうになっていた彼女の唇に先回りするように、医者が囁いた。「駆け落ちするわけじゃあない、知り合いが誰もいない場所に二人で滞在して、一、二週間したら何事もなかったようにとぼけた振りをして、またここに戻ってくればいい。俺の中からはもう間もなく、若さの余韻も消え去ってしまうのだから、そうなる前にできるだけ早く、どこか遠くへ逃げ出さなければならない」

　翌朝の午前五時、彼女は駅の改札で医者を待っていた。すぐ近くにある太陽は熱を発しておらず、人間の顔めいて黙ったまま地上を見下ろしていた、赤紫色に染まった空にはまっすぐな飛行機雲が一本、南の方角へゆっくりと伸びていた、遠くの民家の屋根やマンションの窓が、端から順番に一軒一軒、燃え上がるように反射していった、旅立ちの朝に相応しい、金色の光に満ちた朝だった。四、五羽の雀が駅前のロータリーの芝生で餌を探していたが、真夏とは思えない涼しい風が吹くと、雀はいっせいに飛び立ってしまった。彼女より少し年少の、恐らく中学二年か三年の、坊主頭にポロシャツと黒ズボンの男の子が斜め掛けしたエナメルバッグの重さに顔をしかめながら、歩道も車道も無視してロータリーを突っ切ってまっすぐにこちらに向かって歩いてきた、左手をポケットに突っ込んだ前傾姿勢で、眉間に皺を寄せた苦しげな表情のまま改札を通り抜け、脇に立つ彼女になどは一瞥もくれはしない。私は今日、うだつの上がらない中年男と旅に出てしまう、そんな女はこれから先、どうせまともな人生を歩めるとも思えないが、私を軽蔑してくれて構わないから、しかしどうかあなたは無能な人間たちからの偏見や、金持ちになりたいという誘惑には負けることなく、脇目も振らずサッカーに打ち込んで、どんな場所でも孤独に耐えることができる、自立して生きていける大人に育って欲しい、どこの誰かを知りもしないあなたが今この瞬間もきっと一人で頑張っていると信じることだけが、私に安易な迎合を踏み留まらせてくれる。「私が家にいない間も、シロの散歩だけは毎日忘れぬよう、頼みます」夜明け前に家を出るとき、彼女は同じ部屋で寝ている妹の肩を叩いた、妹はまだ中学二年生だったが何が起きつつあるかを察し、両目を見開いて、布団に入ったまま大きく二度頷いた。犬から受けた恩は生きている限り忘れてはならない、犬に命を救って貰った自分だというのに、その犬を家に残したまま旅立ってしまう、もちろんそれはほんの一、二週間の不在に過ぎないのだけれど、きっとそれだけで犬と私の関係は変わってしまう、人間が考えることなど動物は何もかもお見通しなのだ、差し出した指先の匂いを注意深く嗅いでから首を傾《かし》げ、まるで見知らぬ人と会ったときのようによそよそしい目付きで帰宅した私を見るに違いない。やがて始発電車を目指して乗客が集まってきた、工場労働者なのであろう彼らは皆、真夏だというのにナイロン製の黒いジャージに身を包んで、やはり眉間に縦皺を寄せ目尻を下げて下顎を突き出した、今にも泣き出してしまうのではないかと思われるほどの絶望的な表情で足早に改札を抜けていった、その後を家畜でも追い立てるかのように白い棒を手にした駅員が付いていった。青白い光を発しながら、音もなく、ゆっくりと、始発の各駅停車がホームに到着した、黒い影となった労働者たちが我先にと車輛に乗り込む様子が、彼女の立っている場所からも柵越しに見えた、彼らは座席に腰掛けると同時に眠りに落ちた。やはり約束の時間に医者は来なかった、しかし彼女はまだ落胆していなかった、今から十八分後にはまた次の電車がこの駅に到着する、その確実に起こる未来は、きっと医者も約束を守るに違いないという法外な保証のように彼女には思われたのだ。旅行用のバッグを足元に下ろして、改札の脇から一歩も動かず立ったまま、彼女は恋人を待ち続けた、日が射す角度にもまだ変化はなかった、ときおり思い出したように吹く、乾いた強い風が彼女の感情の昂ぶりを抑えてくれていた、駅前のロータリーは人影も途絶え、どこにいるのか姿を見せない鳥たちのさえずりだけが聞こえた、セミもまだ鳴いていなかった、いつもは騒がしい駅前でもこの時間はこんなに静かなのだ、子供のころの私は今よりもずっと早起きだった、日の出と同時に目覚めたものだ、この早朝の時間帯の静けさを、一人無言でいることの喜びを知っていたはずの自分なのに、夜更かしなんかと引き換えにその喜びを失ってしまった、異性を求めて悶々とする数時間を過ごすようになってしまった。昨日の晩、酒場にあの男を残したまま、私は一人で帰宅した、明日一緒にこの町を出よう、あの男は確かにそういった、その言葉を私は信じたのだ。「やっぱりあなたは嘘をついていた」あの人は嘘をついたわけではなかった、私の恋人は気弱な、根っからの善人なのだ、しかしあの店に男を一人で残してきたことだけは失敗だった、恐らくあの人のことだ、痩せ細った女と日焼けした中年男に引き留められて、いつものように夜通し酒を飲み続けてしまったのだ、何本もの焼酎のボトルを空にするほど飲んで、そのままカウンターに突っ伏して酔い潰れてしまったに違いないのだ。でももしそうだとしても、あの人は必ずやって来る、私がここから動かずに待つ限り、顔面蒼白で、シャツとズボンを泥まみれにしながら地べたを這ってでも、少なくともこの駅まではあの人は辿り着くはずなのだ。

そのまま同じ場所で彼女は昼まで待ち続けた、彼女じしんもどうしてなのか理由は分からなかったのだが、やっぱり医者は来ない、私はあの男に騙《だま》されたのだ、そう諦めた次の瞬間、医者は彼女の目の前に現れるような気がしてならなかった。そんな逆転負けを喫することだけは何としても避けなければならない、しかしこのとき既に、真正面から照りつける八月の太陽が彼女を激しく消耗させていた、薄く施した化粧は額から滴り落ちる汗で剝がれ、頰は田舎の子供のように真っ赤だった、二の腕から肘にかけてが痒くて堪らず、立っている両膝にもときおり力が入らなくなった、吐き気にまで襲われていた。この恋愛を成就させるためならば残りの人生を棒に振っても構わない、そう覚悟していたはずの自分なのに、たったの半日ですらこの炎天下を耐え忍ぶことができない、本当に情けない限りだが、それにしてもこんなに壮絶な戦いに挑んでいる少女に通行人たちは励ましの一言でもかけてやろうという気は起きないのだろうか？　同じ町に住む住人として、何かしらの共感を示してくれたところで罰《ばち》など当たらないだろうに……窮地に陥っているとき、誰かの助けがないといよいよ崩れ落ちてしまうというときに、いつも現れて彼女を救ってくれたのは父親だったはずだ、だが彼女に恋人ができてしまった以上、もう父親は助けには来ない、いつの時代でも最初に裏切るのは親ではなく子供の方からなのだ。彼女は自らの力で自らを支え立つしかないと腹を括った、すると訴えかけるように鋭く二度、彼女の足元で何かが光った、黒い胴軸に金色のクリップの付いた、高価なペンのようだった。もちろん彼女の持ち物ではない、ならば通行人の落としたものがここまで転がってきたのだろうか？　かがんで取り上げようと地面に向かって右手の中指と顔を近づけたとき、ペンは蒸発するように一瞬で消えた、しかし彼女の上半身だけはそのまま加速し続け、信じ難いことに両足裏が地面から離れてしまった、後頭部を中心にしながら前方へ空中一回転していた、尻からコンクリートに叩きつけられそうになる寸前で彼女を抱きとめたのは一人の女性だった。「危なかった、でも、もう大丈夫ですよ」その日の真夏の青空を背景に、彼女はそれまでの十六年の人生で一番美しい顔を見た、肩で切り揃えた髪は赤に近い明るい茶色で、少し吊り上がった濃い眉と黒目がちの瞳は美しい人特有の自信を感じさせた、頰から顎にかけては優しげな弧を描き、微笑んだ口元からは白く小さな前歯が覗いた。やはり美人は美人によって救われるものなのだな、彼女の頭はその、彼女よりも十歳ほど年上であろう女性の膝の上にあった、彼女の目の前では薄紫色の石の入ったネックレスが揺れていた。女という生き物は二十五も過ぎるとこれほど綺麗になれるものなのか、唇の皺やまつ毛の一本一本までが整えられた隙のなさは同性ながら気味悪くさえ思えたが、かすかな後ろめたさは感じつつも、彼女もまた自らの将来に想いを馳せずにはいられなかった、私だってこの人と同じ女なのだから、一人孤独に、自信に満ち満ちて、楽観的に生きてはならない理由なんてどこにもない、男を見捨ててしまいさえすれば、恋愛なんて諦めてしまいさえすれば、今すぐ起き上がって、全力で地面を蹴って、この灼熱の炎天から逃れて、愛する飼い犬の待つ、空調の効いた自宅のリビングへ戻ることだってできる、何といってもまだ私は、十六歳になったばかりなのだ……。

中年の医者と別れて半年ほど経ってから、彼女は雑誌のモデルの仕事を始めた。月に一度か二度、学校のない土曜日にスタジオでの撮影が入るだけだったが、彼女の写真がファッション誌に掲載されると、同級生たちは以前にも増して彼女を遠巻きにするようになった、仲の良かった二、三人の友人もいつの間にか近くには見当たらなくなってしまった、休み時間は彼女はいつも一人席に残って文庫本を読むか、イヤホンで音楽を聴いて過ごすようになった。だが、これはまさしく彼女じしんが望んだ孤独に他ならなかった、孤独である限り、彼女は自由で、安らかな気持ちでいることができた。

伴侶

十代の終わりから二十代の半ばにかけての七、八年は、彼女のモデルとしての仕事がもっとも多忙を極めた時期なのだが、その七、八年は、彼女が徹底して孤独の裡《うち》に引きこもって過ごした時期とも重なっていた。早朝の街中でのロケが終わるやいなや、彼女はいつも逃げるように自宅へと戻ってしまった、他のモデルは撮影スタッフや編集者たちと食事に出かけたのだが、彼女はいつでもその誘いをきっぱりと断った。彼女の妹は高校を卒業すると同時に都内にアパートを借りて一人暮らしを始めていたので、自宅の二階の西向きの部屋は彼女一人だけの空間だった、仕事と、犬の散歩と、どうしても必要な買い物以外は、彼女はこの部屋から出ることはなかった、旅行に行くことも一度もなかった、ただ自室にこもって本を読み、音楽を聴いて、映画のDVDを観て、夜更けを迎える毎日を過ごした。そうやって人との接点を断ち続けるのは、失恋の後遺症からまだ立ち直っていない証拠なのだと、彼女は自分じしんに信じ込ませようとしていた節もあるのだが、恐らく本当の理由はそうではない、人と会うことは単なる時間の無駄だった、ある種の人々にとってはそれが生きがいでさえあるみんなで集まってああでもないこうでもないと延々と話し合うことが、彼女には苦痛で堪《たま》らなかっただけなのだ。三つ子の魂百までということなのだろうか、幼い頃の彼女の性急さ、協調性のなさは、成人して大人になった後でも肉体の奥深くにしぶとく生き残っていたわけだが、しかしそう考えてみると、唐突に舞い込んできた映画出演の話を彼女が了承したことはますます不可解だ、彼女とさして年齢の変わらない、若い映画監督に何か感じるところがあったのかもしれない、だがそれは異性としての魅力とは別だった。この頃には彼女はアパレル会社のテレビ・コマーシャルにも起用されていたのだが、それにしたってそれを見ただけでいきなり映画の主演の依頼をしてくるというのには無理がある、詐欺話めいたどこか危険な臭いもする、彼女の所属事務所はどちらかというとこの話には乗り気ではなかったのだが、結果的には本人の希望が通って初めての映画出演は実現してしまった、彼女が二十二歳になった年の、冬のことだった。

映画は東京都内で一ヵ所と、京都で一ヵ所、それぞれ四週間ずつ公開された、お互いに惹《ひ》かれ合っている男女が胸の内を一言も伝えることなく、指先に触れることさえなく、事件も何も起こらず、ただすれ違い別れていくだけという一風変わっているといえば変わっている映画ではあったのだが、さして話題になることもなくほどなくDVD化された。撮影期間も二週間と短く、出演者への負担も少なかったので、彼女としてもモデルの仕事とは違う経験ができたし、まあ、少なくとも気分転換にはなったという程度に割り切っていた。ところが半年ほど経つと、別の監督の作品にも彼女に出演して欲しいという連絡がきた、演技は可もなく不可もなくといったところだが、引いて撮ったときの立ち姿、頭の小ささ、手足の長さが彼女は絵になる、ということだった。確かに彼女は長身である上に姿勢も良かったのだが、たぶん最初の作品の監督にしても、二作目の監督にしても、要するに彼女の美しい顔に魅せられていたに過ぎないのだろう。じっさいのところ大人になった彼女はすれ違った通行人が振り返るほどの美人ではあった、わずかに釣り上がった瞳が大き過ぎて怖いという印象さえ与えた、しかし美人とはどうしてこうも美人であるという枠の内部でしか認識されないのか？　どうして男たちは、いや、これは女でも同じことなのだろうが、美人を目の前にすると無抵抗にその美しさへと誘導されてしまうのか？　そのまま彼女は、年に一、二本のペースで映画に出演するようになった、雑誌のモデルの仕事も続けていた。不思議なのはそういう多忙さの中でも、彼女が規則的な生活と一人だけの時間を守り続けられたことだ、映画の撮影中も夕方には帰宅して、犬と散歩に出かけた、母親の作ってくれた夕飯を食べてから、夜は自室で小説を読んだり、ＣＤを聴いたりして過ごした。だが彼女からしたら、自分が続けているのはたかだか小一時間犬の散歩に行って、好きな音楽を聴きながら本を何ページか読んでいるだけのことなのであって、たったそれだけで驚かれることの方がよほど理解不能だった、映画女優という仕事を始めた途端、自分を一切合切明け渡さねばならないと考えている連中の頭の中こそ、むしろどうかしているのではないか？　奴隷根性が染み付いてしまっているのではないか？　相変わらず会食の誘いや出演者慰安の温泉旅行、泊まりがけのロケなどは断り続けていたのだが、それでも仕事の依頼は増えていった、さすがにテレビの連続ドラマに出演するようになると、特に大きなヒット作が生まれたわけではないのだが、彼女の名前は広告業界の外の、一般の人々にも知られるようになった、見る人をたじろがせるほどの美しさは、親しみの持たれる顔、以前どこかで会ったことがあるような既視感を抱かせる顔が全盛のこの時代にあっては、女優としてはむしろ足枷《あしかせ》となる、起用できる役は限定されてしまうだろうという意見もあった。

二〇一〇年の八月は、気象庁が統計を取り始めた一八九八年以降でもっとも暑い一ヵ月となった、この年は春先から五月ごろまで曇天の肌寒い日が続き、赤道付近でエルニーニョ現象の発生が確認されていたこととも併せて、冷夏となるだろうと予想されていた、ところが七月の半ばに梅雨が明けると同時に太平洋高気圧が日本列島ぜんたいを一気に覆い、全国百ヵ所以上でいきなり気温三十五度を超える猛暑日となった、岐阜県多治見市で三十九・四度を記録したのもこのときのことだ、七月の終わりに猛暑はやわらいだので今夏の暑さのピークを過ぎたのではないかという見方も出たが、八月に入るとさらに狂ったような暑さが待ち受けていた、福井や福岡、広島など西日本各地で観測史上の最高気温を更新した、アスファルトの歩道が高熱のために波打ち、動物園のアザラシとペンギンは脱水症状で死亡した、テレビのニュースでは外出を控えるよう視聴者に繰り返し呼びかけたのでデパートやコンビニエンス・ストアの売り上げが激減した、東京都内は深夜になっても気温の下がらない熱帯夜が連続二十九日間続いていたのだが、三十日目の九月八日水曜日には、台風九号から変わった熱帯低気圧の影響で朝から大雨が降った、罪滅ぼしのように長く降り続く雨だった、その雨の中を彼女は品川区にあるスタジオに向かっていた、秋から始まる新しいドラマの撮影の初日だった、駅の改札を出ようとしたところで雨の降り方は一段と強まった、傘をさしても髪が濡れるほどの横から吹き付ける雨だったが、なぜだかその時の彼女には、今日雨が降ることなんてずっと以前から決まっていた、ただ、私たちがそのことを知らないだけなのだ、としか思えなかった。撮影は予定よりも二時間近く遅れて始まった、出演者にも、現場のスタッフにも、長い悪夢めいた夏に疲れ果てたような、どこか投げやりな感じがあった、主役の俳優がしょっぱなから二回続けてNGを出したがその場にいた者はみな、見て見ぬ振りをした、演出家から簡単な説明があるだけでテストは行われず、いきなり本番に入った、カットがかかると今度は二台のカメラの位置を反対側に移して、再び同じシーンを撮影した、撮る側も、演じる側も、初日は手探りのまま予定を終えた。ところがこの方法で撮影された映像を見てみると、不自然とも思えるほど空間に奥行きができていた、切り返しも多用されていた、ドラマの設定上は、登場人物たちが住んでいるのは狭いワンルームのマンションだったのだが、画面の中のその場所は学校か病院のようでさえあった、彼ら彼女らが顔を合わせるのは朝のゴミ捨て場か近所のコンビニ、帰宅時間の、薄暗い蛍光灯の灯る外廊下《そとろうか》だけで、日中それぞれがどんな仕事をしているのかは視聴者にも伏せられたままドラマは進行した、ロケは行われず、全て屋内のスタジオでの撮影だった。初回は、主人公の青年が貰い受けてしまった大きなカメ、ヘルマンリクガメという種類のカメをいかに大家に見つからぬよう飼うことができるか、という話だったが二回目以降も、郵便受けに入れられていた現金の持ち主を探すだとか、下着泥棒を捕まえるために植え込みに隠れて待ち伏せするだとか、毎回他愛もない、今の時代にはあり得ないほど深刻さのかけらもない一話完結のストーリーばかりだった、恐らく一九七〇年代にアメリカで放送されていたホームドラマを模しただけなのだろう、脚本家はこの道十年ほどの、物静かな痩せた男だった、眼鏡はかけていなかったが、いつも黒いチロル帽をかぶっていた。このドラマの中で彼女はエキセントリックで、且つコミカルなヒロインの役を演じた、例えば、夜中に下着姿でベランダに飛び出してきた彼女が叫ぶのは、こんな台詞だった。「どれだけの悪意が、私のこの身体でせき止められていると思っているのよお！」ある朝、自宅から駅へ向かっていた彼女は、自分がスキップしていることに気づいて赤面した、それほどこの役を演じることは彼女の喜びとなっていた、何年か振りで、恐らく、今はもう老いてしまった白いマルチーズを飼い始めた、まだ自分が少女だった頃以来十年近くも感じたことのなかった外出したいという気持ち、それも映画館や土曜日の午後のデパートのような人が多く集まる場所へわざわざ出向きたい、そして自分が女優であることはとうぜん隠しながら、見知らぬ老婆ににっこりと微笑みかけたり、ベビーカーの中の赤ん坊に大きく目を見開いて深く頷いてあげたいという気持ちにさえ、彼女はなることがあった、ターミナル駅の改札を出たところに募金を呼びかける若者がいれば、それがほとんど新興宗教の勧誘と区別の付かない怪しげな目的であったとしても、彼女は気前よく折りたたんだ千円札を小箱にいれてやった。食欲も増した、なぜだか炭水化物ばかりを摂るようになってしまい、ドラマの撮影の合間にスタジオ近くの喫茶店に一人で入り、山盛りのナポリタンを大急ぎで食べた、それは出演者に支給された幕の内弁当を平らげた、ほんの二、三時間後の話なのだ、それでも彼女は太らなかった、いや、本当をいえば、腰の両側や二の腕に贅肉が付いてしまったのだが、それは彼女じしん以外誰一人気づくことのない、わずかな身体の変化だった。

とにかく彼女は幸福だった、ドラマは当初の予定通りワンクール、十一話で終了し、深夜帯の三十分番組としてはそれなりの視聴率を獲得したものの、続編を作ろうという話が出るわけでもなく、翌年春の東日本大震災で視聴者の記憶からも消し去られてしまったが、彼女の高揚した気分だけは続いていた、もしかしたらこれは今まさに、自分の青春期が終わろうとする予兆なのではないか？　灯火消えんとして光を増すということなのではないか？　とも考えたが、それならばそれでも良いと割り切れるほど、この頃の彼女は人生を生きる喜びに浸っていた、彼女の目に映る街路樹の若葉はエメラルド色に輝き、耳に入る女子高生たちのお喋りは旋律を帯びていた、彼女の前ではテーブルに置いたただの水でさえプリズムとなって虹を作った、日本茶を飲めば必ず茶柱が立った。異常な心理状態にあることは彼女じしんよく分かっていたのだが、気がついたときには既に巻き込まれてしまっていたこの奔流には、どこか抗し難い強引さがあった、それともそれはただ単に幼い頃から彼女が慣れ親しんだ性急さの、別の表出に過ぎなかったのかもしれない。だから、と繋いでよいのかどうかは分からないが、そのまま彼女は黒いチロル帽の脚本家と婚約してしまった、互いをよく知るためのお付き合い時代という助走期間を経ることなく、いきなり決めてしまった結婚だった、三度目の食事で彼女は脚本家からこういわれたのだ。「二人一緒ならば、悪意をせき止める苦労も半分で済む」結婚式までは、まだあと半年あった、この婚約期間に彼女は再び父親と話す時間を多く持つようになった、長い、ほとんど十五年にも及ぶ単身赴任の時代を終えて、ようやく父親は川崎の自宅に戻ってきた、もちろんその間何度も親子は会ってはいたのだが、久しぶりに一緒に暮らす父親は別人のように老いていた、長い捕虜生活から解放された、疲れ果てた兵士のようでもあったのだが、じっさい勤め先でも役職定年を迎えて、不動産管理の関係会社の監査役として本《ほん》定年《ていねん》までの残りの五年間を過ごすばかりとなっていた、快活な彼女とは対照的に口数は減り、食も細くなって両頬がこけたようにも見えたが、今までの生活が連日連夜接待続きで栄養過多だったのだ、これでちょうど適正体重なのだというのが父親の言い訳めいた説明だった。夜遅く、彼女が自室から居間に降りてくると、父親は一人でテレビの画面を見つめていた、彼女も立ったまま、腕組みをしながら同じ画面を見た、するともなしに始まる話は民主党政権の問題点や節電について、大関魁皇《かいおう》の引退についてなどだったのだが、それらはただ単に一番大事な話題を避けているだけのようでもあった。平日の夜に渋谷で待ち合わせて、彼女が父親に食事をご馳走することもあった、宮益坂を上《のぼ》り切った所にある、昭和の時代から続くロシア料理の名店だった、二人は窓際のテーブル席に案内された、黒ずんだ煉瓦《れんが》壁の天井近くには天使の描かれたステンドグラスが埋め込まれ、木製キャビネットのスピーカーからは陰鬱なバイオリンの独奏が流れていた。秋の始まりの、静かな夜だった。一番下のランクのコース料理を頼んだのだが、前菜、スープのボルシチ、魚のパイ包み焼きからメインのビーフストロガノフまで、どの料理も味は悪くなかったが時代錯誤的に量が多かった、食欲旺盛な彼女はそれらを次々に平らげた、父親が食べ切れずに残した分まで彼女は食べた、食後はジャムを入れた紅茶を二人して飲んだ。「赴任する先々の町でずっと待っていたんだが」白髪頭の父親はうつむきながら、蒼ざめた顔でいった。「葵はあれから二度と会いには来てくれなかったな」

不思議な結婚生活が始まった、とりあえずは脚本家が住んでいた千駄ヶ谷のマンションに彼女が同居することになった、朝食は仕事の予定に合わせて別々に取り、夕飯はどちらでも早く帰宅した方が準備を始めた、テレビは一日じゅう点け放しだったがさすがにドラマは観ずに、もっぱらニュースかドキュメンタリーを観た、六畳の広さしかない寝室には彼女のベッドだけを置き、脚本家は居間の隅に布団を敷いた、脚本家は必ずマスクをしてから寝た、風邪の予防という理由だったが、冬の間だけではなく暑い夏でもそうだった。ドラマや映画の脚本の仕事も、女優の仕事も、どちらも不規則な仕事だし、二人とも多忙なのだから一緒に過ごす時間などなかなか持てないのではないか？　結婚してからしばらくは人に会うたび、まるで時候の挨拶でもあるかのようにそう聞かれたものだが、会社員の共働きの夫婦に比べたら二人ははるかに自由だった、時間なんていくらでも作り出すことができた、勤め人たちが絶望的な気持ちで職場に向かう月曜の朝、二人は長い散歩をした、千駄ヶ谷から原宿の裏道を抜けて、恵比寿を回って広尾まで、一時間以上早足で歩き続けた、薄く靄のかかった、冬の一番寒い時期のよく晴れた朝だった、歩道にはゴミの詰まった白い袋がうずたかく積まれ、その頂上には一羽の大きなカラスが、それも凛々《りり》しいという言葉こそが相応しい、艶《つや》のある羽を紫色に光らせたカラスが、ビルの上にようやく顔を出した太陽を無言で見つめていた、この時間に開いている店はまだパン屋とクリーニング屋ぐらいしかなかったが、店内できびきびと働いているのはなぜだか八十歳も超えたような高齢者ばかりなのだ。朝食を取る店を探しながら二人は黙々と歩き続けた、白金高輪も過ぎて、三田の近くまで来たところで彼女が立ち止まった、路地の奥に一軒の店を見つけた、外階段を上《あが》った二階にある、古い喫茶店のようだった、重い鉄扉を押して中に入ってみたが店内には誰もいない、だが人の気配は確かにあった、どこからかラジオのFM放送が聞こえた、寄せ木の床の半分ほどを、窓から入る朝日が黄色く染めていた、小さな正方形のテーブルに向かい合わせで置かれた丸椅子にそれぞれ腰掛けて、二人は待つことにした、ところが戻ってきた店主は、夫婦にこう告げた。「ごめんなさい、ここは美容室なんです」しかし、朝の九時から営業している美容室なんて、現実の世界に存在するものだろうか？　もし本当にそんな美容室が存在するのならば、試しに私が髪を切って貰おうじゃあないか！　でも、勝手に髪を切ってしまったりしたら、後で事務所に怒られたりはしないだろうか？　短くなった君の髪を見て、悲しむ人だっているのではないか？　自分の髪を切って悲しまれる理由なんてどこにもないし、何もバッサリとショートカットにしようということでもない、私はただ、伴侶となったあなたに見守られながら、髪を切ってみたいだけなんだ！　帰りは地下鉄を使って外苑前まで戻り、遅い朝食を取ってから遠回りをして歩いた、向かい側から吹き付ける、乾いた冷たい風が心地よかった、青空の高いところをさっき見た、凛々しいカラスが一羽孤独に飛んでいた、両頰を赤く染めた、前髪が短くなった彼女の顔は田舎育ちの子供のように幼く見えたが、それでもこの世界で彼女だけに特権的に与えられた美しさが損なわれることはなかった、北風が強く吹いた、その勢いを借りるようにして、彼女は夫と腕を組んだ、二人は無言のまま正面を見据え、下りの坂道をゆっくりと歩き続けた。

三年弱の結婚生活を通じて脚本家の夫と一緒に過ごした時間はけっして少なくはなかったはずだ、にもかかわらず、会話らしい会話はほとんど交わさなかった、その失敗に関しては潔く認めざるを得ないと彼女も分かっていた、しかし重々しい空気と沈黙に支配されたた、訪れた客が一刻も早くこの場から立ち去りたいと願うような家庭ではけっしてなかったのだ。会話の少なさに手遅れになるまで気づかなかったのは、一つには、彼女の高揚が依然として続いていた、家の中では声をあげて笑ったり、家事をしながら鼻歌を歌ったり、饒舌に喋り続けていたということが間違いなくあるのだが、いつも点け放しになっていたテレビのドキュメンタリー番組やニュースも、もっともこれはいざというときには二人が寄ってすがる杖のような機能を果たしもしたのだが、悪い結果を導いてしまったのだろう、たとえ同じテーブルで一緒に鍋物をつついているときでも、湯気の向こうの脚本家は遥かな遠くにいるように見えた。しかし彼女の結婚生活が不思議だったといったのはもっと単純な理由で、二人の間には性的な関係がなかったからだ、いや、全くなかったということでもないのだが、結婚後わずか半年で交渉は途絶えた。最初は彼女も夫の身体の不調を疑った、これから中年期に入ろうとする働き盛りにありがちなことではあるが、締め切りに追われる仕事のストレスから来る精力減退なのではないか？　それとも原因は私の側にあるのだろうか？　美人であることと、性的な魅力とは共存し得ないのかもしれない、そんな馬鹿げた考えまで彼女の心の中を過ったこともあった、浮気は、男性であればいつかはするのかもしれないが、それにはまだ早いという根拠のない思い込みがあった。けっきょく会話の少なさというのも、ただ性の問題を話し合うことから二人が逃げていただけなのだろう、そんな状態が二年も放置され続けた後で、全ての問題が片付く日がとつぜんやって来た。

彼女の携帯電話に着信通知があった、脚本家の夫からだった、その日彼女の撮影はなく、夫は朝から仕事に出ていた、今日が彼女にとって人生最悪の日となるであろうことは、既にこの段階で彼女じしん十分予見できてはいたのだが、ならば受けて立とうという気持ちの方が勝った、紺色のカーディガンを羽織って、彼女は夫から指定された新宿のホテルへと向かった、秋の終わりの静かな午後だった。ロビー階のラウンジで話すものだと思っていたところが、わざわざ部屋まで取ってあるのだという、不吉な予感がますます強まった、重いドアを開くと、窓いっぱいの真っ白い光を背景に、二つの黒い影がソファーに座っているのが見えた、右側が彼女の夫で、左側は彼女の知らない、浅黒い肌に坊主頭、人の良さそうな黒目がちの瞳、真一文字に結んだ口、白いシャツにグレーのズボンの青年だった、身長は恐らくそれほど高くない。「近田君は、僕のパートナーなんだ」夫は自分が同性愛者であること、結婚を機に異性を愛するよう努力したがどうしても駄目だったことを説明した。「あなたを愛することができなかったのだから、他のどんな女性でも駄目なのだろう」夫の孤独を思って彼女は涙した、すると脚本家も両手を膝に突き、下を向いて涙をこぼした、青年だけが真一文字に結んだ口をさらに横に伸ばし、苦しげな表情のまま黙っていた。たまたま夫はその日、懐かしい黒いチロル帽を、二人が出会った頃にいつもかぶっていたチロル帽をかぶっていた、ところがそこで彼女はある可能性に思い当たり、愕然とした、いや、今日だけではない、彼は結婚してからもずっと毎朝、この古い、ところどころ破れかけたチロル帽をかぶって家から仕事場に向かっていたのではなかったか？　そんなことにすら私は気を配ってやれなかった、駄目なのは私の方だ！　妻として失格だ！　そう思って彼女はまた涙を流した。

　先斗町で湯葉料理を食べた翌朝、私と彼女は京都駅前から栂《とが》ノ尾《お》行きのバスに乗った、「鳥獣戯画」で有名な栂尾山高山寺《とがのおさんこうさんじ》は、もともとは奈良時代の終わりに天皇の勅願によって建てられた寺だが、その後荒れ果てて粗末な僧庵が残るばかりになっていたのを、鎌倉時代に明恵《みょうえ》上人《しょうにん》が再興した、国宝の石水院は後鳥羽上皇から学問所として贈られた建物で、現在まで高山寺に伝わる経典、絵画、彫刻の類も全て明恵上人の時代以降に集められたものだ。バスが京都駅前を出発してものの五分も経たないうちに、またしても、窓から見える景色が昭和の町並みに変わってしまっていることに私は動揺した、床屋の入り口では赤・白・青三色縞模様のサインポールが回っているし、八百屋は店先のキュウリやトウモロコシや笊《ざる》に盛った生姜を初夏の日差しから守るため、簾《すだれ》を人の背の高さまで下げている、「谷山無線」というトタン板の大きな看板を掲げた電気屋はまだシャッターを上げていない、雨で汚れた漆喰壁に無数のひびが入った釣具店の中では老いた店主が立ち上がって、誰かに向かって怒鳴っているのがガラスの引き戸越しに見える、しかしこんな大都市の真ん中にどうして釣具店が必要なのか？　商売として成り立つのか？　こういう昔の町並みはもはや東京ではけっして見ることはできない、それとも本当はまだ見ることができるのに、私がただ単に、見て見ぬ振りをしているだけなのだろうか？　大宮松原という停留所から赤ん坊を抱いた若い母親が乗ってきた、座席は空いているのだが寝ている子供を起こしたくないからだろう、吊り革に摑まって立ったままでいる、白い半袖のブラウスから覗いた二の腕が細い、まとめ髪の下の襟首も痛々しいほどに細い、若い母親は抱っこ紐の背中側のロックを締めようとするのだが指先が届かない、バスが揺れると身体も揺れてますますうまく行かない。手伝ってやりたい気持ちが、懐かしさと性欲の入り混じった感情とともに私の中に沸き起こったのだが、隣に座る女優に不審に思われることを恐れてぐっと堪えた、穏やかな、楽しげな表情で京都の商店街を見る彼女の横顔は、午前中の銀青色の粉のような光を浴びてますます美しかった、昨晩とは違い、しっかりとした化粧が施されていた。「帽子のみのりや」という看板が目に入った、ガラスのショーケースに紳士用の中折れ帽や婦人用の麦わら帽が並べてある店だった、私がまだ小学生だった頃、クラスメートの内の何人かは地元の商店の子供だったものだ、中華料理店の子供や自転車屋の子供、豆腐屋の子供は、学校では恥ずかしがってあえて自分から親の職業を口にすることはなかったが、放課後に仲のよい友達二、三人と連れ立って、自転車に乗って豆腐屋の前を通りかかると、その子は段ボール箱から重そうな袋を取り出していた、お互い目は合ったが話しかけるのは躊躇われた、私は自分が欲しい物は何でも買い与えられて甘やかされて育った子供で、こんなことではどうせ碌《ろく》な大人にはならないように思われてならなかった。「明恵上人は、本当にお勧めなんです」前年の秋に上野の東京国立博物館で開催された「鳥獣戯画」展の開会式に、私はスポンサー企業の代表として参列していた、そのときは私はまだ会社員だった、平日の昼過ぎだったがエントランス・ホールに入り切らないほどの人数が集まっていた、博物館長、展覧会の主催者となる新聞社社長の次に、高山寺の住職がマイクの前に立った。「四年をかけた解体修理がようやく終わって、今日、このような場で、皆さんに鳥獣戯画全四巻をご覧頂けますことを、本当に嬉しく思っております。今回は国内外で所蔵されている断簡《だんかん》五幅も併せて展示されますので、皆さんはこの絵巻物の全ての場面を見ることができるわけです」住職はもちろん剃髪して焦げ茶色の袈裟を着けていたが、私と同年代か、もしかしたら私よりも四、五歳若いようにも見えた、痩身で身長も高く、やはり黒縁の眼鏡をかけている、色の白い、骨ばった手を叉手《しゃしゅ》にして、下腹の上に置いている。「鳥獣戯画、正しくは鳥獣人物戯画ですが、日本で一番有名なこの絵巻は、いつ、誰が、何のために描いたのか？　数多ある寺院の中でどうして高山寺に所蔵されることになったのか？　様々な推論はあるものの、じつは今もって、いっさいが分かっていません」さも誰も聞いたことのない、面白い笑い話でも教えるかのように、住職はゆっくりと話した、斜め後ろの私の位置からはよく見えなかったが、じっさい顔には笑みが浮かんでいるようだった、主催者やスポンサー企業への謝辞はなかった、代わりに、「鳥獣戯画」目当てでこの展覧会を訪れた人も、明恵上人の名前だけは憶えて帰って欲しいといった。「十九歳の時から亡くなる間際まで、四十年にも亘って自分が見た夢の記録を付け続けた人なんです、外国を探しても、この時代にこんな人はいない、とても変わった人なんです」そして最後にこう締め括った。「明恵上人は、本当にお勧めなんです」高山寺の住職は二度、同じ言葉を繰り返した、私はその言葉だけを頼りに、それこそ寄ってすがる杖として、こうして京都までやって来たのだ。

仁和寺《にんなじ》の停留所で観光客が降りてしまうと、バスの中には三、四人の地元の乗客だけが残された、しかし私はしばらく前から一人の若い男が気になっていた、京都駅前をバスが出発する間際、ドアも閉まりかけたところで駆け込んできた乗客だった、私と女優が座る、三つ前の座席に腰を落とすなり、いきなり窓に頬を擦り付けるようにして眠ってしまった、男はチェック柄の半袖シャツにチノパンツ、革のスニーカーという格好だったが鞄を持っていなかった、手ぶらだった、もちろんポケットに財布と携帯電話ぐらいは入っているのだろうが、観光客でないことは明らかだった、この身軽さと眠りの深さはまるで学生だが、学生と見るには年齢が行き過ぎていた、ならば大学の講師といったところか、しかし立命館大学前でも男は降りなかった。周山街道《しゅうざんかいどう》に入ると緩やかなカーブと上り坂が続く、けっきょく終点まで男は目を覚ますことなく、栂ノ尾で私たちと一緒にバスを降りた、彼女には申し訳ないと思いつつ、表参道ではなく崖沿いのつづら折りを登る裏参道をわざわざ選んで高山寺を目指すことにした、ところが驚いたことに、男は私たちの後をつけてきたのだ！　やはりこいつは週刊誌の記者か何かなのか？　小説家の私には記事に取り上げられるほどのバリューはないので、狙われているとすれば女優の彼女だ、しかしいくら何でもこんな場所でそれはないだろうという気持ちの方がまだ強かった、男を先に行かせてしまおうと参道の途中の東屋に立ち止まってみたりもするのだが、なぜだか中途半端な距離が保たれたまま、男は私たちの視界の中に留まっている。山門を入って少し歩くと古い民家のようにも見える庫裡《くり》があり、そこで履物を脱いで石水院の拝観料を払うことになる、一瞬迷ったのだが私たちはそれぞれ別々に支払うことにした、彼女が素早く支払い、次に私が支払おうと鞄の中を探ったのだが財布が見つからない、本か書類の間にでも挟まっているのだろうと探してもたもたしていると、右の太股《ふともも》の辺りを撫でるようにかすかに、何かが触れた、大きな、重い物が通り過ぎた空気の揺れだけが残った。「おおっ」ぞっとした私は怖れの予感とともに叫びながら振り返ったのだが誰もいない、すると庭の芝生の上を、真っ黒な大きな犬が、恐らく私の五十年の人生で見た中でもっとも巨大な犬が、人間の抱く恐怖心など我関せずという気高さで、首を高く上げてまっすぐに前を見つめたまま大海を進む帆船のごとく悠然と、ゆっくりと移動していた。犬の背中は初夏の陽光を浴びてほとんど金色に輝いていた。足を動かすことすらなく滑らかに進んでいたのだ。だが、私のこの感動をどうやって彼女に伝えれば良いのだろう？　かつてはあれほど飼い犬を愛していたはずの彼女なのに、その黒い犬には見向きもしなかった。客殿《きゃくでん》から渡り廊下を抜けていく彼女の後ろ姿、明るい栗色の髪がボーダー柄のニットの肩の上に広がり、薄灰色のクロップドパンツに包まれた腰から脚、白く眩しいむき出しの足首は磁器人形めいて細い。靴を脱いでも男性と変わらぬほどに高い背丈のその遠ざかる後ろ姿に、私は再び、呆然と見惚れた。

石水院には中庭の池に架かる渡り廊下を伝って北側から入る。西正面の広縁《ひろえん》は廂《ひさし》が長く取られているので外光はあまり入らない。黒ずんだ床板の上に置かれた膝丈ほどの小さな善財童子《ぜんざいどうじ》像も影となって、その表情まで見ることはできない。私と彼女がその西の広縁の前を通って南縁《なんえん》に回ったとき、右手の、すぐ近くのカエデの木の枝が大きく揺れた。幹の軋む音がした。「猿！」という叫び声が聞こえた。縁側の緋毛氈《ひもうせん》に足を投げ出して座っていた。中年の女性が立ち上がった。私と彼女も目の前に広がる木々の高い枝へ目をやった。先に座敷に入っていた。バスから一緒の若い男も縁側まで出てきて外を見た。「いやあ、お猿さん、絵巻から飛び出して、会いに来てくれたんやねえ」中年女性は連れの、同年代の女性に興奮気味に、声高に話した。「見えた？」「いや」私と彼女は笑いながら首をかしげた、じっさいに野生の猿が現れたのだろう、あの枝の揺れ方は風ではなかった、生き物の気配が確かにした、しかしそのときの私は、この中年女たちの凡庸さを呪っていた、どうして高山寺に参拝して猿を見つけたら、「鳥獣戯画」から飛び出して来たなどというつまらない発想しかできないのだろう！　商売人の勧誘にやすやすと乗せられてしまうのだろう！　関西弁のイントネーションもまた憎かった、さらに忌ま忌ましいことに、恐らく四十代であろうこいつらは、私よりも年下なのだ！　私が年を取れば取るほど、世界は頼りなく、脆弱になっていく、資本主義からもっとも遠いはずのこの場所で、愚かさに対する怒りが私の中で再燃しかかっていた。怒りの感情に取り込まれぬよう、私は向《むかい》山《やま》の遠景に強いて意識を集中させた、松の群生が覆う斜面に一本、落雷で焼けた枯木《こぼく》が突き出ている、裂けた幹の赤茶色がむしろ生き生きして見える、松より低い位置には、晩秋になれば朱色に染まってこの静かな場所にも大勢の観光客が押し寄せてしまう原因となる、しかし今はまだ無邪気に黄緑色の葉を茂らせているカエデやヤマツツジが広がっている、谷底は見えず、ただ清滝川《きよたきがわ》を流れる水の音だけが絶えず聞こえる、周山街道を走る自動車のタイヤが軋む音もときおり混じる、縁側の正面やや右手にはなぜだか季節ではない芙蓉のピンク色の花が咲いている、一羽のツバメが、手を伸ばして飛び上がったら届きそうな近くを、白い腹を見せながら何度も往復している。私はつまり、二十八年間続けた会社勤めを辞めて、この世界の住人となる資格を再び得ていたはずなのだ、南側の長押《なげし》の上には、緑地に金縁の文字で書かれた後鳥羽上皇の勅額「日《ひ》出《いでて》先《まず》照《てらす》高山《こうざん》之《の》寺《てら》」が掲げられている、広さ十畳の主室の天井は、八百年前に高山寺が創立されて以降、移築・改築が繰り返されてきたこの建物の中で、今では二、三ヵ所のみとなってしまった、建造当初のあすなろ材が残されている部分だ、赤土色に退色した梁材はじっさい土に還りつつあるようでもあり、波打ち、繊維も剝がれて、今にも朽ち落ちて来そうにも見えるが、この天井は八百年間一度も朽ち落ちることはなかった。奥の床の間には「明恵《みょうえ》上人《しょうにん》樹上《じゅじょう》坐禅像《ざぜんぞう》」が掛かっている、もちろん模写を掛け軸にしたものだ、全体に黄色がかった、鋭く尖ったいばらのようにも見える松の木々に埋もれながら座禅を組む明恵上人の姿が、中心よりもかなり下に描かれているのだが、肖像画としても、絵ぜんたいのバランスとしても、明らかにここに描かれた人物は小さ過ぎる、この絵は明恵が存命中に弟子の成忍《じょうにん》という画僧に描かせたらしい、それとも弟子の方から頼んで描かせて貰ったのだろうか、目を瞑り、座禅を組む明恵の右上には二羽の小鳥が飛び、左側の松の木の高い枝には灰色のリスが身体を捻って、下を覗き込んでいる。上野の「鳥獣戯画」展でこの「樹上坐禅像」の実物を見たときにも、私が気になって仕方がなかったのはやはりこの、灰色のリスだった、後脚を折って幹と枝の股に尻を着けるように座り、前脚は軽く枝に添えたまま首から上を回転させて、座禅を組む高僧を見下ろしている、真っ黒な目も、わずかに口角が上がったように見える口も、狡猾そうで、どことなく不吉だ、頭と背中には薄い縞模様が入り、長い尻尾はだらんと下に落としている。明恵上人の肖像画は他にもリスが描かれているものがあるのだそうだが、宗教画に小鳥が描かれるのは何となく分かるとしても、リスは珍しいのではないか？　やはりちょっと変なのではないか？　明恵は自然と一体となって修行したからなどと安易に解釈して良いものだろうか？

似たような不可解さは、石水院の主室に、ガラスケースに入れられて展示されている、木彫りの子犬についても感じる、仏師快慶《かいけい》作とも伝えられるこの実寸大の子犬の彫像を、明恵は常時自らの手許に置いて撫で続けたために、もともとは白い下地の上に彩色が施されていたものが現在ではほぼ完全に剝げ落ちて、渦巻き状の木目が肩や尻の辺りにいくつも浮き出てしまっている。幼くして両親を亡くした明恵は、鳥や犬を見ても、この動物たちの何れかは父親か母親の生まれ変わりなのではないかと思えてならなかったという、あるとき明恵は井戸の水を満杯に汲んだ手桶を下げて山道を登っていた、杉木立の影が枯れ草原に長く伸びる、冬の日暮れどきだった、既に十歳にもなり高雄の神護寺《じんごじ》に託されて修学中だったのだから幼い子供ではない、水屋の踏み石の上に一匹の老犬、灰色の体毛はところどころ抜け落ちて肌が見えている、鼻先の細い、悲しそうな目をした老犬が丸くなっていた、疲れて腹を空かせているのだろう、可哀想にと思いながらも明恵は気にも留めず、寝ている犬を跨《また》いで水屋に上がった、犬が首を上げてこちらを見たような気がした、その瞬間、自分がとんでもない過ちを犯したことに気づいた。激しい自責の念に駆られた明恵は、水の入った手桶を思い切り遠くへ放り投げ、すぐさま地べたに両手を突いて深く詫び、犬を拝んだ。平安時代に犬を敬い、愛することはどれほど人々の目に奇異に映ったことか？　それとも現代と変わらず、動物を無条件に愛さずにはいられない気持ちは人間の自然な感情として認められていたのか？　当時の犬は昭和の時代の飼い犬と同じように短命で、やはり四、五歳までしか生きられなかったのか？　フィラリア症の寄生虫はまだ日本国内には存在せず、平安時代、鎌倉時代の犬はみな長寿だったという可能性はないのだろうか？　晩年の明恵がいつも身近な場所に置いて、膝の上に抱いたり、撫でたりし続けた木彫りの子犬は、その後八百年に亘って、興味本位でこの彫像を撫でた無数の人々の手のひらの脂によって今では汚れ、黒光りしている、顔付きは犬というより小熊に近い、小さな耳は畳まれている、横長の頭をわずかに左にかしげ、前脚も心持ち左を前に出し、右を引いているようにも見える、後脚は揃えて曲げて尻を地面に着けている、筆のような細い尻尾も左向きの半円を描いている、塗料は全身剝げ落ちて、どのような色に塗られていたかは判別できなくなっている中で唯一、両目だけは、白目も、黒目も、はっきりと色が残っている、これは目の部分だけ色を塗り直したのだろうか？　目だけは石か何かの、別の素材で作られているのか？　それとも、この彫像を撫でた人々もさすがに目に触れることだけは控えたからなのか？　そもそも目の中の白目の部分、強膜《きょうまく》を持っているのは人間だけで、人間以外の全ての動物の目は真っ黒なのではなかったか？　志賀直哉は「時々撫で擦りたいような気持のする彫刻」といったそうだが、可愛いというには程遠い、むしろ不気味に見えてしまうのはこの両目の、白目があるせいなのではないか？

無言のまま、少し腰をかがめて、ガラスケースの中の子犬の彫像を見ていた彼女の、紺と白の縞のセーターの肩が弱い光を発したような気がした、ライラックの花の匂いを感じた、彼女はその光を肩からもぎ取り、左の手のひらに乗せて私に見せた、タマムシだった。タマムシ！　この七色に輝く昆虫が実在することを、私は二十八年もの長い間忘れてしまっていた！　それはどれほど大きな損失だったことか！　それにしてもこの女は、虫を怖がったりはしないのだな、大した女だ、この女と離婚した男は大馬鹿者だな。そのときにはもう、うるさい中年女性の二人連れも、若い男も、この部屋の中にはいなかった、もしくは私たちには見えていなかっただけなのかもしれない。

型のようなもの

偶然なのだろうが明恵は親鸞が生まれたのと同じ年、承安三年（一一七三年）の正月八日に、紀伊国有田郡石垣庄吉原村《いしがきのしょうよしはらむら》で生まれている。父親は平重国《たいらのしげくに》という平氏方に仕えた武士だったが、明恵が八歳のときに上総国で戦死している、母親は紀伊国の武将、湯浅《ゆあさ》宗重《むねしげ》の四女だった。湯浅宗重は平治の乱の際に平清盛を助けている、「愚管抄《ぐかんしょう》」にもそう書かれている。平治元年十二月、清盛は一族を率いて熊野《くまの》詣《もうで》に向かっていた、京都を出て三日目の晩に田辺の宿に到着したとき、京都に反乱の起こったことを知らされた、自らの油断を責める気持ちと相まって、怯懦が肉体を支配しつつあった、清盛は大宰府に逃げることを真剣に考えていた、すると囲炉裏の向こう側の暗がりの中から、一人の若者が立ち上がって、つぶやくようにいった。「二十の兵であれば、明日までに揃えてみせましょう」その場にいた者はみな若者の言葉を無視した、気不味い空気が流れた、若者は濃い口髭を蓄えた田舎侍だった、何を意味するのかも分からぬままに不吉な予感が清盛の胸中を過った。しかしその二日後の朝には、清盛は三十七騎の兵に守られてこともなく入京し、六波羅の邸に戻ることができた。反乱の首謀者として捕らえられた藤原信頼《のぶより》は六条河原で斬首された。

これもまた偶然に過ぎないのだろうが、明恵の母親は、明恵が八歳となったその日に病死している。翌年の夏、明恵は叔父の上覚《じょうかく》に託され、高雄の神護寺で密教を学ぶことになる。紀伊国の崎山《さきやま》から高雄までは七日の旅だった。仏弟子となることは幼い頃からの望みだったのだが、馬上の明恵には今更ながらに両親と過ごした幸福な幼少時代が、それこそ死の間際に何十年もの自らの人生をかえりみるかのような愛おしさとともに、懐かしく思い出されてならなかった。明恵は父親の呼ぶ声で振り返った。幼い頃、明恵は薬師《やくし》と呼ばれていた。風の強い日だった。満開の桜の木から降り落ちる花びらがときおり口の中にまで入ってきて、唾と一緒に吐き出さねばならなかった。父親は桜の木の、手を伸ばしても届かない高さの枝を指差していた。顔を上げると幾枚もの白い花びらが目の前を過ぎていった。明恵には青空の背景に鈍く銀色に光る桜の枝が見えるばかりだった。「薬師、ごらん」父親は明恵の両肩に手を当てて揺すった。それでも何も見えないことには変わらなかった。一匹のリスがいるのだという。明恵はあいまいな相槌を打ってみたが、自分の目はまだそれを捉えられていないという秘かな後ろめたさが、そんな小さな生き物になど興味はないという不機嫌さとなって、態度に表れてしまった。一刻も早く、母屋へ戻りたいと泣いて訴えた。このとき明恵は烏帽子《えぼし》を被っていた。漆で固めた硬い烏帽子が頭を締め付けるのが痛くて堪らなかったのを憶えているのだが、ということはあの日は初午祭《はつうま》だったのか、それとも単なる父親の思い付きで息子に烏帽子を被せてみただけだったのか。京都の四条坊門《しじょうぼうもん》の宿所でも、明恵はしばしば癇癪《かんしゃく》を起こして、大泣きして両親を困らせた、明恵は武士である父親は愛していたが武士は嫌いだった、ほとんど憎んでさえいた、日も暮れて、もう寝床に入ろうかという時分になってから、彼らはいつもいきなり、騒々しくやってきた、せっかく乳母がきれいに磨き上げた床板に泥土のついた脛巾《はばき》のまま上がり、家中に砂を撒き散らした、彼らはみな馬の汗と魚の干物の混ざったような堪え難い、強い体臭を放っていた、日に焼けた真っ赤な顔をして怒鳴るように話し、何がおかしいのか大声で笑いながら夜通し酒を飲み続けた、ふだんはあれほど堂々としている父親が、武士たちの前では口数少なに作り笑いをしながら、気を遣って酒を注いで回っていたのだから、奴らは平家の諸大夫だったのだろうか。子供なりに抑えていた怒りが一気に弾けるようにして、明恵はとつぜん大声で泣き出した、武士たちにも聞こえるような声をわざと張り上げて、今すぐに清水寺に参りたいと訴えた、夜道が真っ暗だって構わない、風が吹いて寒くたって構わないから、今すぐに参りたいのだ！　既に幼い明恵の中に、静かに読経する法師への憧れと共感の気持ちがあったことは間違いない、しかしその気持ちの何割かは粗暴な武士たちに対する反発だった、いずれ自分も巻き込まれてしまうのであろう権力と必要悪に怖ろしさも感じていた。不具者になってしまえば法師になる他ないだろう、そう考えて縁先から転げ落ちてみたり、焼け火箸を頰に当ててみようとしたことさえあった、それらはただ親の後を追って武士にならねばならないという運命から逃げていただけだというのか？　仏道に身をやつしたいと願ったのは、あれは本心からではなかったのか？

旅は国境を越えて鳴滝川《なるたきがわ》に差し掛かっていた、崎山の親類の家を出発して二日目の、よく晴れた夏の朝だった、乾いた熱い風が南から吹いて草原《くさはら》を揺らしていた、鮮やかな瑠璃《るり》色のカワセミが飛んできて、すばやく川に潜ったかと思うと、小魚を咥えて森の中へと消えていった。カワセミという鳥は夏の空と同じ色をしているな、その様子を明恵は馬の背で揺られながら見ていた、馬は怖れることなく、川の流れの中へと足を踏み入れていった、川面の波に反射した太陽の光が眩しくて、明恵は目をつぶった、すると大粒の涙が流れ出て両頰を伝った、いったん自分が泣いていることに気づいてしまうと涙はますます溢れて止まらなくなった、寺に入ったらもう故郷に戻ることもないだろう、この銀色に輝く川も、苔色の山々も、柔らかな稲田も、優しい叔母の笑顔も、二度と見ることはあるまい、今更ながら自分の失った過去の大きさに、明恵は激しい後悔の念に飲み込まれそうになっていた。そのとき、ちょうど川の真ん中で、馬が立ち止まった、ゆっくりと首を下げて流れる川に器用に舌を伸ばして、水を口に含んだ、明恵は泣きながら手綱を引いた、馬は従順に再び歩み始めたが、悪びれることなく歩きながらもう一度、二度、舌を水に付けた、首を上げ鼻から息を吹き出し後ろを振り返った一瞬、口角がめくれ上がって、意外なほど真っ白い、馬の奥歯が見えた、明恵は自分が嘲笑されたような気がした。だが確かにそうだ、自分なんてそんな程度の人間でしかない、自分に比べたら動物たちの何と立派なことか！　肝の据わっていることか！　彼らにこそ学ぶべきの多いことか！　高雄の神護寺は二度の火災によって堂塔も焼け落ちて、二、三の粗末な僧房が杉林の中に建つばかりだと聞かされていたのだが、じっさいに到着してみると真新しい金堂に薬師三尊が安置され、弘法大師空海を祀る納涼殿も再建されていた、熊野での荒行で名高い文覚上人《もんがくしょうにん》による功績とのことだった。神護寺では明恵は母方の叔父に当たる上覚と同房で寝起きして、華厳五教章《けごんごきょうしょう》や梵字《ぼんじ》を学んだ、仏教の入門書である「倶舎頌《くしゃじゅ》」も、その一部を暗誦した、文治四年（一一八八年）、十六歳のときに剃髪出家して、東大寺の戒壇院《かいだんいん》で具足戒《ぐそくかい》を受けた、十三歳から十九歳になるまでの七年間は、金堂に入り祈願することを一日も怠らなかった。

　神護寺に移ってからの明恵はしばしば悪夢を見た、夢の中で明恵はまだ両親と乳母と暮らす幼い子供で、しかしそれなのに自分一人で、恐らく神護寺なのであろう山上の寺に聖教《しょうぎょう》の経典を受けに上がらねばならないのだった。出発は真新しい足袋と草履も嬉しく、演じているかのように勇ましく声を上げて家の門を出たのだが、じっさい明恵の気持ちも高揚していた。しばらくすると、今まで見たこともない一面のススキの原を歩いていた、風は湿って生ぬるく、穀物のすえたような臭いがした、風が吹くたびにススキの白い穂が生き物のように激しく揺れた、目指す山上の寺はまったく見えないどころか、延々と続くススキの遥か先に小指の先ほど小さく、尖塔のような黒い山の頂が顔を出しているばかりなのだった。あれほど遠くては、今日の内に屋敷に戻ることなど、ぜったいに不可能だろう……明恵は自らの思慮の足らなさを悔いるというよりも、そのような場所に幼い自分を向かわせた両親や家臣に対する不信感がいや増すことを抑えられなかった、聖教を受けることに私が知らされていない別の意味があるのか？　それとも幼いと思っているのは自分だけで、じっさいにはもう元服した成人なのだろうか？　太陽はまだ西の空の高い位置にあった、振り返って背伸びをして屋敷を探してみたが既に屋敷も見えなかった、もし途中で日が暮れてしまったら寺の僧房で休ませて貰う方が無難なように思えた、意を決して、明恵は道を急いだ。日没間際になって、ようやく山のふもとに到達したがふもとと呼ぶには無理がある、いきなりの壁のように山はそびえ立っていた、これほど険しい山の頂に寺が建つとも信じられなかったが、その険しさによって訪れる者をふるいに掛けているのかもしれない、ここから先は切り立った崖沿いの道を進まねばならない、すれ違うことなどとてもできない、人一人分の肩幅ほどしかない、馬も踏み外すであろう細い道だから、一瞬でも気を抜いた途端に崖底に落とされてしまう、と考えた矢先、明恵は柔らかい砂に左足裏を滑らせた、とっさに右手で岩の隙間から生えていた草を摑んだが、草はあっけなく抜けた、崖を転がり落ちながら死を覚悟したが、しかしなかなか谷底に叩き付けられない、ずいぶんと長い時間がかかるものだな、そもそも私は崖道を登り始めたばかりなのだから、谷が深いということもあるまい、それともそういう地形も天竺《てんじく》には存在するのか……そんな疑問が芽生えたところで目が覚めた、夜が明ける前だったが、ぐっしょりと寝汗をかいていた。八つ裂きになった乳母の遺体と対面する夢を見たこともあった、胴《むご》から両足と左腕をもぎ取られ、首も刎《は》ねられていたが、「誰に斬られた？　誰がこんな惨いことをしたのだ？」と問うても、首だけになった乳母は涙を流しながら、恥ずかしそうに、「こんな場所にいてはなりませぬ、薬師様は早くお逃げ下さい、お逃げ下さい」と繰り返すばかりなのだった。

悪夢を見るのもまだまだ修行が足りていないからに違いない、骨も心も内臓もとろけて消えてしまうまでに、徹底して華厳の修学に取り組まねばならないと明恵は考えたのだが、ところが驚いたことに、神護寺の学僧はとんでもない俗物ばかりだった、四六時中彼らが頭の中で考えていることといえば、金集めか、集めた金を使って派手な織物で袈裟を仕立てることぐらいしかなかった、じっさい境内を純白の直綴《じきとつ》に赤紫色と金色の五条袈裟で着飾った僧侶が歩いているのを見て、明恵は目を疑った、その僧侶は熊のように背が高く肥えてもいた、目つきはうつろで焦点が定まらず、重そうな両足を蟹股にして引きずりながら歩いたので、後には二本の線が玉砂利に残った。朝の早い時間に神護寺の僧侶たちは金堂に集まり、一つの丸い円になって座禅を組んだ、ということは本尊に尻を向けて座っていた者もいたということにもなるのだが、そうして読経をするわけでもなく、おもむろに話し始めるのは延暦寺の僧侶の悪口なのだった。景徳《けいとく》という僧侶は京都の洛東に家族を持ち、それを憚ることなく公言している、自らは加持祈禱《かじきとう》をすることもなく貴族への出仕ばかりを続けている、桜の季節に九条良経《くじょうよしつね》の子弟と舟遊びをしていて、景徳は川に落ちたのだそうだ、一羽の、藍色と橙の羽を持つ水鳥が川を渡っていた、良経の五歳になる息子があの鳥を見たいと望んだ、景徳は舟から大きく身を乗り出して、両手を伸ばして水鳥を捕らえようとしたところ舟は傾き、景徳は頭から川に落ちた、もちろん水は膝丈ほどの深さしかないので溺れることもなかったが、しかし僧侶が袈裟衣のまま川に落ちてずぶ濡れになるなどという恥ずかしい話をかつて聞いたことがあっただろうか？　それこそ前代未聞ではないか？　在俗の人は麦米が尽きてもひもじい思いをするだけだが、僧侶は勧進が途絶えれば死んでしまうとまでいって、景徳は皇族や貴族に訴えているそうだが、しかしその結果として、延暦寺には昨年も近江国の百六十四町の田地が寄進されたばかりだというのに、近々また別の荘園が寄進されるという噂もある、どうにも虫の好かない人物であることには間違いない、だが今に限っては、嫌悪される者をこそ我々の手本とすべきではないのか……どこまでが本当の話なのか、どこからが嫉妬からくる捏造なのかも判然としないままに、日暮れ近くまで神護寺の僧侶たちはとりとめのない話を続けていた。聞くに堪えなかった、余りに酷かった、迷える俗界の人々を導く立場にある彼らは、もっとも卑しく貧しい人々でさえ憐れむであろうほどに俗欲に囚われていた、互いに牽制し合いながら、財・色・法の三欲に埋もれて生きていた、山寺にこもっているからこうなってしまうのか、いやいや、そういうことでもない、華厳宗興隆のための公請《くじょう》出仕依頼によって東大寺に赴いたときにも、そこで目にした光景に明恵は愕然とした、修復中の大仏殿の北側裏手、僧房が焼け落ちた跡の更地を十四、五人の僧侶が一列になって歩いていた、先頭には金色の地の上に同じ金色の糸で無数の菊の花をあしらった裘代《きゆうたい》を纏い、右手には檜扇《ひおうぎ》、左手には翡翠の数珠を持って紫色の五条袈裟を懸《か》けた、口を真一文字に結んだ険しい表情をした高僧が不可解なほどゆっくりと、やはり両足は地面から上げずに、重そうに引きずりながら歩いていた、後には白の直綴の若い学僧たちが続いた、学僧はみな合掌し、剃髪した頭を垂れ、両目を瞑ったまま歩いている、何人かは念仏ではない、言葉にもならない唸り声をときおり発しながら、しかし列だけはけっして乱すことなく、高僧の丸い背中にぴったりと寄り添うようにして付いていく、人間というよりは列全体が一匹の大蛇のようにさえ見えた。それだけでもう十分に異様な、葬列めいて不吉な光景だったのだが、その上さらに信じ難いことが起こった、向かい側から一人の老いた僧侶が歩いてきた、合掌させた痩せ細った両手を震わせながら、極端に腰をかがめた姿勢でこちらに近づいてくる、一見して怯え方が尋常ではない、畏れの気持ちが強過ぎるのだろう、前のめりになったまま歩く速度が上がり、ほとんど駆け抜けるようにして、その年老いた僧は金色の袈裟の高僧とすれ違った、高僧の視線は正面に固定されたままだった、怯えた老僧はそのまま列の右手を走り去ろうとしたのだが、土に埋もれた石に草履を当てて、前方に身を投げ出すように地面に突っ伏してしまった、自らわざと転んだようにも見えた。するとあろうことか、列の最後尾にいた大柄な学僧が手にしていた笏《しゃく》を振り上げて、起き上がれずにいる老僧の額を二度、三度と打ったのだ、老僧の額は割れて眉間に赤い血が流れた、それでも金色の袈裟の高僧はそちらに一瞥たりともくれようとはしなかった。

叔父の上覚は明恵よりも二十歳以上も年長だったが、権威的なところのない、優しく真面目な大男だった、背丈は六尺を超えていた、明恵と同じく武士の家に生れながら武士の生活には馴染めずに十四歳で仏道に入った、神護寺の僧房にあっても、騒がしい若い僧侶たちがやってくると静かに自らの場所を譲り、一人月光の下で歌を詠むことを好んだ。その上覚の優しさ、温厚さでさえも単なる鈍感さとしか思えぬほど、十代の頃の明恵は苛立っていた、煩悩に取り憑かれた僧侶たちとほんの短時間話すだけでも、身体じゅうの血液が頭に集まってめまいがした、日ごとに募る怒りに夜もろくに眠れず、自らを見失いつつあった。どんな時代にあっても思春期の少年であれば多かれ少なかれ自暴自棄ではあるものだが、明恵もその例外ではなかったということなのかもしれない、師匠とすべき、尊敬できる人物などただの一人も現実に生きてはいない、こんな絶望的な末世で自分が十三年間も生き延びられたことの方がむしろ不思議なぐらいだ、ここまで生きればもう十分ではないか！　こんな欲望の種にしかならない肉体は獣《けだもの》にでも食わせてやって、今すぐ、今晩にでも、釈尊《しゃくそん》の導きによって来世での悟りへと向かおうではないか！　思い立ったらすぐに自ら動かずにはいられない、恐らくこの衝動的とも、直情的ともいえる行動への急絡が、生涯を通じて明恵が嵌まり続けた型のようなものなのだろう、そのまま明恵は墓地へと向かった、既に夜半を過ぎていた、月明かりだけを頼りに山道を下り小川を渡って、草原に出たところで暗闇からいきなり何者かの手が飛び出して、鼻先と鳩尾の二箇所を同時に殴られた、不意を衝かれた明恵は思わずよろけ、尻もちをついた、周囲を見回し、目を凝らしたが誰もいない……殴られたのではない、これは猛烈な腐臭だった、辺りには戦死者や処刑された罪人、溺死人の死体が土も筵《むしろ》もかぶせずに捨て置かれていた、狼《おおかみ》や犬がかじった後の、血のこびり付いた手足の骨もあった、明恵は堪らずその場で嘔吐したが、こんな弱いことでは駄目だと肝を据えて、座禅を組んで呼吸を整えると、なぜだか腐臭は徐々に消えていった。獣が食いつきやすいように着物を脱いで、両手両足をまっすぐに伸ばした格好でうつ伏せになったのだが、しばらくは何も起きなかった、風も吹いていなかった、草むらに棲む虫の声だけが聞こえた、これから死のうとする人間がおかしいと思いつつ、耳元に集まってくる藪蚊を払い続けた。二時間ほどが経過した、そしていい加減もうそろそろだろうと思って顔を上げたときに、草原の向こうの杉木立に五つ、六つの青白い光が見えた、ついに狼がやって来たのだ、狼たちは鳴き声は発しなかったが、鋭い歯で死体から肉を剝ぎ取り、骨を嚙み砕く音が大きく辺りに響き渡った、動物なりの律儀さで、一体一体順番に食い尽くしてから次に移っているようだった。いよいよ今度こそは明恵の番だった、右の肩から背骨に沿って濡れた鼻を密着させて、狼は明恵の体臭を嗅いだ、狼の吐く息は馬糞の臭いがした、少年の明恵は恐ろしくて、うつ伏せになってずっと目を瞑ったままでいた、別の狼も来て、尻と太腿の臭いを嗅いでいた。狼たちが去った後に起き上がると、山の稜線は朱色に輝き、空は深い青に染まっていた、晴れた夏の朝だった。

護符《ごふ》

建久六年（一一九五年）の秋、明恵は神護寺を出て、故郷紀州湯浅栖原《すはら》村の、白上《しらかみ》山へと向かっている、このとき既に明恵は二十三歳になっていた、白上山の山頂近くの西側斜面には、それ一つで城の石垣ともなるかのような巨大な四角い岩がそびえ立っていた、しかもその巨岩は双子のように、二つ向かい合わせに立っていたのだが、もともとは一つの岩だったのが大地震か落雷によって真っ二つに割れたのかもしれなかった。その片側の岩の上に明恵は小屋を建てた、薄い杉の板で囲って萱の屋根を葺いただけの、二間《にけん》ほどの広さしかない粗末な小屋だったが、強い風が吹いて小屋ごと吹き飛ばされぬよう、苦労して岩に釘を刺して柱を固定した。明恵はここに聖教と本尊を持ち込み一人修行を始めた、深い考えもなしに決めてしまった場所だったが、この白上の峰は素晴らしい環境だった、誰にも邪魔されることなく読経に集中することができた、神護寺で溜まりに溜まった怒りの澱《おり》が、それこそ内臓から大便でも掃き出すかのように綺麗さっぱりと消え去った、孤独であることは、何と尊いことなのだろう！　何と心安らかなことなのだろう！　岩のすぐ隣に松の老木が生えていたので、根元に縄で編んだ椅子を据えて、晴れた日は朝日を浴びながらそこで座禅を組むことにした。巨岩から下の斜面には、樹齢五十年は下らないであろうブナやトチノキの大木が無数の木の実を落とし、ひっきりなしに集まってくるリスや鹿や猿といった愛すべき小さな動物たちに冬の間の備えを与えていた。近くには小川も流れていたが、その水は清く澄んでいるだけではなく、口に含めばほのかに甘い柑子《こうじ》の香りさえした。北側は深く急な谷になっていて、荒天の日などはそこを渡る谷風がごうごうと岩上の小屋を揺らすほどに鳴り響いたのだが、事実この地の住人たちからその谷は鼓谷《つづみだに》と呼ばれていることを明恵はずいぶん後になってから知った。小屋の正面からは湯浅湾に浮かぶ小さな島々の向こうに遠く淡路島までを望むことができた。日の光を吸収してしまう鉛色のその大きな島は、この陸地こそが宋の国なのではないかと見紛うほど、遥かに、広大に見えた。

喜捨を施してもらうため、明恵はふもとの村へと向かっていた。白上山での修行を始めてから十日ほど経った、ある午後のことだった。急な斜面を蛇行する獣道《けものみち》を下りきると、稲を刈り取った後の切り株だけが点々と残る、広々とした田圃へと出た。弓形に曲がるその田圃の縁《ふち》を、明恵は一歩一歩踏みしめるように歩いた。反対側の山の斜面は竹林が続いていた。赤く湿った粘土の崖から真横に突き出た竹は、人の手によって曲げられたかのように根元で直角に向きを変えて、そこからはまっすぐに空に向かって伸びていた。この辺りの竹の特徴なのだろうか？　不思議な生え方をする植物だな……そう感じながら竹林の脇を通り過ぎようとした明恵は、自分が奇妙な感覚に囚われていることに気がついた。つい最近、ほんのひと月かふた月前にも、自分はこの田圃の縁の小道を歩いたような気がする、今と同じ夕暮れ前の時間帯だった、そしてやはりそのときも同じように、根元から折れ曲がる、変わった生え方をする竹に興味をそそられたのではなかったか？　だがしかし現実には、そんなことはあり得なかった、もしも過去に明恵がこの道を歩いたことがあるとすれば、それは両親を失って神護寺に預けられるより以前、崎山の親類の家で過ごした幸福な子供時代の記憶であるはずだった。すると逆に、神護寺での苦渋に満ちた十四年余りの歳月の方が実体を持たない、一晩の夢だったように思われてきた、本当の自分は幼い頃から成人となった今現在に至るまで、ずっとこの地に住み続け、百姓たちと一緒に畑を耕し、鶏に餌をやり、山で薪を拾う毎日を過ごしてきたのではなかろうか？　一日の勤めを終えてへとへとになって家に戻れば、赤ん坊に乳を含ませた幼い女房が笑顔で迎えてくれるのではなかろうか？　そんな馬鹿げた妄想からなかなか抜け出せなくなるほどまでに、明恵にとってみれば、神護寺での修行時代は悪夢めいた人生の浪費だったのだろう、じっさい神護寺では睡眠中の悪夢もしばしば見たが、現実はもっと絶望的だった、恥知らずな、俗にまみれた僧侶という目に見える敵と、自らの心の内の燃えたぎる憤怒という目に見えない敵の両方と戦い続けねばならなかった、絶えず身構え、緊張を強いられていた、十代の頃の明恵は疲弊し切っていたのだが、しかしまたその一方で、過敏な神経と、研ぎ澄まされた五感がもたらす特別な能力があったとしても、それはある意味当然といえる。まだ神護寺の僧房で寝起きしていた頃、暗闇の中に閃光を見たような気がして、明恵は跳ね起きた、隣で寝ていた明恵よりも年少の僧侶が心配して、どうしたのか？　何か恐ろしいものでも見たのか？　と尋ねてきた、自分では気がつかなかったが、明恵は叫び声まで上げていたらしかった。「大湯屋《おおゆや》の南東の角の軒にツバメの巣があり、母鳥と四羽の雛がそこにいる、何者かがその雛を襲おうとしている」半信半疑のままに若い僧侶が蠟燭を灯して、僧房から半町ほど離れた寺内の風呂場へと向かうと、確かに軒下には泥を固めて作ったツバメの巣があり、その周囲に三尺はあろうかという緑色の大きな蛇が二重、三重に巻き付いていた、蠟燭の火を腹にかざすと蛇はあっけなく地面に落ちた。一種の透視能力、といってしまえばそれまでかもしれないが、同じような出来事は幾度となく起きた。「農民の焚き火から上った火の粉が風に乗って、護摩《ごま》堂の裏手の枯れ藪に落ちたから、燃え広がる前に、すぐに消すように」とか、「川、といっても浅い川だが、幼子が誤って落ちたから、助けてやってくれ」とか、「手洗いの桶に一匹のハチが落ちて、羽が濡れて抜け出せなくて死にかけているから、すぐに水から取り上げて、逃がしてやって欲しい」とか、明恵がこういった発言をするときには、結果的に見れば、それらはすべて事実の予見になってしまっていた。そうすると、これは僧侶たちを責めるのも酷な、無理からぬ反応ではあるのだが、明恵は気味悪がられるようになってしまった、金堂での修法中でさえ、僧侶たちからは不自然な距離を置いて遠巻きにされた、僧侶たちは、それだけ陰でやましい行為を重ねていたということに他ならないのだろうが、個々人の心の奥の奥までを見透かされることを怖れたのだ。

だが、これは明恵にとってはむしろ好都合だった、だらだらと続く、愚かな、凡庸な連中との無意味な会話ほど、仏の教えに背いているという後ろめたさを感じることはない、誰からも話しかけられなくなったことをこれ幸いと、明恵は僧房を抜け出し高雄の山林の奥深くまで分け入って、適当な岩か松の大木の根を見つけたら、そこで座禅を組むようになった、何巻もの聖教を抱えて山に入ることもあった、いったん山に入ったら、二晩か三晩は戻ってこなかったのだが、さすがに四日目の朝ともなると空腹に耐え切れなくなって、渓流沿いの山道を駆け下りるようにして寺に戻ってきた、そして堂宇《どうう》の建築に当たっていた大工のために用意されていた握り飯七、八人前を一気に平らげてしまった。明恵は大男ではなかったが食欲は人一倍強い方だった、親類の家で養われていた頃には、正月の餅を十二個も食べて、まだ子供のくせにと呆れられたこともあった、他の僧侶たちのように焼いた川魚を食べてみたいだとか、こっそりと酒を飲んでみたいだとか考えたことは一度もなかったが、腹が減っていると読経にも集中できなくなることが自分の弱さだと分かっていた。神護寺を出て、白上山で一人で修行を始めた当初の心配は、自分が空腹に耐えることができるかどうかだった、ところがその心配は杞憂に終わった、明恵がふもとの村を訪れると、一軒の農家の入り口にのぼり旗《ばた》が立っているのが見えた、旗は薄汚れてほとんど草色に染まっており、高さもやけに低く、人の背の半分ほどしかないようだった、山から下ろす寒風が吹くと旗竿は頼りなげに左右に揺れた。だが近づくにつれ姿を現したものに、明恵は自らの不謹慎な見間違いを恥じた、そこには生きている人間が、一人の老婆が立っていた、無表情のまま言葉を発することもなく、竹で編んだ籠を両手で捧げ持っていた、籠の中には冬瓜《とうがん》が一つと二房のキノコが入っていた、明恵が合掌し、深く頭《こうべ》を垂れたまま受け取ると、老婆もぎこちなく合掌した、その手の甲は、まだしも旗竿の方が温もりを感じられたであろうほどまでに乾き切って、ひび割れ、生気が失われていた、若かった明恵は老いのもたらす人間の変化を怖れつつも、彼女の信心深さに感謝した。同じようなことは繰り返し起こった、海岸沿いの漁村まで下りたときには、明恵と年の変わらぬ若い漁師からイワシの干物を手渡された、申し訳ないが生臭物《なまぐさもの》は食べられないのだと断ると、漁師は代わりに貝を持ってきた、何者が、いつの間に訪れたのかも分からなかったが、岩上の小屋の前に笊《ざる》一杯の雑穀が置かれていたこともあった、そこでさすがに明恵も気がついたのだが、白上山で修行を始めた若い僧は湯浅の家の出で、東大寺で戒律を頂いた、いずれ将来は偉い坊さんになるお方だから、勝手な場所で草庵を結んでいても白眼視などすることなく、農民は定期的に穀物や衣類を寄進するようにというお達しが出ているに違いなかった。かつては平清盛の一難を救ったこともある、明恵の母方の家である湯浅氏は、平家滅亡後はあっさりと源氏方へ寝返り、今もこの地域一帯に勢力を保っていた。隠遁への意志を貫くために、人間から離れるために神護寺を飛び出したにもかかわらず、よりによって親類縁者の住む、懐かしい故郷を修行の場として選んでしまった自らの甘さを明恵は悔いた、もちろんそれは、見ず知らずの土地でいったん怪しい者だと思われてしまったら、食物の施しを受けられないばかりか下人や百姓の子供から石でも投げつけられるのが落ちだ、それでは修行どころではない、という事前の読みがあったからなわけだが、正しくその石つぶてを避けたことこそが自分の甘さ、中途半端さに他ならないように明恵には思われた、今更ながらに間違った時代に生まれたことが恨めしかった、もしも自分が釈尊の時代の印度《インド》に生まれていたなら、こんなことで思い煩う必要もなかったろう、鹿野苑《ろくやおん》で釈尊の最初の説法を五人の弟子たちが聞いたときから千六百年という時間が経つうちに、人間は打算と欲望を原理として行動するようになってしまった、生き延びるためには権力者に媚びるしかないと思い込んでいる、奴隷根性が染み付いた人々ばかりになってしまった、美しく光る衣を身につけている貴族とか、薄っぺらい知識をひけらかす僧侶が尊敬される、愚かな人々だらけの世の中になってしまった。陶器や彫像のような工芸品にしても、寺院の山門のような建造物にしても、最初に作られた作品こそがもっとも大きく美しい、完成している、そこから資金不足を言い訳とした手抜きが始まり、規模は小さくなり、質は劣化し続けるものだが、けっきょく人間も同じことなのだ、今や弛緩し、堕落しきった人々で埋め尽くされたこの地上は、どうせあと数年のうちに底が抜けて崩れ落ちるに決まっている。

同じ時代に生きる人間との接点を断つために、紀州滞在中の明恵は、湯浅湾の沖合いに浮かぶ無人島へ渡ったこともあった、島まで送ってくれた漁師の小舟が薄く靄のかかる、凪《な》いだ海を遠ざかっていくのを見ると、ここには自分以外に誰もいないことが実感されて、目頭から肩の辺りまでを覆っていたこわばりが緩んで、身体ぜんたいが安堵の気持ちに浸されていくのが明恵は自分でもよく分かった、この孤独への志向は明らかに病的だったし、仏の志を知って衆生《しゅじょう》を導かねばならない身分である僧侶が、酷い人間嫌いに陥っていることも矛盾ではあったのだが、これぱかりはもうどうしようもなかった、頑なな自分と折り合いをつけながら生きていく他はないと諦めていた。港から遠く沖合いに見たときには、こんもりとした深緑の木々に覆われているように見えたその苅藻島《かるもじま》という島は、じっさいに上陸してみると熱い溶岩が急速に固まったのであろう鋭く尖った真っ黒い岩だらけで、明恵はほんの二、三歩歩いただけでさっそくくるぶしを切ってしまった、五日目の朝にはまた同じ漁師が迎えにきてくれることになってはいたものの、こんな何もない場所で火をおこしたり、夜を明かしたりできるものだろうか？　強い日射しを遮るものもなければ人間の身体など簡単に干上がってしまうのではないか？　しかしそうした不安もさして真剣には受け止められぬほど、明恵にとっては一人孤独でいることの喜びの方が大きかったのだ。島の北岸にわずかに生えていた松の木の間に筵《むしろ》を敷いて、明恵は座禅の修行に集中した、睡眠はほとんど取らず、しかし夕暮れ時と日の出前の一日に二度、島の周囲をゆっくりと散歩して回った、人肌と同じ色をした不気味な一つ目の生き物が岩の窪みから細長い首を伸ばしていたが、人間の足音が近づくと目にも留まらぬ早さで岩の中に隠れてしまった、枯れ枝を集めて作った巣の中で卵を温めていた親カモメは、明恵が差し出した右腕に恐れることなく飛び乗ってきた、鳥はしばらく石像のように固まったまま動かなかったが、やがて海に向かって飛び去っていった。島での修行を始めて三日目の朝、波打ち際を歩いていた明恵は、海の一部分が異様な青白い光を放っているのを見つけた、海が赤く光るときは天災の前触れとされていたが、青く光るのであればそれは吉兆とも考えられた、海中の光はホタルの発光のように明滅を繰り返しながら、楕円から三日月形へ、さらに巨大な手のひらのような形へと目まぐるしく形状を変えた、明るさを増し、海岸沿いに横へ横へと広がり続け、ついには打ち寄せる波頭《なみがしら》までをも青く染めた、素足で砂浜に立つ明恵の足の甲も青い水で濡れた。この海の水は釈迦如来も沐浴したであろう印度の蘇《そ》婆河《ばがわ》から流れ込んだのと同じ海の水だった、喩えや人間の願望ではなく、紛れもない事実としてそうだった。足元の砂に埋まっていた、濡れた小石を明恵は拾い上げた、表面にはまだうっすらと青味が残っているようにも見えたが、手のひらの中で石は乾き、一刻前までの輝きは失われた、明恵はその小石を護符として持ち帰ることにした。

明恵の生きた平安末期から鎌倉時代であっても、他人と交わらずに生きていくことは不可能だった、無人島に滞在していた間は座禅に専念できたことで安らいだ気持ちも、人里に戻ってくればたちまち怒りの感情に荒らされてしまう、周囲に気持ちが乱されるのも自分の弱さなのだと分かってはいたが、それにしても出会う人間がことごとく愚か過ぎた、あまりに凡庸だった。農民たちが米を腹一杯食べてみたい、囲炉裏の傍で一日じゅう横になったままで暮らしたい、今日こそは強風がやんで欲しいなどという願いしか口にしないのは仕方がないにしても、明恵の親戚の武士にしたところで、眉間に皺を寄せた悩ましげな表情で日がな一日考えていることといえば、いかにして鎌倉殿《かまくらどの》に取り入るかとか、いかにして保田庄《やすだのしょう》の地頭を出し抜くかとか、今以上の所領の拡大は望まぬとしても、召し上げられるようなことだけはなんとしても避けたいとか、けっきょく自分の人生は何に費やされたのかと死の床で悔やみ悶絶するような、そんな程度のことでしかないのだ。だが在俗の彼ら以上に僧侶たちの堕落は酷かった、相も変わらず、法衣である袈裟を金色や紫や臙脂の絹糸で縫い上げて、どちらがよりきらびやかかを競い合ってみたり、髪を剃り落とした後の坊主頭に磨きをかけるために香油を塗ったりしていた。「汝等比丘《なんぢらびく》、当《まさ》に自ら頭《かしら》を摩《ま》して飾好《しょくこう》を捨てて壊色《えじき》の衣を着す」釈迦如来は入滅最後の晩に訓戒を垂れた、それは肉体の一番上にある頭から真っ先に飾りを取り去り、悪を退けろという意味ではなかったのか？　もしも驕り高ぶった考えが起こったならば、自らの頭を撫でてその剃髪の理由、不正色の袈裟の理由を思い出せという意味ではなかったのか？　いや、自分の弱い心に打ち勝って、脇目も振らず、一心不乱に仏道に入り込むためには髪を剃るだけでは足りない、さらに身をやつして、出会う人誰しもが目をそむけるような容姿へと変わらねばならない、しかし目をつぶしては聖教を読むことができなくなる、鼻を捥《も》いだら鼻水が垂れて聖教を汚してしまう、手をなくしたら印相《いんそう》を結ぶのに不自由する、耳ならば切ったところで音が聞こえなくなるわけでもないから、法文《ほうもん》を聞くのにも問題はなかろう……そして明恵は自らの右の耳を剃刀で切り落とした、小屋じゅうに飛び散った大量の血に驚き、次いで襲ってきた猛烈な痛みに、為されてしまった衝動的な行動を悔いた、亡くなった両親の悲しんでいる顔が思い浮かび涙が流れた。激しい痛みに二晩は一睡もできなかったが、三日目の晩にまどろみながら見た夢の中に、一人の梵僧《ぼんそう》が現れた、薄茶色の衣に身を包んだその僧は、顔を拝むことはできなかったが尼僧のようでもあった、音もなく小屋の中まで入ってきて、手にした分厚い冊子を広げると、そこに明恵の名前を書き記した。

あるとき神護寺からの使者が明恵の小屋にやってきた、叔父の上覚が重篤だとのことだった、明恵はすぐに高雄へ向かったが、途中で病に伏しているのは上覚ではなく、文覚《もんがく》上人であることが分かった、ところが神護寺に到着してみると文覚は既に回復していた、明恵よりも三十歳以上も年長の、荒法師として名を馳せたこの高僧は、老いるほどにさらに体軀は逞しく、動作は機敏に、声も大声になっているようだった。故郷紀州へ戻ろうとする明恵を引き止め、顔にはうっすらと笑みを浮かべながらこういった。「自分の病は多少は良くなったように見えるかもしれないが、それはあくまでも表面的な回復に過ぎない、内臓の奥底には病の種が根付いてしまっているのだから、冷たい風が吹いたり、長雨が続いたりすれば、すぐに再び脇腹の痛みに襲われ、こめかみは熱を持つだろう。ましてやこの老いた自分のことだ、いつ果てるともしれない、まさかそんな自分を捨て置いて故郷へ戻りたいなどといえる、恩知らずのそなたではないだろう?」

文覚

文覚も、明恵や上覚と同じく武士の家の生まれだった、出家前の俗名は遠藤盛遠《えんどうもりとお》といった、「源平盛衰記《げんぺいじょうすいき》」には盛遠は十八歳のときに恋人の首を斬って慚愧《ざんき》し出家したと書かれているが、これは事実ではないらしい、しかし芥川龍之介はこの逸話をもとに「袈裟《けさ》と盛遠」という短篇を書いているし、日本映画として初めてカンヌ国際映画祭の最高賞を受賞した衣笠貞之助監督の「地獄門」も盛遠が主人公だった。盛遠は大阪淀川の河口近くの港町で育った、港に出入りする廻船《かいせん》や水揚げされる海産物の流通を管理、統括する惣官職《そうかんしき》の家の子弟であったにもかかわらず、海岸の松の木に登って遊んだり、浅瀬に打ち上げられた黒いクジラを見にいったりするのを好む子供だった、漁師に頼んで船に乗せてもらったこともあった、真夏でも海の上に吹く水しぶきを含んだ風は涼しく、赤銅色に日焼けした肌の半裸の漁師たちは演技なのではないかと疑われるほど饒舌で陽気だった、釣り上げられたばかりの、まだ生きている魚の鱗が日の光を浴びて緑色と銀色に輝くのに盛遠はしげしげと見入った、世の中はこんなにも自分の興味を惹くもので溢れているというのに、薄暗い奥座敷で一日じゅう台帳をめくっている祖父の後など継がされてなるものか！　物心がついた頃から盛遠は自分は家を出ようと心に決めていた、そしてじっさい十五歳で元服すると同時に、内裏警護の武士である滝口《たきぐちの》武者《むしゃ》として京都に上がった。

　初めて見る京の都はがっかりするほど荒れ果てていた、寺院の山門の周りには浮浪者がたむろし、行き倒れの死体も捨て置かれたままだった、大路《おおじ》ではやたらと肥えた野良犬が目に付き、柳の木も楡の木も枯れかけていた、夏場は側溝から雑草がまばらに繁るのがかえって汚らしく、田舎臭く見えた。宮中の詰め所の武士たちも見苦しいほどだらけていた、昼から酒を飲み始めて赤ら顔で居眠りしている者も珍しくはなかった、活気に溢れた港町の漁師たちとは大違いだったが、じっさい彼らには仕事らしい仕事もほとんど与えられていなかったのだ、月に一度か二度、殿上人《てんじょうびと》の往訪に同道させられる程度だった。京都に上がって一年半ほど経ったところで、盛遠は滝口から上西門院《じょうさいもんいん》の武者所へ移るよう命じられた、あるとき盛遠は、摂州渡辺の橋供養《はしくよう》の警護の仕事を任された、その年の冬は長く、三月も半ばになってようやく桜の蕾が膨らみ始めた、そんな季節のことだった。明け方、盛遠が目覚めたときには激しい雨が降っていたが、ほどなく雨はやんだ、折烏帽子をかぶり、濃紺の直垂《ひたたれ》に黒糸縅《くろいとおどし》の腹巻をつけ、蛭巻《ひるまき》の太刀を左の脇に挟んだ、身の丈七尺にも迫ろうかという大柄な馬上の武士が雨上がりの水たまりに映っているのを見つけたとき、盛遠にはとてもそれが自分の姿とは思えぬほど、近寄りがたく、権威的に見えた、海岸で砂まみれになって遊んでいた無邪気な少年の面影はもはやどこにもなかった、このとき盛遠は十七歳になっていた。祭壇の前で祝詞が読み上げられ、玉串が捧げられるのを、橋の四隅に配置された兵士たちは興味なさげに退屈そうな表情で眺めていた、渡り初めの儀式はつつがなく執り行われた、大勢の見物人が集まってきていた、身分の低い連中を避けて、橋のたもとから少し離れた場所に公家衆の桟敷が設けられていた、ざわめきがほんの一瞬途切れると、その静けさの中から一人の女房が立ち上がった、ニワトリの鶏冠《とさか》めいた毒々しい紅染めの小袿《こうちぎ》をまとった、切れ長の目の、黒髪の美しい女房だった、真新しい白木の橋の上から、盛遠はその女を見つめた、五間ほど離れていたが、視線が交わったことはお互いに分かった、女は輿《こし》に乗る間際、強いてゆっくりと会釈したようにも見えた。

その女がじつは自分の父方の遠い親戚に当たることが分かったとき、盛遠は安堵の気持ちを覚えた、あの橋供養の日以来、目頭から鼻の下辺りにまとわり付いて離れない不快な感じがこれで消え去ってくれるだろうと期待したのだ、女は阿都磨《あとま》という名を持っていたのだが、なぜだか袈裟と呼ばれることの方が多かった、左衛門府《さえもんのふ》の判官《じょう》、源渡《みなもとのわたる》に嫁いで、この春でちょうど丸三年になるということだった。不思議な偶然が重なり、その後続けて二度、盛遠は袈裟に会う機会があった、一度目は三条南殿の中門《ちゅうもん》で、二度目は清水の参道でのことだった、坂の途中で、女は盛遠を待ち伏せするかのように立っていた、遠目で見たときよりも壺装束《つぼしょうぞく》の腰周りは幾分ふくよかなようだった。「またお目にかかることができるとは、嬉しく思います」市女笠《いちめがさ》を持ち上げて、上目遣いの眼差しで、女は確かにそういった、信じ難いことだったが女は付き人も付けずに、たった一人でその場所に佇んでいたのだ、とうぜん盛遠も何者かの策略を、自分を陥れようとする罠めいた悪意を感じずにはいられなかったのだが、あくる晩、悪夢から目覚めた盛遠は自らに噛んで含めるように呟いた。「偶然でも、悪意でもない、ただ単に、己《おのれ》が袈裟を愛してしまっただけのことなのだ」それから以降の盛遠は、なりふり構わずに袈裟を追いかけ回した、この激しい愛情は美しい女性だけが持つ、ほとんど暴力的なまでに抗し難い引力によって惹き起こされたことは間違いなかったのだが、もっと素朴で男性的な、征服欲や肉欲が入り混じっていることも盛遠はよく分かっていた、しかしそれらを率直に、現実の行動として表すことこそが、この男にとっての誠実さであり倫理だったのだ、世の中の規範に照らせば悪行であっても、人として生まれた人生の費やし方としては何ら恥ずべきところはない、たった一日のために一生を棒に振ったって構いやしない、夫の渡の留守を狙って白昼堂々、盛遠は袈裟の屋敷を訪ねた、往訪先を調べて先回りして待ち構えていたこともあった、とうぜん貴族たちの間にも田舎侍のはしたない振る舞いという悪評が広まったが、それで怯むようであれば初めから夫のある女を愛するような馬鹿な真似などしない、文覚となる前の若き日の盛遠には既に、信念にも等しい楽観性が備わっていた。

とうぜんのことながら袈裟は袈裟で徹底してこの一方的な愛情を拒み続けていたのだが、さすがに屋敷の中にまで盛遠が無断で入り込んでくるようになると、どこかで話し合わないことにはこの異常な事態は収まらないと考え、夫には黙ったまま、自分の実家で盛遠と会う決心をした、しかし会ってしまったが最後、そこから先の成り行きは当事者の二人を含めて誰しも予想がついたはずなのだが、盛遠は袈裟を強引に犯した、それよりもむしろ袈裟にとって予想外だったのは、男がこのまま二人で逃げようといい出したことだった。「九州に緒方惟義《おがたこれよし》という知り合いがある、我々二人は今夜こうして契ったからには、その伝手を頼って、このまま京都を出よう」取り返しのつかない過ちとして、袈裟は自らの認識の甘さを悔いた、間近で見る男の額には無数の脂汗が浮かび、二つの瞳には見栄や欲望どころでは済まない、不撓不屈の意思がはっきりと宿っていた、じつはその段になってようやく初めて、袈裟は盛遠の本気を怖れたのだ、もし私が申し出を断ろうものならばこのあまりに一途な、狂った巨漢は、沸き起こる憤怒のままに太刀を振り回して、私たち夫婦はもちろんのこと一族郎党までをも皆殺しにするに違いない、私は遅きに失した、この期に及んでは、本気には本気で応じる他はない……「夫の渡を殺して下さい、そうすればその夜の明けぬ内に、私はあなたと共に旅立つことを約束しましょう」策略はここに仕組まれていた。こっそりと帳台《ちょうだい》を入れ替えておいた袈裟は、夫の身代わりとなって命を落とした、盛遠は恋敵を斬る積もりが、誤って恋人を斬ってしまった、二人が出会った橋供養の日から半年ほどしか経っていない、蒸し暑い夏の夜に起きた事件だった、永遠に失われて帰ってこない過去の大きさに盛遠は号泣し、その場で持っていた短刀で髻《もとどり》を切って、出家を決意してしまった、出家した盛遠は盛阿弥陀仏《もりあみだぶつ》と称して、三年の間は毎日欠かさず袈裟の墓の前で念仏を唱えて弔い続けた、その後は文覚と戒名を改め、熊野の山中にこもって修行を始めた。

樹齢百年を超える杉の大木が雪に埋もれ、崖を覆い尽くす柔らかな苔までもが固く凍てつく極寒の季節であっても、垂直に流れ落ちる那智の滝が凍ることはない、その滝壺へ、文覚はためらうことなく入っていった、岩の上に衣を脱ぎ捨て、水の中へ最初の一歩を踏み入れたとき、そのまるでぬるま湯のような暖かさに文覚は拍子抜けした、どこからか温泉が混ざり込んでいるのではないかとさえ訝《いぶか》ったが、いや、そうではない、水温が暖かく感じられるほどまでに、外気が冷え切っているということなのだ、見上げる空は滝壺から朦々《もうもう》と立ち上る飛沫で煙って、うっすらとしかその紫灰色が見えないが、雪はまだ降っていない、しかし代わりに銀色の細かな光の粒が、正面の谷の底から吹き上げてきては裸の胸や肩に貼りつく、そして一瞬輝くやいなや、溶けて消えていく。胸いっぱいに吸い込んだ息を吐き出しながら文覚は目を瞑り、両手をしっかりと金剛合掌させて、首から下を水中に沈めた、最初に感じたのはやはり藁蓑に包まれているかのような暖かさだった、この中にならば何時間でも、何日でも浸っていられる気がする、しかし修行とはこんな見せかけの苦しみに耐えることなのか？　世界じゅうを敵に回してでも添い遂げたいと願った美しい女が、自らの命と引き換えに己を仏道へ導いてくれたというのに、己じしんを甘やかしておいて、仏がこの世に現れた目的を知ることなどできるのか？　滝音に負けじと大声を張り上げて、文覚は慈救《じく》の呪文を唱えた、文覚の口から発せられた不動明王の呪文は、谷底に積もった雪の上をどこまでも響き渡っていったが、ほどなくその声は途絶えた、虚勢に足を掬《すく》われるようにして、文覚は気を失っていた、じっさいには滝壺の水面はところどころ薄い氷に覆われていた、両手両足は赤黒く腫れ上がり感覚も失われて、眠ったままの巨体は伐採された丸太のように流されていった、五、六町ほどの下流で、後の時代の伝説では不動明王の使いの矜羯羅《こんがら》、制吒迦《せいたか》と呼ばれることになる二人の若い樵《きこり》が文覚を川から救い上げて、焚き火の傍で暖めて介抱してやった。文覚はその後も日本全国の霊地を回って修行を続けた、金峯山《きんぷせん》では十四日間の、信濃の戸隠《とがくし》では十七日間の断食もやり遂げた、箱根山では火渡りの修行を行った、富士の御嶽を一気に駆け下りたこともあった、何といってもこの僧侶には生まれながらにして、常人とはかけ離れた体力と生命力が備わっていた、肩を怒らせながら地面を揺らすように歩く、その荒々しさを人々は怖れた。

三十歳のときに文覚は京都に戻ってきた、恋人を殺めてしまってから既に十二年が経過していたが町中に留まることはなく、高雄の山奥に修行の場を求めた、そこで荒廃した神護寺を目の当たりにして、この寺を修復し再興することこそが自分の人生が続く限りの使命であると思い込んでしまった、死んだ女を弔う気持ちがあったのかどうかは分からない、神護寺は奈良時代の末期、道鏡に皇位を譲ろうとした女帝の孝謙天皇に反対して罰せられた和気清麻呂《わけのきよまろ》が、八幡神の神託を受けて建立した神願寺を前身とする寺だった、八幡神のご加護によって鎮護国家を祈る真言の寺という意味の寺号「神護国祚真言寺《じんごこくそしんごんじ》」は空海の時代に定められた。文覚がこの寺を訪れたとき、山門は朽ちて崩れ、庭には大人の背丈を越えるほどの雑草が生い茂って、周囲の野山との境界も分からなくなっていた、本堂の屋根と壁も剝がれ落ちて、かろうじて立っている六本の柱の中央に薬師如来像が野ざらしのままに置かれていた、夜になって仏像の眉間に一筋の月の光が射し、白い蛾が舞い始めると、そこには異様な艶めかしさが顕れた、狼の遠吠えも聞こえた。いきなり憑かれたように、文覚は寄進を募り始めた、勧進帳を手にして檀那《だんな》を回って歩き、神護寺修復のための浄財を納めることを約束させた、この見るからに乱暴者と揉め事を起こしたくないと相手に思わせた結果に過ぎないのだろうが、資金は順調に集まっていた、だから上皇にまで寄進を要請する必要が本当にあったのかどうかは疑わしい、しかし文覚は後白河院の御所、法住寺殿《ほうじゅうじどの》に参上した、承安三年（一一七三年）四月二十九日の昼前のことだった。東門から御所内に入ろうとした文覚はとうぜんながら門番に止められた、上皇は政務に当たられているという説明だった、ほどなく別の、小柄で赤ら顔の、四十絡みの武士が現れて、すぐにここから立ち退くよう文覚に命じたが、文覚はその命令を無視した。「千石の荘園を寄進頂けるまでは、たとえ八つ裂きに斬られても、この場所を動かない」まだ夏ではなかったが、真夏のような太陽の照りつける蒸し暑い日だった、赤土の地面から立ち上る土埃も湿気を含んでいた、滴り落ちる汗を拭うこともせず、文覚は待ち続けた。そして日没間近になって、文覚は門番を殴り倒し力尽くで扉を押し開けて、御所の中庭まで一気に駆け入った、視界が開けて広々とした青い池に浮かぶ中島《なかじま》に建つ、朱塗りの二階釣殿が目に入ると、先ほどまでの蒸し暑さとは打って変わって心地よい涼しい風に身体じゅうが包まれた、文覚は一瞬、十二年間の修行が無に帰すかもしれぬ自分の取った行動を後悔したが、敗者への誘惑を無理やり押し退けるようにして踵を返し、上皇の居所である寝殿に向き直って仁王立ちになり、両腕いっぱいに勧進帳を広げ、滝行で呪文を唱えたときと変わらぬ大声で読み上げ始めた。

「勧進の僧、文覚、謹んで申し上げる。特に貴賤道俗《きせんどうぞく》からの助成を募り、高雄山の霊地に伽藍《がらん》を建立し、一切衆生の現世と来世の安楽のため、お勧めせむと願い、この度《たび》勧進する次第。そもそも釈迦如来が態々《わざわざ》この世に出現せしは、我等に道理を説きて、自我に執着せず、生死《しょうじ》の迷いから抜け出よと勧め給わるためなれど、我等が受くる果報、無明《むみょう》なる煩悩の闇より出でるは、如来入滅の後二千余年の時を経て今や末法末世の拙き時代、いとど困難なり。色欲に耽り、酒に溺れ、狂象跳猿《きょうぞうちょうえん》の迷いを謝せず、ただひたすらに身体の快楽のみを求めたり。徒らに他人を誹《そし》り、仏法を蔑《ないがし》ろにする。これあに閻魔庁の獄卒《ごくそつ》の責め苦を逃れむや。ここに文覚、たまたま人の姿を借りた観音菩薩の導きにより、俗塵《ぞくじん》を打ち払いて仏門に入り、法衣を飾る。修行に明け暮れること十余年、全国の霊地を巡り、比良《ひらの》高峯《たかみね》では三十日、出羽《でわ》の羽黒山《はぐろさん》では四十日の断食修行を行い、熊野では那智の大滝に三七、二十一日間打たれて慈救の呪文十万遍を唱えるとの大願を果たせるも、痛ましきかな、未だ夜な夜な繰り返し夢に見るは、断末魔の後、冥土を旅する我の姿ばかりなり。月もなく、星もなし、暗黒の空の下、踝《くるぶし》までも埋まる泥濘《でいねい》の道を、経帷子《きょうかたびら》を身に着けき我は独り、足袋も履かず素足のまま歩みゆく。氷矢のごとき寒風が絶えず吹き付けるも、既に死ににき我が身体には苦痛とも感じられず。されど枯れ葦のごとく痩せ細りし二本の足の頼りなきことこの上なし、長き病で潰れし胸に息を吸い込むことも儘《まま》ならず、ただ一歩を踏み出すさえ甚だしく難儀なり。七日七晩歩めどもいずこまでも続く泥道に、これぞ死《し》出《で》の山路《やまじ》の八百里と知る。果ては死者ども五十人ばかりの集う窪地に辿り着きぬ。片腕の無き者、髪の抜け落ちたる者、自力では起き上がれぬ者どもが列を成し、由《よし》も知らざるままに我も後《しり》に付く。毒々しく青藍《せいらん》に染まりし顔を持ち、口は耳まで裂け、背丈は十尺を越える獄卒と思しき者、鞭で打ち、足蹴にしながら、一人ずつ死者を虐《しいた》ぐる。すると何故《なにゆえ》であろうか、獄卒は必定《ひつじょう》、五戒を犯す外道《げどう》として我を裁くに違いないとの怖《お》ずる気持ちの沸き起こりぬ、これもまた修行の端《はした》なるが故なれど、さりとも冥界にあっても心得られぬ我、文覚とは如何なれや。待つこと一時《いっとき》、終《つい》に我が順となりしとき、獄卒の鬼はその鋭き爪で我が顎を摘《つま》み、両の瞳にまじまじと見入りて曰く、汝に与えられし責務を果たさぬ内は、この地に来ることゆめゆめ許さじ、直《ただ》ちに八百里の山路を駆け戻れ。斯くてこの文覚、人里離れ汚れなく、岩間の水は清く静かに流るる、樹上にては猿と栗鼠が仲睦まじく遊び、金色《こんじき》の蝶が花の蜜を求めて飛び交う、釈迦如来の説法せしと聞く霊鷲山《りょうじゅせん》にも似た趣を呈する、高雄山中は神護寺に修行の場を定め、一切衆生が仏と縁を結び、極楽往生せらるるように、朝夕《ちょうせき》祈念したり。仏法の興隆は王法をも支助せむ。元より神護寺は、天皇の御願《ごがん》により、鎮護国家の道場として草創せられし寺なれば、古《いにしえ》より所領の封戸《ふこ》荘園は、何れも国主の寄進なり。しからば何ぞ我が君の助成せざらんや。願わくは、伽藍建立の大願成就し、皇居安泰の願満たされ、僧俗ともに堯舜《ぎょうしゅん》の世の平和を謳歌し、長き太平の世を喜ばんことを。よって勧進修行の趣《おもむき》、けだし以ってかくの如し。承安三年四月　文覚」

勧進帳を読み終えるやいなや、文覚は北面の武士六人がかりで捕り押さえられた、武士の中の一人は、かつての盛遠が上西門院の警護に当たっていたときの同僚だった、砂地に頬を擦《なす》りつけられながらも、覆いかぶさった手を撥ね退け、上に向き直った瞬間、寝殿の簀子《すのこ》に銀白色の鈍色《どんじき》をまとった上皇らしき姿が見えたような気がしたが、確信は持てなかった、両手両足を縄で縛られた上に猿轡《さるぐつわ》までかまされた文覚は、左の肘を二度、背中を三度、両脛を一度ずつ、太刀の棟で思い切り打たれ、そのまま気絶した。伊豆へ流罪となった文覚は、そこで同じく流罪人となっていた源頼朝と出会い、平家討伐のために決起せよと促すこととなる。

妨害

いくら文覚上人に引き止められたところで、神護寺に残ることなどもはやあるまい、そう考えていた明恵だったので、取るものも取り敢えず紀州白上山の小屋を発ってから既に半年以上が過ぎたというのに、今だに高雄に留まり続けている自分には驚かざるを得なかった。じっさい不可解とも思われるほどに、文覚は明恵を高雄に還住《げんじゅう》させるための、様々な策を繰り出してきていた、僧房の奥まった一室を明恵専用として与え、その部屋には、文覚と上覚以外の僧侶は無断で入ることを禁じた、修学に必要な聖教も明恵には優先的に回された、さらに文覚は、運慶法師作の釈迦尊像を進呈しよう、唐本《とうほん》の十六羅漢《らかん》も付けよう、何ならば神護寺の近くの岩場に新たに庵室《あんしつ》を建てても良い、とまで申し出てきたのだ。山奥や無人島で誰からも干渉されずに一人孤独でいられることの喜びに比べたら、それらはいずれも明恵を引き止めるじゅうぶんな理由とはなり得なかったのだが、にもかかわらず明恵は神護寺から出ることができずにいた、その理由の何割かは、隠遁しながら修行を続けることがいかに困難かを思い知らされたからではあったのだろう、俗世間から完全に隔絶されて修行にのみ、のめり込みたいと思ってはいても、それを長期間継続することは現実的には不可能だった、やはり喜捨は受けねばならず、そのためには僧侶といえども在俗の人々との良好な関係を維持しておく必要があった、紀州滞在中は周囲に明恵の親類縁者がいたことも事態をさらに複雑にした。だが明恵が高雄に留まっていた理由はそれだけでもなかった、じつはこの頃の明恵には、わずかに二人か、三人ばかりではあったのだが、信頼に足る弟子ができていた、その内の一人は後に明恵の伝記である「明恵上人行状記《ぎょうじょうき》」を記すことになる喜海《きかい》なのだが、弟子の彼らとともに、唐代の賢首大師《けんじゅだいし》法蔵《ほうぞう》著述による「華厳経」の注釈書、「探玄記《たんげんき》」を精読したいという想いも強くなっていた、人に頼まれて祈禱することもあった、こうした気持ちの変化には、年齢も関係していたのかもしれない、明恵はこのとき二十七歳になっていた。

神護寺で弟子を集めて、明恵は「探玄記」の講義を始めた、東大寺経蔵の聖教を借り出して書写したこともあった、華厳の教えによれば、目・耳・鼻・舌・皮膚の五官から介在物を取り払い、心を完全に透明な状態に保つことができるならば、毘盧遮那仏《びるしゃなぶつ》の姿を見ることも不可能ではないはずだった、睡眠中の夢に仏が現れるというのはまだ駆け出しの段階に過ぎず、意識を集中し、常に仏のことだけを考え続けられるようになれば、昼間の覚醒時でも、まず初めに正面の一、二間《けん》離れた辺りに蓮弁《れんべん》の台座が形作られ、そこに金色の光を放ちながらゆっくりと仏が降り立つ、ということだった。講義には護摩《ごま》堂の北西の角の小部屋が使われた、静かで落ち着いていて、しかしその代わり日の光があまり入らぬ部屋で、板張りの床も、弟子たちが持ち込んだ文机も、影のように墨色に沈んでいた。その中に明恵の声だけが響いた、季節は冬で厚い雲に覆われた日ばかりが続き、高雄の山では枯れ枝にも、赤土の地面にも、納涼殿の柿葺《こけらぶき》の屋根にも、毎朝明け方の短い時間降る雪が溶けることなく、うっすらと白く残っていた。

血縁者の伝手を頼って、明恵は病気平癒の祈禱を依頼された、弟子を伴って、橘公忠《たちばなのきみただ》という武士の伏見の屋敷まで明恵は出向いた、晴れて風のない、春の初めの暖かな日だった、梅の白い花を、十羽では足らない数のたくさんの雀が、脇目も振らず一心についばんでいるのを、明恵と弟子は見るともなしに眺めた、しばらくして、人間の知り得ない合図があって、雀たちがいっせいに空に飛び立ったとき、その中の一羽が糞を落としあろうことか明恵の足袋を汚してしまった、すぐに替えを取りに戻ろうとする弟子を、明恵は止めた。「草木の種や花をついばんで内臓を経てきた小鳥の糞に、何ら穢れたところなどない」橘公忠の女房は長く胸の病を患って臥せっていたが、気温の高い日には起き上がって縁側に出てくるまでに回復しつつあった、護摩木を焚き、明恵は祈禱を始めた。半刻ほど経ったときに一本の護摩木がはぜた、目の前を素早く一瞬、小さな何かが過ぎったような気がした、明恵にはそれが、先ほどの糞を垂らした雀だったように思われた、すると目を瞑って横になっていた病人の上半身がおもむろに起き上がった、周囲の驚きをよそに女房は真っ直ぐに立ち上がって、そのまま隣の居間との仕切り柱にしがみつき、するすると一気にそれを登って鴨居の上に腰掛けてしまった、その動作には野猿に取り憑かれたかと思わせるに十分な滑らかさと凶暴さがあった。「我は春日大明神なり。御房西天《ごぼうさいてん》の修行を思い立たしめ給う、このこと止め奉らむがために、我降れるなり」そう叫んだ女の顔はじっさい猿と変わらぬ朱色に染まっていた、呼吸の乱れはなかったが両目は激しく充血して真っ赤だった、上体を前のめりにしたまま両腕を大きく広げ、明らかに体勢を崩しているのに鴨居から落ちることはなかった、全身の毛穴から麝香《じゃこう》めいた性的な香りを放っていることが、薄手の白小袖越しにも分かった。だがそのときの、座してうつむいたままでいた明恵の顔は女房よりもさらに赤かった、赤を通り越してほとんど紫がかっていた、激しい怒りの感情と羞恥が全身を満たし、両手両足の震えが止まらなかった。

明恵が天竺行きを計画していることは、明恵と三人の弟子の間だけの秘密だった、釈迦如来の在世に生まれ合わさなかったという無念さはやはりどうしても抜き去り難く、ならばせめて如来が踏んだのと同じ黄砂の大地を踏み、如来が沐浴したのと同じ川の水で身を清め、如来が食したといわれる乳粥を一口でも味わわぬ限りは死んでも死に切れない、もちろんそれは十六歳のときに出家して以来幾度となく夢想してきた自らの未来ではあったのだが、ある晩神護寺の僧房で眠っていた明恵は誰かに自分の名を呼ばれたような気がして目を覚ました、そしてとうとつにある考えの中に投げ込まれた。「人生に予め刻印されていた経験として、いよいよ今こそ、釈尊の生地へ向かわねばならない」確かに玄奘三蔵も十年寿命を縮めたといわれる過酷な道程を考えれば、天竺行きを決行できるのは、気力、体力ともに充実しつつ、一方で思慮深さも兼ね備えた、いよいよ三十代に入らんとする今をおいて他にないように思われた。弟子たちとともに、明恵は具体的な行程表を作成し始めた、まず日本が盛夏に入るより前に九州から交易船に同乗して宋へと渡り、西域への出発点となる長安京を目指す、唐代の文献によれば、長安から如来が説法を行った竹林《ちくりん》精舎《しょうじゃ》のある摩訶陀《まがだ》国王舎城《おうしゃじょう》までの距離は五万里とされている、これは六町一里の小里での記述であろうゆえ、三十六町一里の大里に換算すれば八千三百三十三里十二町ということになる、つまり毎日八里ずつ休まずに歩めばおよそ一千日で到達する距離に過ぎない、一年を三百六十日と置いて正月一日に長安を出発するならば、三年目の十月十日には王舎城に達するはずだ、一日七里ずつ進むとすれば、四年目の二月二十日の到着となり、余裕をもって一日五里ずつならば、五年目の六月十日正午ごろには到着するであろう……道中に目にするであろう風景、味わうであろう苦難や人々との出会いと別れを想像するだけでも、まるで仏の生地を訪ねることよりも、その旅の過程こそが真の目的なのではないかと惑わされるほどまでに、明恵の気持ちは高揚した。正しく奇観という他はない、垂直に切り立った山また山を抜けると、そこから先は一木一草生えていない砂漠が続く、明恵も、弟子たちも、声も出せぬほど喉が渇ききっていたが、最後に残したなけなしの水は馬にやらねばならない、吹き付ける強風に膝まで砂に埋まり、いよいよ駄目かと思われたそのときに、砂漠を住処とする遊牧の民が現れて、水と食物を恵んでくれる、彼らとともに過ごす一夜、見上げる空は針で無数の穴を開けたのではないかと見紛うばかりに星で埋め尽くされている、この地の人々は明恵の話す言葉を解さない、僧侶であることも分かっているのかどうか疑わしい、ただ行き倒れになりかけていた旅人を見捨てておけず介抱してくれただけなのだ、という事実もまた、明恵にとっては大きな喜びとなるのだ。弟子たちは旅支度の衣装や行李、砂地でも歩きやすい荒縄で編んだ草鞋《わらじ》、杖、傘、持参する食糧の準備まで始めていた。

しかし、春日神の託宣《たくせん》を告げた女房の出現によって、秘密裏に進めてきた明恵の渡天竺の計画は衆目の知るところとなってしまった、じつをいうと明恵は初め、これは僧侶として恥ずべきことではあったのだが、本当に春日神が降託したとはどうしても信じられなかった、あれは橘公忠の女房の演じた芝居だったのではないか？　天竺行きの計画を頓挫させるために何者かが仕組んだ策略なのではないか？　だとすれば、そんな嫌らしいことを考える人間はただ一人、文覚以外にはいない、どうしてそこまでして自分を高雄に引き止めたいのか？　いったい何を自分に期待しているのか？　ところが文覚はそれから間もなく、対馬へ流罪になってしまったのだ。将軍に任ぜられてから以降も文覚の後ろ盾となり続けた源頼朝は、相模川河口に懸架された橋の供養からの帰途落馬し、そのまま意識を失って死亡した、頼朝の死後、後鳥羽上皇は露骨に文覚を排除しようとした、罪人として佐渡に流され、いったんは赦免されて京都に戻ったものの、その二ヵ月後には上皇に罵詈《ばり》を吐いた罪で今度は対馬流罪に処せられた、文覚が後半生を費やして築いた寺領荘園はすべて召し上げられてしまっていた、文覚はどうあっても上皇を許すことができなかった。文覚が神護寺を去った後も、春日神の託宣は続いた、あるときは八十歳を超えた翁のしわがれた声で、御房は最近学問に専心していないと叱責され、あるときは出家前の少年僧の頼りなげなか細い声で、導師としてこの国に留まるよう嘆願されもしたが、いずれも明恵に天竺行きを諦めさせたいとのご意向に変わりはなかった。それでも納得できなかった明恵は、春日神の真意とその理由を確かめるため、奈良の春日大社へと向かった、建仁三年(一二〇三年)二月のことだった。春日大社に参詣する前に東大寺へ、西側の中御門から入ろうとしたところ、一頭の鹿が明恵一行の行く手を塞いだ、まだ角の小さな若い雄鹿だったが、首を細く伸ばして黒い瞳で哀訴されると、明恵も弟子もその場から動くことができなくなった、両脛、手首、首筋が固まったようになった、すると見る間に四方から三十頭を超える数の鹿が集まってきて、明恵たちの周りを取り囲んでしまった、このときにもまた動物同士にのみ通じる合図が発せられたのか、三十余頭の鹿はいっせいに前脚を折り畳んで座り、明恵に向かって深く頭《こうべ》を垂れたのだ。

もはや春日神の降臨を疑う者はいなかった、明恵じしんも天竺行きを諦めかけていた、明恵は原因不明の腹痛にも悩まされていた。左の脇腹がとつぜん切り裂かれるように痛み、立っていることさえままならず、床を転げ回った、しばらくすると痛みは治まり、翌日は普段通りの食事も摂ったのだが、二日後には同じ場所がまた激しく痛んだ、腹痛はその後も断続的に一ヵ月以上続いた、いつ何時腹痛に襲われるかもしれないと身構えるようになると、首の付け根と両肘の関節までもが痛み始めた。病と心労が明恵を弱気にさせていた、自分にはもうほとんど勝ち目はないのかもしれない、今世の私の人生は、釈尊のご遺跡を参詣することが一度もなく終わるのだろう、海を渡って宋国の大地を踏むことも、天山山脈の奇観を目にすることも、砂漠の民と交わることも、もちろんない、願望が打ち砕かれた人生を生きねばならぬぐらいだったら、襤褸《ぼろ》をまとった耳なしの乞食となるか、川に身を投げて死んでしまった方がましだが、考えてみればそれも今に始まった話ではない、仏法に身をやつし修行に明け暮れようと決意して故郷を離れた途端、俗欲の塊のような僧侶たちに取り囲まれたし、ならば一人孤独に山奥の小屋にこもって聖教を学んで過ごそうとしたら、地縁者からの助けがなければ隠遁などとうてい無理だと思い知らされた、そして今や、年来の夢であった渡天竺の計画も頓挫しつつある、私が突き進もうとする先には、どうしてこうも妨害ばかりが割って入るのか？　愚かな連中がしゃしゃり出てきてはいつも邪魔ばかりされている、これではまるで、妨害こそが我が人生のようだ！　早晩私は、妨害に懐かしさや親しみすら感じるようになるに違いない……だがそこで明恵は、最後の勝負に出てみることにした、やはり甘美な誘惑には抗わねばならないという義務感もあったのかもしれない、細長く切った二枚の紙にそれぞれ「渡るべし」「渡るべからず」と書き、八つ折りに畳んだ籤《くじ》を三組作った、それを一組は金堂に安置されている本尊の釈迦如来像の前に、一組は善財童子ら五十五善知識の絵の前に、一組は春日大明神の形像の前に置いた、もしこの三箇所のうちで一箇所でも「渡るべし」の籤を引き当てたならば、これまでの人生で築き上げた信頼と縁故を全て投げ打ってでも、神護寺にも故郷紀州にも二度と戻って来られぬような酷い後ろ指を指されながらでも、迷わず今すぐに、今日の日が暮れぬうちに、釈迦如来の生地、天竺へ旅立つことにしよう！　袈裟の袂にしがみ付いて泣いて止める者がいたとしても、心を鬼にして力尽くでそれを振り払おう！　意を決して、春日大明神の前に置いた籤のうちの一本を引いて開くと「渡るべからず」と書いてあった、次に引いた五十五善知識の前の籤も「渡るべからず」だった。だがちょっと待って欲しい、三回続けて「渡るべからず」が出る確率は八分の一しかないのだから、これは勝負と呼ぶにはあまりにも明恵にとってのみ有利な賭け、ほとんど承認の捏造とさえいえるはずだ、逆にいえば、圧倒的に有利なこの賭けにもしも負けたときには、いかなる留保も許されなくなる、正しく完膚なきまでに打ちのめされることになる、そう考えると最後の籤を引く明恵の手は緊張で大きく震えた、指先が言うことを聞かず、目の前の籤を摑み取ることができなかった、思い切って手を近づけると、中指の先が一本の籤を撥ね除けてしまった、折り畳んだ紙は散る花びらのように回転しながら須弥壇《しゅみだん》の下に落ちたように見えた、ところが籤は消えてしまった、暗がりを蠟燭の光で照らして探してみたのだが、どこにも籤は見当たらなかった、残された最後の籤を見つめながら、明恵の胸の辺りには吐き気のような敗北の予感がこみ上げてきていた、籤を開くと、果たしてそこには「渡るべからず」の六文字が書かれていた。

　明恵は叔父の上覚に手紙を書いた、文覚が逮捕された際に上覚も九州へ配流《はいる》となっていた、上覚は文覚とともに死ぬ覚悟であろうことは想像に難くなかった。「白湯《さゆ》に菜を浸しただけの粗末な食事や、襤褸をまとうことには慣れているはずの僧侶といえども、見知らぬ土地で身の回りの世話をする供の者もいない暮らしは、さぞかし不便も多かろうと察します。雨風にお身体を冷やすことなどなきよう、くれぐれもご自愛下さい。私の方は物狂いのようになって日々を過ごしておりますが、近頃はしばしば御房に詩歌の稽古をつけて頂いた昔を懐かしく思い出します、御房の穏やかな声が今も私の耳の奥には残っています。私も三十三歳になってしまいました。ここから残りの人生はただただ学問に没頭して、聖教に身を埋めるようにして目立たぬように生きていく所存でございます。人と交わりたいなどという気持ちはまったく起こりません、物に執着がないので、寄付寄進を募って寺に蔵を建てることにも真剣にはなれません、役にも立たぬ耳切れ法師として人知れずひっそりと死んでいきたいと、ただひたすらにそれを願うばかりでございます。目下のところは、弟子の喜海に『華厳章疏』を一通り読み授けようと思っております。『探玄記』二十巻はようやく読み終わりました、『演義抄』四十巻、『貞元疏』十巻も講じたいと考えておりますので、それを終えるには少なくとも後二年はかかるものと思われます。これは偽らざるところの気持ちですが、私は来世での幸福を望んでおりません。死んだ後には何も残さない積もりです。しかしそれでも弟子たちに授けた学問だけは残るでしょう。ほどなく私の後を追って弟子たちもこの世を去りますが、学問だけは、仏法だけは、五百年、一千年の後も残り続けることでしょう。誰に否定されようと、力でねじ伏せられようと、そこだけはぜったいに譲る考えはありません。学問とはそれ自体が生きて動いている、細く長い、曲がりくねった管《くだ》のようなものなのです。渡天竺の夢が挫かれた今となっては、仏の教えに値遇《ちぐう》することは、仏の在世に生まれ合わせたことに等しいと信じて、痩せこけたこの身体を細く長い管に捻じ込ませるより他に、私にできることはありません」

建永元年（一二〇六年）十一月、後鳥羽上皇から院宣《いんぜん》が下り、栂尾の地の神護寺別所が明恵に下賜《かし》された、文覚と上覚を放逐した当人である後鳥羽上皇から寺を与えられるというのは皮肉な因果ではあったが、もはや明恵が神護寺に留まる理由はなかった、寺は華厳宗興隆のための霊地として高山寺と号された。明恵が初めて高山寺を訪れたとき、そこには寺とは名ばかりの、朽ちた板で覆われた二宇の僧房が建っているに過ぎなかった、しかし季節はたまたま秋だった、峰の斜面を埋め尽くすカエデ、ケヤキ、ナナカマドの燃え立つような赤が明恵と弟子たちを迎えた、神護寺から遠く隔たった場所というわけでもないのに、なぜだかここは鳥の数が多いように感じられた。建暦三年（一二一三年）四月、明恵は西の峰の頂上に小さな草庵を建てた、そこに一人こもって座禅と読経に励んだのだが、長い時間その狭い空間の中にいるとしばしば頭痛に悩まされた、冷気と山頂に漂う濃霧が原因らしかったのだが、早くも老いの衰えが自分の身体を蝕み始めていることを、明恵はこのとき初めて意識した。仁和寺の僧侶の助けを借りて山頂の草庵を解体し、山の中腹の平らな場所に移した、その後草庵は二間に増築され、石水院と名付けられた。

承久の乱

承久三年（一二二一年）五月十四日、後鳥羽上皇は城南寺《せいなんじ》の流鏑馬《やぶさめ》汰《そろえ》と偽って近国の武士を召集し、鎌倉幕府執権北条義時《ほうじょうよしとき》追討の宣旨《せんじ》を下した、ひとたび院宣が発せられれば、幕府内にも離反者が続出するであろうという読みだった、在京の武士の中でただ一人召集に応じなかった伊賀光季《いがみつすえ》と、幕府縁故者である西園寺公経《さいおんじきんつね》・実氏《さねうじ》親子は直ちに粛清された。東国の有力武士宛ての義時追討宣旨を持参する使者には押松丸《おしまつまる》という若者が選ばれた、押松丸は上皇近臣の藤原秀康《ふじわらのひでやす》の所従《しょじゅう》だった、背丈は子供と変わらないほどに低く、色黒で、脛も、二の腕も、柳の枝のように細く頼りなげだったのだが、速く走ることだけは生まれてこの方誰にも一度も負けたことがなかった、馬と競っても馬の方が諦めて途中で立ち止まってしまったぐらいだった。院宣の納められた桐箱を受け取ったときに感じた、中身はぎっしりと石が詰められているのではないかと疑いたくなるほどの異常な重さは、押松丸の予想した通りでもあった、つまり自分はそういう仕事を今、任されたのだ、ここまでの人生を振り返ってみれば、それはまったく信じられないことだった、下級武士の三男として生まれ、物心ついた頃から、生き延びるためには比叡山の僧兵となる他はない、自分自身にそう思い込ませ続けた、十四歳のときにたまたま屋敷の修繕を手伝った西面武士にそのまま雇われることとなった、体付きといい、肌の浅黒さといい、まるで猿のようだと馬鹿にされ、下働きとしてこき使われ続けたが、それでも戦に駆り出されるよりはましだと思っていた、俸禄《ほうろく》を得るために自ら進んで戦場に赴く武士の気持ちが知れなかった、太刀の刃を見るだけでもぞっとした、押松丸は自分でも嫌になるほどの臆病者だった、しかしその臆病さこそが、もしかしたらこの若者の両腿を回転させ、速く走らせていたのかもしれない、そしてその取り柄があったことによって、院宣を東国へ持参するという重要な任務が、ただの下働きに過ぎない押松丸に託されることになってしまったのだ。

京都から鎌倉までは徒歩で二十日、早馬でも七日はかかる道程だった、当時の東海道は、木曾川や長良川といった大きな川にはまだ橋が架かっていなかった、押松丸は途中食事も、睡眠も取らずに四日で走り切る積もりだった、しかしそのためには滋養を蓄えておく必要がある、御所を出発した押松丸がまず最初に向かったのは宿屋だった、そこで器にうずたかく盛られた固粥《かたかゆ》を一気に平らげた、一杯では足らずにもう一杯頼み、自分を鼓舞するために酒まで飲んでしまった、さすがに酔い潰れるようなことはなかったものの、時間は既に寅の刻になっていた、院宣の納められた箱を、赤子を胸に抱きかかえるようにしてしっかりと襷《たすき》で結んで、いよいよ押松丸は走り始めた、ほどなく日が昇った、真正面から受ける夏の朝日に、押松丸はめまいがするほどの幸福を感じた、俺は今、治天《ちてん》の君のお言葉を携えている、これほど恵まれた人間が世の中にいったい何人いるというのか？　宮仕えの仕事の何と素晴らしいことか！　やけになって人生を諦めたりせず、僧侶になど、兵士になどならなくて、本当に良かった！　梅雨時にもかかわらず幸いにして空は青く晴れていた、西からの追い風が吹いて背中を押してくれた、大きな黒い蝶が右手に寄り添うように並走してくれた、山道も固く乾いていて、これならば十日間でもぶっ通しで走り続けられそうな気がした。走り始めて四日目の昼過ぎ、相模川の渡し船の船頭が押松丸の顔を見るなり驚いて、よろけて尻餅をつきそうになった。「物《もの》の怪《け》が現れた」言い訳めいた言葉を返しそうになったのだが、押松丸は口をつぐんだ、その場を放置したことで却って不吉な予感が残ってしまった、まさか俺はこんなに急いで、災厄に向かって走っているのではないだろうな？　自らを祝福した代償として、東国では凶事が待ち受けているとでもいうのか？　そして悪い予感は的中した、鎌倉近くの竹林で押松丸は四人の兵士に取り囲まれ、大事に抱えてきた院宣を取り上げられてしまった、縄で縛られ、囚人用の唐丸籠《とうまるかご》に入れられて、幕府御所へと連行された、驚いたことにこのとき既に、幕府側は上皇挙兵の事実を知っていた、伊賀光季と西園寺公経が粛清される間際に送った急使が、押松丸よりも先に鎌倉に到着していたのだ。しかし馬よりも速く走る押松丸よりも、さらに速く走る飛脚など現実に存在するものだろうか？　悔やまれるのは宿屋で山盛り飯を食べ、酒を飲んで失った数時間だった。多くの場合、人は最初に入った情報を鵜呑みにしてしまうものだ、幕府は先手を打って人心を掌握し、その日のうちに京都への派兵が決議された、上皇が期待した離反はけっきょく起こらなかった。

日本の歴史上初めて朝廷という絶対的権威に民間人である武士が真っ向から対決した承久の乱は、極めてあっけなく、幕府軍の勝利に終わった、後鳥羽上皇は隠岐島へ、息子の順徳上皇は佐渡島へ配流となった、文覚が対馬に流されその地で没してから十八年後のことだった、京都に攻め入った幕府軍の総大将、北条泰時《ほうじょうやすとき》は六波羅探題《ろくはらたんだい》としてそのまま京都に残り皇族の監視に当たった、上皇挙兵に加担した貴族、武士はことごとく処刑もしくは流罪となった、罪人として鎌倉へ護送される途中での処刑もしばしば行われた。兵舎や貴族の屋敷には火が放たれ、幕府軍兵士による狼藉、略奪も横行した、逃げる敗残兵を追って、幕府軍は栂尾の高山寺にもやってきた、無断で寺領に入り込み、茂みの中や谷底を調べ回った、北条泰時から指示を受けて捜索に当たったのは秋田《あきた》城介《じょうのすけ》義景《よしかげ》という壮年の武士だったが、義景は官軍の生き残りが高山寺に匿《かくま》われているという噂を耳にしていた、じっさい斜面に掘られた洞穴からは六十七人もの兵士が見つかった、本堂には処刑された貴族の妻子と乳母、合わせて十二人がいた。七、八歳ぐらいの男の子の足を幕府軍の兵士が棒で打った、転んでいるのを紐で縛ろうとしたところに、一人の僧侶が間に割って入って制止した、義景は平手打ちをくらわして退けてやる積もりで左腕を振り上げたのだが、何か薄気味悪いものを感じて腕を下ろした、痩せ細った僧侶の右耳は削られてなくなっていた、子供の代わりに明恵が後ろ手に縛られ、六波羅まで連れて行かれた。

夜半過ぎに栂尾を出たのだが、山を下りて、六波羅に到着したときには空が白ばみ始めていた、湿気の多い冷んやりとした夏の朝だった、かつての平清盛の邸宅であるこの役所は閑散としていた、人の姿は見えず、二羽の大きなカラスが松の木の枝に止まっているばかりだった、追い払われてもカラスはまったく動じず、高い位置から哀れむように人間を見下ろしていた。縄を解かれた明恵は奥の間へと案内された、明恵の姿を認めるなり、北条泰時は立ち上がって自らが座っていた上座を譲った、そして家臣の非礼を詫びた、背丈はそれほど高くないが骨太のがっしりとした体型で、眉は濃く、大きく見開かれたままの瞳と口元にかすかに浮かんだ笑みは、自分はきっと成功者になるという自信を表していた、折烏帽子をかぶった額には脂汗が浮かび、褐《かち》の地に北条家の家紋である三つ鱗を配した直垂を着けていた。はっきりとした理由は分からないが、初めて対面したときから明恵はこの若い武士に好感を持った、言葉を交わす前からそうだったのだ、じっさいには泰時はこのとき三十九歳、明恵とは十歳しか違わなかった、若者と呼べる年齢はとっくに過ぎているはずだった。「しかし官軍兵の生き残りと、上皇に同調した公卿、殿上人の家族だけは我々に引き渡して頂かねばなりません。忠臣が主君に対するご恩をけっして忘れないのと同様に、主人を討たれた子弟は必ずその恨みを晴らすものです、長く暗い洞窟のような憎しみの中に息を凝らして潜伏し、彼らは復讐の機会を窺うのです。たまたま敗軍に付いてしまった親を持った子供たちには何の罪もありません、けれどもその憎悪の連鎖を断ち切らねばならぬ義務が、悲劇を繰り返させない責任が、勝者である我々の側にはあるのです」そのときの泰時の言葉は、自らもまた、父親であり主君でもある執権北条義時の指示に忠実でありたいという願望によって支えられていた。泰時じしんがその指示に本当に納得していたかどうかとは別の次元で、その言葉には反論を挟《さしはさ》ませる隙がなかった。

いったん明恵は高山寺に戻された、高山寺の本堂では、夫を失い、愛する息子もほどなく連れさられてしまうのだろうという諦念に囚われた女性たちが待っていた、戦争未亡人である彼女たちは既に出家する決意が固まっていたのだが本当のところ、どうしてこれほど自分が貴族から頼られなければならないのか、明恵は不可解に感じてもいた、確かに高山寺は後鳥羽上皇から賜った寺ではあったが、文覚流罪の一件もあり、明恵としては上皇との間には一線を引いていた積もりだった。本人も気づいていないほどのかすかな上体の揺れに応じて光沢の位置が目まぐるしく動く、まっすぐに落ちる長い下げ髪は、袿《うちぎ》の腰回りの膨らみを越え、座敷の上で半円を描いて止まる、この人は宗行中納言《むねゆきちゅうなごん》夫人だったか、それとも山城守広綱《やましろのかみひろつな》の夫人であったか、十三、四で見知らぬ相手に嫁がされて、世継ぎを産むことだけを期待された彼女の人生とはいったい何だったのか？　戦乱に巻き込まれなどせずに、食事と衣服と琴を与えられて屋敷の囲い塀の中で一生を終えることができたならば、それが一番幸福だったなどと誰がいえるのか？　しかし荷葉《かよう》の薫物《たきもの》だけではない、かつて明恵に春日大明神の託宣を告げた女房が発したのと同じ、吸えば咳き込むほどに濃厚な麝香にも似た香りがこの堂宇を満たしていた、恐らくその香りのせいでもあるのだろうが、明恵はこのところ幾晩か続けて性夢を見ていた。朝、日が昇って間もない時間帯か、もしくは夕暮れ前の時間帯、橙色に染まる油凪《あぶらなぎ》の海を渡って小舟が岸壁に到着する、弟子の喜海が腰まで水に浸かりながら岸に上がり、纜《ともづな》を岩に巻きつけ舟を引き寄せて係留する、明恵が舟から飛び降り、続いて一人の女房が舷側を跨いで岸に上がろうとした瞬間、舟は大きく傾き女はよろけてしまう、明恵と喜海が女の腕を片方ずつ受け止めて、抱きかかえるようにして岸へ移してやる、なぜだか舟の中に船頭の姿は見えない、富士額に切れ長の瞳、下膨れ顔の三十絡みの女は、喜海と親しげに話している様子から察するに、高山寺で匿っている貴族の未亡人の一人のようなのだが、明恵は見憶えのない顔だった。岩に手をついて、三人は岸壁をよじ登り始めた、男だって恐る恐る足場を確かめながらでないと進むことのできない、こんなに急な崖を女に登らせるのはとうてい無理だ、明恵はそう思ったのだが、それを言葉にして出すことは控えた、自分はそんな弱気な発言をしてはならぬ立場の人間なのだという拘束を感じていた。明恵の前を登る女が足を持ち上げるたび、町人が着るような丈の短い小袖の裾がまくれ上がり、太腿の白い内側があらわになった、その皺一つない、黒子《ほくろ》一つない、若々しい肌を見ていると、崖を登ることぐらいこの女にとっては容易いことなのかもしれない、という気もしてくる。喜海はもう頂上近くまで登っていて、明恵と女を気遣って、振り返って下を覗き込んでいる、その表情は困っているようにも、哀れんでいるようにも見える、急に明恵は心細さに囚われる、自分の細い足腰ではとてもではないがあんなに高い所まで登ることなど不可能だ、もう間もなく、カエルのような無様な格好で岩にへばり付いたまま動けなくなってしまうに違いない、けっきょく自分の不甲斐なさを女に仮託していただけではないのか？　だがならばその女にだけは引き離されずに付いていかねばならないという、半ば義務感にも似た欲望が明恵の手足を休むことなく動かし続けさせた、女が一段登れば明恵も一段登り、女が右手を伸ばして岩を摑めば明恵も右手を出した、二人とも糸で操られているかのような不自然な動き方だった。半日以上かかってようやく崖を登り切ったとき、太陽は水平線近くの雲に沈むところだった、ということは海を渡る舟から見えたのはやはり朝日だったのか、崖下を覗き込んだ明恵は足がすくんだ、灰色の岩々が連なるはるか先に小さく、砕け散る波の水しぶきが見えた、こここそが奥越平泉寺《へいせんじ》の僧侶、東尋坊《とうじんぼう》が突き落とされたという断崖絶壁なのではないか？　喜海の姿は見えなかった、長い時間待たせたのであれば、弟子が一人でどこか他の場所へ行ってしまったとしても、明恵にはそれを咎めることはできないように思えた。崖上の岩の窪みには水が溜まり小さな池ができている、その前で明恵は着物を脱いだ、するといつの間にか背後に歩み寄っていた女が手を差し出し、脱いだ着物を受け取ってくれた、一口水を口に含んで真水であることを確認してから、明恵は沐浴をした。そして驚きとは無縁の、待ち望んでいた状況のようやくの到来として、明恵の目の前で女も着物を脱ぎ捨て全裸になった、全裸のままの仁王立ちだった、着物の上からでは分からなかったが、女はかなりの肥満だった、紫色にくすんだ乳房は重く垂れ下がり、脇腹から尻にかけては幾重もの段ができるほどの脂肪が付いていた、ある意味これも明恵の期待の具現なのかもしれなかった。自分が激しく欲情していることに気づいたとき、明恵は夢から目覚めた、昔はしばしばこういう性夢に悩まされたものだ、若い頃には、といってもそれは三十歳を過ぎた頃のことだが、明恵といえども性欲に手足を縛られるようにして過ごした何年間かがあったのだ、さすがに十代の頃のような無謀さ、性急さからは抜け出していたものの、杏《あんず》の花の香りを嗅いだだけで欲情しているようでは修行になどとても集中できたものではない、こんな濫《みだ》りがわしい気持ちはとっとと処理してしまおうと思い立って、いきなり色里に向かってみたことも一度ならずあった、ところがなぜだかその度に突然の大雨に降られたり、足に棘が刺さって血が止まらなくなったり、途中で道に迷ったりして邪淫戒《じゃいんかい》を犯さずに済んだのだった。真の友と呼べる人間など一人もいない明恵だったが、若い頃の夢とは異なり老いてから見る性夢には気心の知れた友人のような、懐かしい印象が残った。

「栂尾の山は釈迦如来に捧げられた寺領であり、隅々まで仏の慈悲の精神が行き渡った聖域として、鳥や獣、虫、魚、蛇やミミズに至るまで、全ての生き物の殺生を禁じられた土地であります。それゆえに鷹に追われたつがいの雀はこの山に向かって逃げてきたし、猟師の放った矢が足に刺さった鹿が、ふらつきながらも谷を渡り峰を越えて高山寺の境内まで辿り着いたこともありました。我々人間の話す言葉を解さない動物たちでも、この地に隠れてさえいれば余命を保つことができるのだと本能で理解しているのです、不思議なことにこの山に棲む猿たちは木の実の取り合いをしたり、縄張り争いをしたりすることもめったにないのです。そんな場所に、合戦に敗れた兵士とその家族が辛くも敵の追手を遁《のが》れ、馬を失い矢は尽きて、顔には火傷を負いながらも命だけは助かって、月のない晩に人目を忍んで逃げ込んできたとしたら、この寺の僧侶である私が、引き渡せば裁きも経ずにすぐに処刑するに決まっているあなた方に、彼らを引き渡すはずがありません。もしも隠すことができるのならば、古木の洞《うろ》の中にでも、岩と岩のわずかな隙間にでも、彼らを匿い守ってやる積もりです、その結果として私と、私と共に修行する弟子たちがどんな咎めを受けようとも、引き渡さぬという決断が翻ることはけっしてないのです。そんな私の決断も、前世では飢えた虎の親子を生き延びさせるために自らの肉体を食糧として与えた釈尊の慈悲に比べたら遠く及びはしないのですが、しかしあなた方にしたところで、傷つき痩せ衰えた、齢五十を超えた老兵の懇願するような瞳に見つめられたり、母親の胸に抱かれた幼子の、絹糸のような白い肘が目に入ってしまったならば、追い詰められた人々を容赦なく切り捨てることなどどうせできやしないはずなのに、主君への忠義心や、やがてもたらされる恩賞や昇進と引き換えにしてもとても割の合わない、生涯に亘って自らを苦しめるであろう後悔の予見に付き纏われながら、それでも彼らを引き渡せと要求するあなた方は、どうして愚かなまでに従順なのか！　何を怖れ、何に怯えているのか！　憎しみの連鎖を断ち切ることはできたとしても、あなた方の心の奥深くに巣くう愚かさと怯懦だけは、千年経っても、二千年経っても消えることはない、あなた方の末裔はその代償を支払い続けることによって、かろうじて命だけは繋ぎ止めるのでしょう」

泰時は黙って明恵の言葉を聞いていた、明恵には、この男はぜったいに自分を斬ることはできないという確信があった、後に鎌倉幕府の執権となる泰時だが、じつはこのときはまだ、自らの手で人を殺めたことは一度もなかった。明恵は再び六波羅に拘留されたが、翌々日には釈放された、官軍兵の生き残りは捕らえられたが、貴族は高山寺に留まることを許された。それから一月ほどが経ち、戦果を報告するため、泰時は鎌倉へ向かった、途中駿河国の島田宿では家臣とともに川に狩りに出かけた、秋の初めの、良く晴れた朝だった、青い葦の原を撫でるように吹く涼しい風が、戦乱と処刑に明け暮れた今年の夏を遥かな昔の記憶へと押しやるように思われた。草むらから一羽の水鳥が出てきて、川上の方へ向かって泳ぎ始めた、真っ赤な嘴と緑青色に輝く羽を持つ、見事な、大きな水鳥だった、泰時はゆっくりと弓を引いて遠ざかる獲物に狙いを定めた、しかし矢を放つ瞬間、弓の背をわずかに空に向けて、わざと的を外してしまった、水鳥は羽ばたいて逃げた、家臣たちは気まずい表情で沈黙した、泰時はこれから自分が歩まねばならぬ呪われた人生を思って、暗澹たる気持ちになった。

入滅

明恵は四十歳のときに「摧邪輪《さいじゃりん》」を著している、これは法然の「選択集《せんちゃくしゅう》」に対する反論として書かれたものだが、もともと明恵は自分よりも四十歳も年上のこの僧侶の、けっして徒党を組もうとしない姿勢を尊敬していた、専修念仏《せんじゅねんぶつ》も全面的に認めないというわけではなかった、しかし「選択集」を一読するやいなや、自分でも動揺するほどの激しい憤りが、頭のてっぺんから爪先まで雷に打たれたように駆け抜けた、菩薩心を不要とする考え方だけはどうしても看過することができなかった、善人から悪人まで、いかなる人間も悟りの根拠となるような菩薩心を欠いた凡夫《ぼんぷ》であるのだから、阿弥陀仏の本願である専修念仏のみが万人に勧進し得る正行であり、それ以外の諸行は全て捨て去られねばならない、法然はそう説いていた。怒りに導かれるようにして、明恵は「摧邪輪」三巻を一気に書き上げた、さらに内大臣九条道家《くじょうみちいえ》の勧めに従って、これを公に流布させることまで了承してしまった、このときにはもう法然はこの世を去っていたのだが、俗界の人々は専修念仏を受け容れた。明恵は自己嫌悪に陥った、今の自分と、かつて自分が軽蔑した派閥抗争に明け暮れる僧侶たちとは、どこがどれだけ違うというのか？　けっきょくのところ自分は、権力者に利用されているだけなのではないか？　だがもし仮にそうだとしても、仏道に入る敷居だけは高くなければならない、仏道に身をやつす覚悟がなければならない、明恵のその信念が揺らぐことはなかった、他人の目には不遜と映ったとしても、自らを信じるという態度はそれは虚栄とは別の、自らの身体の内に仏が宿るという実感に他ならないはずだった。

しかしじっさい自分でも困ったことに、明恵は年を取るにつれて穏やかになるどころかますます頑固に、些末な理由で怒りっぽくなっていた、あるとき懇意にしていた貴族が高山寺を訪ねてきた、明恵は別件に気を取られていたためちょくせつ相手をすることはなく、貴族はそのまま帰っていった、翌朝の吸い物には松茸を縦に細く割ったものが一本浮かんでいた、明恵の椀だけではなく、弟子たちの椀も同じだった、前日来訪した貴族が明恵の好物と聞いて持参したとのことだった、湯気の中に浮かぶ白い仮名文字のようなものを、明恵は黙って見つめていたが、とつぜん痛みを堪えるような苦しげな表情で立ち上がり、縁側へ出て椀の中身を砂地に撒き捨ててしまった、驚いた弟子たちに後を追う間も与えぬほどの一瞬の素早い動作だった。その貴族とはその後二度と会うことはなかったが、明恵が気難しくなればなるほど、来客が増えるというのも皮肉な話だった、居留守を使うことも多かったが、面会すれば面会したでわざとらしい非礼な態度で接したり、座したまま目を瞑って熟睡してしまったり、いきなり顔面を紫色に染めて怒り出したりしたので、弟子たちは気が気ではなかった。五十歳を過ぎた頃からは、十五日と晦日《みそか》の毎月二回、高山寺の本堂で説戒をするようになった、最初のうちは、この頃には十八人にまで増えていた弟子全員が明恵と向かい合って二列に並んで座り、淡々と『梵網経《ぼんもうきょう》』の十重禁戒《じゅうじゅうきんかい》を読み上げていただけだったものが、一、二年が経つうちに高山寺恒例の法会《ほうえ》として京都の貴族や武士の間で有名になって、毎回十名から二十名の集団が聴聞に訪れるようになってしまった、きっかけを作ったのは恐らく九条道家だった、将軍家に自らの息子を送り込んだこともあるこの人物が何かたくらんでいるのであろうことは、誰の目にも明らかだった。ある春の日の暖かな午後、明恵が説法を行うために本堂に入ってみると、五間四面の母屋では収まり切らず、庇の下にまで溢れるほど大勢の聴衆が集まっていた、多くは貴族とその女房で、中に数人の身分の低い武士らしき姿も見えた、まだ元服前の子供まで連れてきていた、彼ら彼女らはまるでこの寺の住持《じゅうじ》さえも目に入らぬかのような熱心さで、ほとんど一心不乱に、隣り合わせた者同士お喋りを続けていた、明恵はしばらく黙ったままここに集まった人々の顔を眺めていた、どれも見知った顔ではないような気がした、藪蚊の羽音のようなかすかな耳鳴りがして、足元からは暑苦しい湿気が立ち上っていた、一言も発さぬままに明恵は踵を返し、本尊の釈迦如来像に合掌してからその場を退席した。

それから明恵は山に入って一夜を明かした、まだ若かった昔、神護寺の僧侶の俗気に嫌気がさして逃げ出したときと同じように、松の大木の根元で座禅を組んだ。虫の鳴く季節には早く、山の夜は静かだった、谷川を流れる水の音と、ときおりフクロウが仲間を呼ぶ声だけが聞こえた、峰を越えて吹く風が山藤《やまふじ》の香りを運んできていた、東の空には黄色い満月が昇っていた。しかしこの穏やかな春の夜にあって、明恵は恐ろしい人生の失敗の予感に苛《さいな》まれていた、人里から遠く離れた山の中に粗末な草葺きの庵を作って、そこで一人孤独にありたい、誰からも邪魔をされずに、寝食を忘れて仏道の修行に励みたい、ただただ学問に没頭したいと、ひたすらそれだけを願って生きてきた自分だというのに、まるでその願いに仕返しされるかのように、私は挫かれ続けた、強く望めば望むほど、望んではいない報酬ばかりを与えられ続けた、隠遁して、他人の助けを借りずに独力で生きていく、口から吐く言葉にしてしまえばこんなに容易いことはないようにも思えるが、私にはそれがどうしてもできなかった！　これも前世で善行を積まなかったことによる報いなのか！　それとも私は、挫折の誘惑に抗し切れなかったということなのか？　葛藤ばかりが続き、そして気がつけば五十も過ぎて、もうあと数年で六十にも届こうとしている、死後に名を残そうなどと考えたことは一度もないが、これではけっきょく今世でも何も成し遂げなかったのと同じことではないか！　惨敗ではないか！　だが、その責めは誰に帰するわけにもいかない、それはひとえに自分の努力が不徹底だったからに他ならないのだ、勇気が足らなかったからに他ならないのだ……こんな風に自分を責め続けていても気狂いになってしまうだけだと思い直し、明恵は努めて眠りにつこうとした、明け方近くのまどろみの中で見た夢は、眼前に白い霧が立ち込めていた、杉林に囲まれた山間《やまあい》の草地のような場所だったが、ここはかつて修行した紀州白上の山中なのだろうと、夢の中の明恵は見当を付けていた、右手から絶えず湿った冷たい風が吹き付け、首筋と肩が針で刺されたように痛んだ、霧は白い筋を作りながら流れ去ってはまた現れた、雲が山にまで降りてきているのかもしれない、空を見上げると曇天のようでもあり、夜空のようでもある判然としない紫紺色の暗さが垂れ込めていた、両手を伸ばして、霧をかき分けるようにして一歩、前に踏み出そうとすると、露に濡れた、冷たいものが指先に触れた、山百合《やまゆり》の花だった、純白の花弁には血痕めいた斑点が散り、真ん中から垂れ下がる葯《やく》も赤く毒々しい、明恵はその大きな花を手に取りしげしげと見つめるうちに一瞬、もしや……と思ってしまったことが呼び水となった、一面に立ち込める霧に見えたものは全て山百合の花だった、振り返れば当然のごとく背後も白い花に囲まれていた、身動きも取れぬほどの過密さで、花は明恵に迫ってきた、背中を押され、首を締め付けられ、鼻の穴と口まで濡れた花弁に塞がれかけたところで、明恵は息苦しさで目を覚まし呟いた。「これはつまり、死夢であるに違いない……」

その後の明恵は、本人以外は誰も気がつかぬような緩やかな速度で、徐々に衰えていった、食が細くなり、ときどき下痢と腹痛に悩まされるようになった、日々の座禅修行と説法を欠かすことはなかったが、不調のときには一週間ほど水と少量の粥しか喉を通らないこともあった。食が細いのは、若い頃とは違って年を取ると知らず知らずのうちに身体が冷えてしまうものだからだ、山中の霧が深く、冷気が厳しい時期には酒を温めて、毎朝少量ずつ飲んだら良いだろう、酒が身体の内側から熱を発してくれる、診療に訪れた医博士《いはかせ》がそう伝えたところ、明恵は烈火のごとく怒った。「一滴たりとも酒を飲んではならぬという戒律、不飲酒戒《ふおんじゅ》は、釈尊が定めた二百五十戒のうち、特により抜かれた十戒の中から、さらにより抜いた最も大事な五戒の、その第一番に置かれている！　仮に病気の治療のためとはいえ、その戒律を破って酒を飲むぐらいだったら、迷うことなく私は死を選ぶ！」語気を荒げる明恵の額は真っ赤に染まり、身体ぜんたいに生気がみなぎって、不調もさして深刻なものではないように見えた、弟子たちも、上人は百歳とはいわないまでも、八十歳を超える長寿を保たれるに違いないと噂し合った。しかし明恵本人だけは、いよいよ死期が近づいてきていることを自覚していた、寛喜三年（一二三一年）の十月には以前からの持病だった痔の病が再発した、このときには食事はもちろん水も飲めず、手足は骸骨のように痩せ細ってしまった。一週間ほど明恵は臥せっていたが、ある朝低い声で呻きながらおもむろに起き上がり、庵室の壁に掲げた弥勒菩薩《みろくぼさつ》の描かれた垂れ絹に向かって、結跏趺坐《けっかふざ》の坐相で宝号を唱え始めた、弟子たちにも「けっきょく自分は釈尊の生地である印度の地を踏まずに、まもなく今世を終えることになるだろうが、せめて死ぬときぐらいは釈尊と同じ死に方で死にたいと思っている」などと伝えたので、いよいよ臨終の儀かと弟子たちも慌てたのだが、それから十日も経つと食事を摂ることができるようになり、本堂での説法も再開された。

もしもこのときが、これから段々と暖かくなって花が咲き甲虫やハチが飛び交う季節であったならば、明恵が病を克服できた可能性もあったのかもしれない。しかし定められていた運命は違った、ほどなく栂尾の山には朝霜が降りるようになり、早朝の作務《さむ》に励む僧侶の吐く息も白く染まった、さらに悪いことにこの年は初雪も早かった、十一月の初めにはくるぶしまで埋まる深さの雪が積もった、石段の隙間や木の根元の雪は溶けることなくいつまでも残っていた。一日の大半を明恵は庵室にこもって過ごすようになった、医博士から忠告された通り、まるで枯れ枝にでも触れているかのように老人の手足は冷たく、干からびていた、今までは拒んでいた火桶《ひおけ》も部屋に持ち込ませることにした、九歳で仏弟子となって以来五十年間、明恵はどんなに寒くても火桶で暖を取ることなど一度もなかった。襖を閉め切った部屋に一人で臥せっているとなぜだか、流刑地で死んだ文覚と後鳥羽上皇のことが思い出された、京都の町中には今でも二人の亡霊が現れるという噂だが、人間として生まれたからにはけっして彼らのような、肉体が滅びた後も欲望と怨念が現世に留まり続けるような最期を迎えてはならないとは思うものの、彼らが味わったであろう死の苦しみと同じ苦しみをほどなく自分も味わうことになるのであれば、他でもない死こそが、人間の平等を担保してくれているといえるのではないだろうか？　明恵の病気は回復せぬままその年は暮れ、年が改まった正月十日の朝、ついに危篤となった。「いよいよ今度こそ、そのときがきた」白い煙と共に吐き出された声で、弟子たちにそう伝えた明恵の顔は死人のように蒼く、むき出しの膝は気味悪いほどに細かった、その膝に手をついて床から起き上がると、まず冷水で両手を洗い、浄衣を身につけ袈裟を懸けてから、弥勒菩薩像に向き合って座禅に入った、長い時間座り続けることはもはや不可能だったが、横になって短時間休んだ後に起き上がって再び座禅に戻った、咳き込んで嘔吐したり、自らの上半身を支え切れなくなって脇を押さえて貰わねばならないときもあったが、それでも明恵は座禅を止めなかった、弟子たちには文殊の五字の真言《しんごん》、阿羅跛捨那《あらばしゃな》を繰り返し唱えさせた、この五文字を一遍唱えれば八万四千遍の陀羅尼《だらに》を唱えたのと同じ効能があるとされていたのだが、弟子たちはそれを昼夜の休みなく唱え続けた。翌日の早朝、弟子の一人が、明恵が座ったままの姿勢で両目を閉じていることに気づいた、手足は冷たく固まり、呼吸をしていれば動くはずの腹の辺りの着物が動くこともなかった、首筋の脈も打っていなかった、恐る恐る鼻の下に手を出してみたが、果たして息は感じられなかった。明恵上人は自分たちの知らぬうちに、最後の言葉も頂かぬうちに入滅されたのか……弟子たちは悔やんだが、肩を摑んで身体を揺すったり、大声で呼びかけたりといった荒々しいことをするのはさすがに躊躇われた、それにはまだ少し早いような気がした。しばらくの静寂の後、弟子たちは弥勒菩薩の宝号と文殊の五字真言を唱え始めた、冬の朝日が昇ると襖の隙間から光が射し込んだ、そのかすかな暖気に促されるようにして、明恵はゆっくりと目を開き、苦痛に顔を歪めながら自分から横になった。

明恵は指に力が入らず、筆を握ることもままならなくなっていたので、置文《おきぶみ》は口述筆記されることとなった。「両親と死に別れ、九歳にして仏道を志して以来五十余年、我が師と呼べるような人物にはとうとう出会わなかった、ひたすら釈尊だけを師と仰ぎ、何人からの干渉も受けず、援助も辞して、山奥の草庵に一人こもって聖教に読み浸りたい、そう望んで生きてきた私がなまじいに上皇より拝領してしまったこの栂尾の山ではあるが、いつの間にか四宇の堂塔が建ち並び、共に修行する僧侶の数も増えた、しかしいよいよ寺務を譲り、寺を出て独居すべきときとなった。寺主は定真《じょうしん》、学頭は喜海、知事は霊典《りょうてん》と定める、大事発生の際には三人で相談し、互いに納得の上で対処を決して欲しい、考えの相違をそのまま放置してはならない。栂尾山恒例の毎月二度の説戒については、私がこの寺を去った後も継続されることを望むが、この説戒に列座できるのは仏の道を志す学僧のみとし、在俗から参列の申し出があったとしても、それは固辞するように頼む。学僧が月二度の説戒を欠かすことはいかなる理由をもってしても許してはならず、往京の要がある場合でも日没より以前に帰還することを条件とし、学僧の外泊は禁ずる。また尼僧の来訪がある場合にも、日の沈まぬうちにこの寺より退出させ、けっして夜を跨ぐ滞在を許してはならない。食事《じきじ》はいっさい無言で、咀嚼する音も、箸を置く音も立てずに迅速に済ませるよう、作務の最中の会話も慎むように、学僧たちには今一度厳しく伝えなさい。新たな僧房の建築は当面は不要と考える、寺領も現在の規模でこの寺の経営を賄うにはじゅうぶんな収入が得られているが、寺院が田地を貯えることは本来は仏の禁じられたところであるから、それが取り上げられたときにもむやみに騒いだり、嘆いたり、取り戻そうとしてはならない、寺領の裁判のために、集まり群がる訴訟人たちと争う僧侶の姿ほど見ていて見苦しいものはない、彼らは仏法興隆のために資金が必要なのだと訴えてはいるが、じつのところは財産を貯えるという目的に寄りすがって惰性で生きているに過ぎないのだ。信者檀越《だんおつ》からの寄進の申し出があった際には、将来のこの寺の在り姿を考えた上で三人で相談して受諾の是非を決しなさい、但し朝廷や貴族、武士との付き合いに関しては、一定の距離を保つことだけはゆめゆめ忘れぬよう、さもなくば気がついたときには我ら僧侶は権力者に付け込まれて、彼らの思うがままに操られて、仏法に背く行為にまで手を染めなければならなくなるのが落ちなのだから」置文はどちらかといえば実務的な内容だった、残された者への導きとなるような言葉を期待していた弟子たちは少なからずがっかりしたのだが、それより何より驚かされたのは、この骨と皮ばかりになった老人の身体のどこかに残っている生きる力の強さだった、死が近いとは思えぬほどの饒舌だった、じっさい横になったまま話す明恵の額から眉間にかけては脂が浮き出て艶《つや》やかに光り、何度か振り上げた右手は震えることなくしっかりと西方を指差していた。まさかとは思うがこの人は、晴れて自由の身となった喜びを嚙み締めながら明日の朝にでも本当に山に登って、一人で修行を再開するのではないだろうか？

しかしやはり現実の世界ではそんなことは起こらない。その日の夕方、明恵は昏睡状態に陥った、翌朝いったんは意識が戻ったが、弟子たちを枕もとに呼び寄せ小声で伝えた。「今日が命の終わるときである」いよいよ迫りつつある別れに弟子たちは涙した、明恵は頷き、恥ずかしそうに微笑みながらこういった。「私が死ぬということは、今日が終われば明日に継がれていくのと同じことだ、ひと続きの流れのようなものなのだから、何も案ずる必要はない」もはや着物を替えることも困難だったので袈裟だけは新しいものを懸け、念珠《ねんじゅ》を手にしてもう一度座禅を試みた、両脇を押さえて貰ってかろうじて体勢を保つことができたが、すぐに諦めて横になった。「仏法では入滅の儀として端座《たんざ》と右脇臥《うきょうが》の二通りが定められている、前々から自分は臨終に当たっては端座を試みたいと考えていたのだが、その期に及んで起き上がるのも大層難儀なことなので、釈尊のご入滅されたときと同じ、右脇臥の儀で臨終を迎えることとしたい」昼過ぎからは再び昏睡状態となった、弟子たちは宝号と五字真言をより一層大きな声で唱えた、日没間際、明恵は目を瞑ったままうっすらと口を開いた、喜海が耳を近づけると、「我、戒を護《まも》る中《うち》より来《きた》る」と聞こえた。それが明恵の最後の言葉となった、貞永元年（一二三二年）正月十九日、六十歳となって十一日目での入滅だった、遺体は高山寺本堂の裏手に埋葬された。

明恵の伝記としては「梅尾《トガノオ》明恵上人伝記」と「明恵上人行状記《ぎょうじょうき》」の二冊があり、いずれも弟子の喜海によって書かれたとされているが、じっさいに喜海本人が執筆したのは「明恵上人行状記」の方だけで、「梅尾明恵上人伝記」は喜海が没した後、四、五十年が経ってから、あたかも喜海の著作であるかのように誰かが書いたものらしい。私が持っているのはこの「梅尾明恵上人伝記」に平泉洸による現代語訳と注が付された講談社学術文庫の「明恵上人伝記」だが、初版一九八〇年のこの本は今は絶版になっている、この本の中には西行法師が梅尾に明恵を訪ねてきて、「和歌一首をつくるたびに、仏像御一体を造る気持でする」と語る逸話も含まれているのだが、西行が没した建久元年（一一九〇年）には明恵は十八歳でまだ神護寺で修行中の身だったのだから、そんな若い学僧を源頼朝も畏れるような大物がわざわざ訪ねてくるはずがない、これは後の時代に何者かが無理やり捏造した話に違いない、承久の乱の際に明恵を捕らえ、六波羅まで連行した役人は本当は秋《あき》田城介景盛《たじょうのすけかげもり》でなければならないところを、息子の義景《よしかげ》としてしまっている明らかな誤記もある、それでも私は、女優と一緒に高山寺を訪れた後もこの本を常に持ち歩き、電車の中で一人になったときなどには鞄から取り出して、無作為に開いたページを読み返していた、ときにはわざとらしく忙《せわ》しげにページを繰ってみたりもした、それはスマートフォンの画面から目を逸らすことのできない連中への当《あ》て擦《こす》りだったのかもしれない、今の日本ではアパートの来月分の家賃を払う金もない貧しい若者でもスマートフォンだけは持っている、日雇いの労働者が食費を切り詰めながら携帯電話料金を支払っている、そんな世の中になってしまったのは私を含めた、一九八〇年代に青年期を過ごした世代が後々取り返しのつかない酷いことになると分かっていながら、何も手を打たなかった結果なのだ。私の周りで携帯電話を持っていないのは横尾忠則さんと私の母の二人だけだが、会社を退職すると同時に携帯電話も解約したことによって、私もようやくその仲間に入ることができた、考えてみれば私の最初の携帯は一九九四年の四月に会社から与えられた物だった、ダークグレーの本体に緑色に光るボタンの付いた、手のひらに収まる大きさの、けっしてトランシーバーのような仰々しい物ではなかった、外回りの営業仕事の効率化という名目で同僚がみな携帯を持ち始めた中で、私だけは最後まで拒んでいたのだがけっきょく強制的に持たされてしまった、それがいつの間にか会社の物ではなく私の物となり、肌身離さずいつも持ち歩くようになり、就寝中も枕もとに置くようにまでなっていたのだ。では私は携帯を捨てて、その代わりに「明恵上人伝記」を持ち歩くようになったということなのだろうか？　いやいや、そんなに単純な、私にばかり都合の良い話でもないだろう、当然といえば当然だが、女優の彼女はスマートフォンを持ち歩いていた、私が惹かれるような美人はことごとく、性的な魅力を感じさせる女ならば一人の例外もなく、まるで自らの肉体の延長でもあるかのように、スマートフォンを使いこなしているのだ。「でも、パソコンとインターネットを使っているのであれば、けっきょくは同じことでしょう？」子供が大学生になった親であれば誰しも、夜の繁華街を歩いていて不意にばったりと、自分の息子や娘に遭遇してしまうかもしれない、そういう可能性について思いを巡らせるものだ、後ろめたい逢瀬の最中だとか、見苦しいほど泥酔していたわけではないにしても、じっさいそのときの親子はお互いどんなにか気まずい思いをすることだろう？幼い子供の手を引いて近所を散歩した幸福な日々が、どれほど遥かに遠のいて感じられることだろう？　自分だって昭和の大学生だった頃は道玄坂や歌舞伎町にも出入りしていたぐらいなのだから、その日偶然私と長女が出会ってしまった場所が銀座の裏通りだったことはまだしも救いだったといえるのかもしれない。「パパだって小説を書くときにはパソコンを使うし、調べものをするときにはネットで検索もするのだから、それを持ち歩いているかどうかだけの違いでしょう？」梅雨明けして間もない七月の夜だった、乾いた強い風がビルの間を通り抜け、暑さもさほど苦ではなかった、裏通りの街灯は肌色がかった柔らかな光で統一され、その光のせいなのか私の動揺のせいなのか、長女の茶色い髪も、白い袖なしのブラウスも、うっすらとぼやけて見えた、私たちの歩く横には黒塗りの外車が一台、映画のドリー撮影のようにゆっくりと移動していた、人通りは多かったが誰もが私たち親子を気遣って、押し黙ってくれているかのようだった。「新たな便利さが当たり前になるまでの、時間稼ぎに過ぎないのかもしれない」しかし明恵が五十年間、火桶で暖を取ることを拒み続けたのは時間稼ぎではなかったはずだ、というより明恵が拒んだのが火桶ではなかったのと同様に、私が拒んでいるのも恐らく、スマートフォンや携帯電話ではない。「だったらスマホを持ち歩くようになったところで、何が変わるわけでもないから大丈夫」二人とも食事は済ませていたので、日比谷駅近くの老舗の洋菓子店に入ることにした、店内は宴会上がりの客で混んでいたが、蝶ネクタイを締めた白髪《はくはつ》の店員は私たち親子の顔を見るなりにっこりと微笑み、予約席と書かれたプレートの置かれている一番奥の静かな席に案内してくれた、私はホットのココアを注文し、娘はカフェオレとロールケーキのセットを注文した。

「だけどおかしいな、みどりが生まれたとき、パパはとっくに携帯電話を持っていたということになる」長女のみどりは一九九六年の一月に生まれている、私たち夫婦は当時、埼京線武蔵浦和駅近くの賃貸マンションに住んでいたのだが、出産予定日の一ヵ月ほど前から妻は実家へ戻っていた、日本には昔から里帰り出産という風習があるのだと教えられた、私にとってみればそれは結婚三年目にして予期せぬ形で与えられた、独身生活の再体験だった。それでは私は、鎖を解かれた飼い犬のごとくここぞとばかりに自由を謳歌し、旧友と翌朝まで飲み明かしたり、新しいスーツを注文してみたり、風俗店通いをしてみたり、伊豆や福島辺りの温泉地へでも小旅行に出かけたりしたのだろうか？　妻の不在中そんなことは一度もしなかった、私は三十歳だった、自分でも呆れるほど肉体が疲れ果てていた、疲れ果てていた理由は上司から五月雨式に押し付けられる事務仕事と、少なくとも表面上は楽しそうに振舞わなければならない夜の接待だったのだろうが、それにしても当時の私の疲れ方は異常だった、朝の通勤電車の中では吊り革に摑まったまま眠っていたし、外回り営業からの帰途こっそりと喫茶店に入り、そこでまたうたた寝をした、足腰が重くて駅の階段を上ることが苦痛なのでエスカレーターの列に並ぶようになってしまった、しばしばとまではいわないにしても就寝中にふくらはぎが攣《つ》ることもあった。五十歳の今の私から見ると、三十歳の私は年老いた演技をしていたかのようでもある、とにかく一人暮らしに戻るこの一ヵ月の間は、義理を欠いても構わないから飲み会の誘いは全て断って、帰り道で好物のハンバーグ入りの弁当でも買って、走って逃げるようにして、一刻でも早く家に帰りたかったのだ、休息したかったのだ。マンションのドアを開け急いでテレビを点けると、女性歌手が歌を歌っていた、歌手も知らない歌手だったし、歌も聞いたことのない歌だった、歌い終わると、顔に見憶えはあるが名前は思い出せない男性タレントと会話を始めた、ゴールデンタイムの夜の八時台の民放だったが初めて見る番組だった、私が学生の頃に見ていた番組に比べると、出演者にしても、セットにしても、明らかに金をかけていない安っぽい感じがしたが、昔のやたらと騒がしいだけの番組よりもこの番組の方がよほど面白いように思えた、夕食の弁当を食べながら、私はだらだらとテレビを見続け、気がつけば深夜の一時とか一時半になっていた、私はまだスーツを脱いでもいなかったし、ネクタイも締めたままだった、だからとうぜん風呂にも入っていなかった、そして自分に復讐するような気持ちで、明日こそは夜の九時半には布団に入って、朝までたっぷり十時間は眠ってやろうと誓うのだが、三十歳の私にはどうしてもそれができなかった、同じ空間に妻と二人でいるときに比べると、一人暮らしの時間の進み方は何倍も速いようだった。

正月の三箇日は妻の実家で過ごした、妻の実家は今では隣の田無市と合併して西東京市と名前を変えてしまった保谷市にあった、つい何週間か前まで服の上からでは妊婦であることも分からなかった妻のお腹はいきなり大きくなっていた、服をめくって見せてくれたのだが、臍の下の辺りを頂点として円錐型に尖っているようにも見えた、予定日はもう二週間後に迫っていた、ということはつまり、私の独身生活も残り二週間ということを意味したのだが、妻は私の胸の内を見透かすように微笑みながらこういった。「でも初産というのは、予定日よりも遅れるものだから」取引先への年始の挨拶や業界団体主催の賀詞交歓会で慌ただしくしているうちにすぐに予定日はやってきた、しかし子供が生まれる気配はなかった、それでも私は身構えていた、いよいよ本陣痛が始まったのであなたも直ちに病院へ向かって下さい、そういう連絡がいつ何時入るかもしれない、妻には私の携帯電話の番号を伝えてあった、私が携帯を持ち歩いてさえいれば、電車で移動中であろうと、喫茶店で居眠りしていようと、延々と続く堂々巡りの会議の最中であろうと、どんな場所にいようともその連絡は確実に私に届けられるはずなのだ。「きっと、のんびりした性格の子供なのよ」妻がいちばん落ち着いていた、初めての出産とは思えぬような、これから何がどういう順番で起こるのか、自分には分かっているという態度だった。予定日とその前後には、取引先への訪問や大事な会議などの予定は入れないように調整しておいたのだが、予定日を一週間過ぎてもまだ子供は生まれなかった、翌週末の日曜日には私は結婚披露宴に出席することになっていた、同じ大学卒の、会社の二年後輩の社員の結婚式だったが、一、二度大人数の飲み会の席で一緒になったことがある程度で、さして懇意にしていたわけでもない彼が私を招待してきたことに不可解な感じも受けた、あの時代としては珍しくグリースで固めた短髪の、縁なし眼鏡をかけた、背の高い男だった、やんわりと辞退する積もりで、私なんかが出席してしまって良いものかと尋ねると、当然といえば当然だが後輩は笑いながら頷いた。「簡単なスピーチぐらいはお願いしますよ」その言い方もどこか意味ありげで、不遜な感じがあった、しかし私はやたらと媚びへつらってくる後輩よりも、生意気なぐらい率直な後輩の方が信頼できると思っていた、恐らくそれは一緒に仕事をする同僚としてのみならず、成人した一人の同性としても同じことがいえると、三十歳の私はまだ頑なに信じていたのだ。

何となくそうなりそうな予感はしていたのだが、その後輩社員の結婚式の前夜、妻の陣痛が始まった、もともとの予定日からは既に丸二週間が経過していたので、もしもこれ以上遅れるようであれば陣痛促進剤を使いましょう、という医者の話を聞いた日の晩のことだった、驚いたことに妻は自分の足で歩いて、電車とバスを乗り継いで病院まで行ったのだ、もちろん私と義母が付き添っていたのだが、まだそれぐらいの余裕はあるのだなとも思った。妻を病院に置いて、いったん私は自宅へ戻った、明日の朝、遅くとも昼までには子供は生まれるだろう、私は父親になる、そのささやかな前祝いとして弁当と一緒に缶ビールを買い、やはりまた他愛のないバラエティ番組を見ながら一人でちびりちびりと飲んだ、酒を飲まない私が自分でアルコール飲料を買うなんて、二十代の半ばに激しい失恋をしたとき以来五、六年振りのことだった、ビールを飲みながら私は、明日の結婚式は欠席することを決めた、初めての子供が生まれるのだから、十分な欠席の理由となるはずだった。ところが翌朝になっても陣痛の間隔は短くならず、あと半日から一日は分娩室には入らないだろうという連絡がきた。「披露宴には出席しておかないと不味いんじゃない？」受話器越しに聞く妻の声は変わらず落ち着いていたが、私を咎めるような響きもあった、じっさいこのときの私には、これから礼服に着替え、祝儀袋を用意して、披露宴会場のホテルに向かうということが、めまいがするほど面倒臭いことに思えた、さして親しくもない後輩社員がどこの誰と結婚しようが、披露宴の進行に穴が開こうが、私の知ったことではない！　それでも律儀に時間通り早稲田のホテルに到着したのは、組織内で悪評が立つような振る舞いは極力避けるサラリーマン的な規範に従ったのだろうか、新郎側の主賓は会社の常務取締役だった、オシドリ夫婦という言葉の由来は、渡り鳥のオシドリの雄雌は生涯仲睦まじく添い遂げるところから来ていると思われているが、じつはそうではない、中国の春秋時代の暴君、宋の康王《こうおう》に韓憑《かんぴょう》という侍従があり、その韓憑の妻が大変な美人だったので、康王は自分の側室にしてしまった、悲しみのあまり韓憑は自殺し妻も後を追う、怒り狂った康王は二人の墓を向かい合わせに作り、死してまで夫婦共にありたいと願うのならば、できるものなら二つの墓を一つにしてみよ！　と吐き捨てるのだが、すると夫婦それぞれの墓から生え出た二本の梓《あずさ》の木が成長するにつれ互いに引かれ合うように幹《つが》は曲がり枝葉も重なって、地中では根も絡まり合って一本の大木となった、樹上には一番いのオシドリが棲み着いて日の出から日没まで悲しげな声で鳴いたという、「鴛鴦《えんおう》の契《ちぎ》り」という中国の故事から来ている、因みにじっさいの渡り鳥のオシドリの雄は、雌が産卵した後は巣を去って、毎冬パートナーを変えてしまう……父親になるという一生に一度か、二度しかない特別な日にどうして私は、得たところで邪魔にしかならないような知識をひけらかされて、口角を上げながら拍手までしているのか？　こんな情けない大人にしかなれなかったなんて、思春期の頃の自分に対して恥ずかしいとは思わないのか？　あの頃の私はもっと立派な人間だったじゃあないか！　人間は成長する過程で、どうして関係性の綾《あや》に絡め取られてしまうのか？　怒りの昂ぶりで両方の太腿が小刻みに震えていたが、それでも乾杯の発声が終わって懇親の時間となるまでは席を立ち上がらない分別ぐらいは私にも残っていた、すぐに廊下へ走り出て、病院へ電話を入れた、携帯も持っていたはずなのにわざわざ公衆電話からかけたのは、当時はまだホテルの通路やロビーのような場所でも電波の届く通話エリアではなかったということなのか？　それとも携帯からはかけたくない何か別の理由があったのか？　そのとき確かに私は緑色の公衆電話にテレホンカードを差し込み、妻の入院する病院の電話番号を押した、病院の側でどういう取り次がれ方をしたのかは分からないが、電話口には義母が出た。「ちょうど今、分娩室に入ったところだから、すぐにこちらに来て頂戴」

誰にも、何の断りも入れずに、私はそのままホテルの前からタクシーに乗った、まだ夕方の五時前だったが冬の東京の空は真夜中のように暗かった、歩道を歩く厚手のコートに身を包んだ若い女性たちを見ながら、この数時間を無駄にしてしまったことを悔やんだ、前を走る車のテールランプの鮮やかな赤までもが私の判断ミスを責めているようだった。早稲田から病院のある武蔵境までは、渋滞さえなければ新青梅街道経由で四十分もかからない、黒いジャケットを着た、肩幅の広い、恐らく私の父親とそう年齢は変わらないであろう老いた運転手は私を哀れむように、慰めるように教えてくれた。いや、赤の他人にまで慰めて貰わねばならないような、悲しい出来事があったわけではないのだ、それどころかこれから私は、第一子との初めての対面という祝福されるべき経験をすることになるのだ、運転手にはそう返してやりたかったのだが、胸の内だけで言葉には出さずにいた、冬の夜、葉の枯れ落ちた街路樹の間を抜けて快調に進むタクシーの車内には、沈黙こそが相応しい気がした、じっさい休日の夕方の幹線道路の下りとは思えぬほど道路は空《す》いていた、嘘のような話だが環八の交差点までは赤信号に引っ掛かることなど一度もなかったのだ、ところが石神井を過ぎた辺りで左折して、片側一車線の細い道に入った途端、車は止まってしまった。「この先に中央線の、有名な開かずの踏切があるんです」フロントガラス越しの遠くに小さく、踏切警報機の赤い点滅が見えた、しかし車が動き始めさえすれば線路を越えるまでは大した距離ではないようにも思えた、道の両側には駅前商店街らしい薬局や青果店や蕎麦屋の看板が並んでいたが日曜の夜だからなのか、どの店もシャッターを下ろしていた、まばらに灯る青白い街灯がただでさえ暗いこの通りをいっそう暗くしていた、道端には一人か二人、黒い影のような通行人が歩いているばかりだった。運転手と私は黙ったまま、踏切の赤い点滅を見つめていた、ときおり黄色い光を放ちながら列車が通り過ぎると、赤い点滅は消えた、続けて前に並ぶ車のブレーキランプも順番に消えていって、私たちのタクシーもようやく動き出すことを期待するのだが、その期待を先回りして打ち砕くように、すぐに再び、赤い点滅は始まるのだ、それでも次に遮断機が上がったときには一気に進むだろうと気を取り直し、運転手もサイドブレーキを下ろして準備はするのだがやはり駄目だった、車はまったく動かなかった、同じことが七度か八度繰り返された後、運転手は後ろを振り返って、痺れを切らすように私に忠告した。「こんな時間と金の無駄遣いはもう終わりにして、車から降りて、あなたはその若い肉体を酷使して、自らの両足で全力で走らなければならない、目的地の病院はもうすぐそこにあるのだから」

警官

病院に到着すると、私は白い予防衣に着替えさせられ、分娩室へと通された、窓のない地下室めいた広い部屋には医師も看護師も誰もおらず、妻と生まれたばかりの子供の二人だけが横になっていた、子供は果たして女の子だった、泣き叫んだりはしていなかった、鼻筋の通った、赤ん坊らしくない大人びた顔立ちで、既に黒々とした髪が生え揃っていた、黒目がちの瞳をしっかりと見開き、天井に映る何かを追うように左右にゆっくりと視線を動かしていた。それまで他人の子供を可愛いとも、自分にも子供が欲しいとも思ったことなどなかった私は、人格がすり替わったかのように、過去の自分に平伏して詫びたくなるほどに、その女の子を溺愛するようになってしまった、ということは、新聞のエッセイにも書いたことがあるし、テレビのドキュメンタリー番組でインタビューを受けたときにも話したことがあったはずだ。子供はみどりと名付けられたが、みどりという名前は、じつは私が高校時代に付き合っていた女性と同じ名前なのだ、長女は平仮名で「みどり」だが、高校時代の彼女は漢字の「緑」だった、もちろん私がこの名前を強く推したわけではない、妻と両親とで話し合う中でこの名前が候補として上がってきたときに、私からは特に否定的な意見を出さなかっただけの話だ、この名前は昔付き合っていた女と同じ名前だから候補からは外して欲しい、などといい出していたら、むしろその方が夫婦間の揉め事の種となっていたような気がする、しかしここで今更そんな言い訳めいた話を持ち出す必要もないのだろう、「みどり」もしくは「緑」、その名前の響きから手繰り寄せられる新旧入り混じった無数の記憶が、幸福な過去というのはいつもそうであるように、単なる懐かしさとは逆の、無防備なまでの未来への楽観を、今もなお私に抱かせ続けていることに変わりはないのだから。

芥川賞を受賞して良かったと思うことの一つは、というよりも、もしかしたらこれこそが私に与えられた最高の褒美だったのではないかとさえ思うことは、もし受賞していなかったら恐らくもう会わぬままに人生を終えていたであろう人々との再会だった、互いの自転車を交換するほど仲の良かった小学校のクラスメート、メダカに似た小魚のクチボソ釣りをしていて貯水池に落ちて、二人して危うく溺れかけた幼なじみ、中学時代の英語の先生、幼い頃は毎月のように親戚一同が集まって兄弟のように一緒に遊んでいた従兄弟たちにしても、大人になってしまってからはよほどの必要がない限りまず会うこともなくなる、彼ら彼女らは、私の受賞が新聞で報じられて二、三ヵ月経ってから、人によっては半年以上も経ってから、恐る恐る控え目に連絡をくれた、出版社気付で手紙をくれた人もいたし、今の連絡先が分からなかったのでといって、実家へ電話をくれた人もいた、不思議なことに表面的には親密に付き合ってはいたものの、私の側で内心良い印象を持っていなかった人たちからは一人も連絡が来なかった、連絡をくれたのはその人の面影を思い浮かべるだけで中年の自分が今現在直面している面倒な問題がことごとく解決したかのような錯覚に陥る、再会が待ち遠しくなるような古い知り合いばかりだった。

高校の三年間ずっと同じクラスだった、仲の良かった男女数人の友人たちとは、それぞれ別の大学に進学し、社会人になってからも三、四年の間は忘年会とか暑気払いとか花見とか、無理やりにでも理由をつけて年に二、三度は集まる機会を作っていたのはやはり、気心の知れた人間と話すことで二十代の独身特有の寂しさを紛らわしたかったということなのか、じっさいに働き出してみると啞然とするほど封建的だった企業社会への失望もあったのかもしれない、それとも単なる惰性で集まっていただけなのか。そんな友人たちとも、結婚して家族を持ったり、中間管理職としての雑務に忙殺されたり、転勤して東京を離れたりという個々の生活の変化の中で集まることもなくなる、私も三十代の海外駐在期間中はぱったりと高校時代の友人たちとは連絡を取らなくなってしまった、だが私たちが連絡を取らなくなったのには仕事や引越しだけではない、もっと別の理由があったのかもしれない、私たちはお互いのメールアドレスを知らなかった、インターネットの普及した九〇年代の中頃からプライベートの友人同士でも連絡は電子メールで取り合うことが当たり前になっていたが、古くからの友人との間でメールアドレスを交換することにはどこか後ろめたさが、それがいい過ぎであれば気恥ずかしさがあった、私たちは電話で相手の声を聞いて意思を確認し合う、最後の世代でもあったのだ。

その高校時代の友人たちが開いてくれた、私の芥川賞受賞を祝う食事会で、十九年振りに私は柄澤緑と再会した、柄澤緑とは一九八二年の十月から一九八四年の八月まで、高校三年の後半から一年間の浪人生活を挟んで大学に入った年の夏まで、一年十ヵ月の間付き合った、最初のデートは文化祭の終わった後の秋休みだった、前期後期制だった私たちの高校には夏冬春の休みとは別に、一週間ほどの秋休みがあった、私の自宅に、私の不在中に彼女から電話を貰ったので折り返してみると、不思議なことに電話はしていないという返事だった、しかし話しているうちにお互い暇を持て余していることが分かったので、翌日の昼に上野駅で待ち合わせることにした。上野駅に降り立ったときにホームの時計を見上げると、十一時五十五分だったことを憶えている、待ち合わせ場所に男の方が先に着いて待っているのは格好悪いような気がした私は、売店でスポーツ新聞の見出しを眺めたり、水道の水を一口飲んだり、トイレに行ったりして時間を潰して、十二時を五分ほど過ぎたことを確認してから待ち合わせ場所の浅草口改札へと向かった、改札を見下ろす階段の上からは水色のブラウスを着た柄澤緑が待っているのが見えた。高校一年のときに生物を教えてくれた、生徒からの人気は高かったのに翌年にはあっさりと退職してしまった柳生先生という若い先生がいて、我孫子《あびこ》の、その柳生先生の家を訪ねてみようということになった、事前の打ち合わせなどはなかったのに、その場ですんなりと決まった、我孫子は私が生まれてから小学校卒業までを過ごした町でもあって、そのことは彼女も以前から知っていたのだが、そういう場所こそが私たち二人の最初のデートの行き先として相応しい、そんな、言葉では説明しづらいような意図でも、彼女ならば難なく理解してくれるだろうと既にこのときの私が楽観的に信じ切っていたことの方が後から考えると驚きだ。上野から常磐線に乗って柏まで行き、各駅停車に乗り換えて我孫子の一つ手前の北柏で降りた、天気は小雨だった、北柏駅前の小さな商店街と住宅地を抜けてしまうと、すぐに手賀沼沿いに広がる田圃に出る、遠くの方からモーターの回転する低い音が絶えず聞こえ、気温の具合で生じたのか、私たちの目線辺りの高さで霧のような、雲のようなものが、刈り取り前の黄色い稲の上を一面覆っている。「不吉な雲じゃないか？」「空は明るいね、今日」「普通あんなに低い位置に雲は出ないだろう？」「雲じゃあないよ、雨だよ、あれは」私たちは二人それぞれ傘を差しながら歩いていた、せっかくのデートなのに雨が降ってしまって残念だとか、ついていないとか、そういう気持ちは十代の頃は起こらなかった、土撥ねで服が汚れたぐらいで気分が塞ぐこともなかった、翌日の天気や気温も気にしないから、テレビの天気予報なんてちゃんと見たこともなかった。たまたま緑の手帳にメモしてあった住所と、この地で生まれ育った私には土地勘があるというだけで、行き当たりばったりで探し始めた柳生先生の家だったのだが、さして苦労することもなくその家は見つかった、臙脂色の屋根瓦にベージュのモルタル壁の、築十年ほどの、独身の独り住まいとしては大き過ぎる木造二階建てだった、そのとき一瞬、私が子供時代に訪れたことのある友達の家として、この二階建ての家には見憶えがあるような気がしたのだが、昭和の時代の建売住宅ならばどれも似たような外観なのかもしれない、前もって連絡を入れておいたわけでもないのだから当然といえば当然だが、柳生先生は不在だった、しばらく家の前で待ってみるとか、メモを書き残すということもしなかった、そこで初めて私たち二人は、今日の目的は世話になった生物の先生を訪ねることなどではないと気づいてしまったのだろう、雨はまだ降り続いていた、私は緑に傘を畳ませて、同じ傘の中に引き寄せて肩を抱いた、華奢などとはとてもいえない、肉感的な肩だった、そしてそのまま我孫子駅まで三キロ近くの起伏に富んだ道程を、話しながらだらだらと歩いた。

私と柄澤緑の付き合いには少し前段がある、私は一度、彼女に振られている、高校一年の夏のことだった、好きになってしまったから付き合って欲しいと告白した私を、彼女はやんわりと断った、それは私にとって人生最初の失恋となったわけだが、二人の間にしこりは残らなかった、ほどなく私たちはそれぞれ別の相手と、緑は一学年上の先輩と、私は同じ軽音楽部の女子と付き合い始めたからだ、昔も今も、高校生の恋愛感情なんてそんな程度のさばさばしたものだろう、私と緑は同じクラスの仲の良い友達同士として会話はしたし、ときには私たち二人を含む五、六人で連れ立って買い物に出かけたり、学校近くの喫茶店で一緒に昼食を取ったりしながら、けれどお互いを恋愛の対象として見ることはなく、その後の二年と数ヵ月を過ごした、しかし十七歳にとって十五歳の頃というのが霞んで見えるほどの遥かな昔なのだとしても、過去がまっさらに消えてなくなるものでもない、彼女の態度は本心をどこか離れた場所に隠しているようにも見えた。

もう一つの前段は、三田村晃一郎という私の友人が緑に想いを寄せていたということだ、三田村と私は軽音楽部でずっと一緒にバンドを組んできた仲だった、互いがどういう人間かを理解し合っているというよりは恐らく音楽への揺るぎない情熱という点で、私は三田村を信頼していた、口にこそ出さなかったが、部員の中で真剣にプロのミュージシャンになりたいと考えていたのは三田村ただ一人だった、しかし残念なことに彼は容姿が悪過ぎた、背が低い上に、縮れ毛で老け顔だった、ヴァン・モリソンという北アイルランド出身のシンガーに似ていた、口数も少なく内向的な性格だったのに、なぜだか緑に対する好意だけはあからさまな行動で示した、付き纏って家まで送ろうと申し出たり、理由もなくとうとつにプレゼントを渡したこともあった、ということは音楽への情熱にも似た、それほど抑え難いものが彼の内部にはあったということなのか。緑は三田村を好きにはなれなかったが、私たちの周囲の友人たちはみな三田村の緑への好意に気づいてしまっていたので、緑としてはそんな外堀を埋められて身動きが取れないような状況から誰かしらに救い出して欲しかった、という気持ちはあったことは間違いない、しかしそれだけではわざわざ一度振った男と付き合う理由としては足りない、秋休みが終わって後期の授業が始まった初日、自分が本当にこの女と付き合い始めるのか、私はまだ半信半疑だった、立場は逆だが緑としても似たような迷いがあったのかもしれない、ところが午前の二時限目の授業中、曇り空の隙間から薄日が射し込み、その銀色がかった逆光を背景に窓側の二列前の席に座っていた彼女が後ろを振り返ると私と目が合った、栗色の長い髪が両肩にゆっくりと広がった、彼女が微笑んだので私は私で二度も大きく頷いてしまい、けっきょくその日から放課後は毎日一緒に帰ることになってしまった。

思い切り鼻から息を吸い込めば目の奥にかすかな痛みを感じるほど、秋の日没間際の空気はひんやりと冷たいのに、上野公園のケヤキや桜の枝には色の濃い葉がまだしっかりと残っていて、その折り重なる影が私たちの視界を暗く覆う、蛇行する遊歩道を二人乗りの自転車は飛ばす、美術館裏の林の中には段ボールを寄せ集めて作った浮浪者たちの住処があったが、彼らに何ら危険なところはない、学校指定の制服はなく私服の私たちは他校の不良に絡まれる心配もなかったのだが、唯一注意せねばならないのは警官だった、二人乗りしているところを見つかると補導される、そう信じ込んでいた私は、遠くに警官の姿を認めると、「まずい、降りろ」と後ろの荷台に向かって小声で囁くのだが、既にそのときには緑は何食わぬ顔をして離れた場所を歩いているのだった。自宅の浅草から上野まで自転車通学していた緑は、私と付き合い始めてしばらくするとバスで通学するようになった、それはやはり途中まででも二人で一緒に帰りたいという彼女なりの意思表示だったのか、それとも季節が冬へと移り変わって寒くなったからだったのか、学校が終わると私たちは当てもなく、ひたすら歩き続けた、上野から秋葉原を抜けて御茶ノ水まで、ときには九段下や日比谷まで歩いてしまうこともあった、そこからまた歩いて上野方面へ戻ってくるのだが、それでもせいぜい一時間とか一時間半しかかからなかった、じっさいに自分の足で歩いてみると、東京の都心は地下鉄なんかを使うのが馬鹿馬鹿しくなるほど小ぢんまりとしていた、天気はなぜか連日晴れだった、乾燥した空気と肌寒いぐらいの気温が、熱を発し続ける十代の身体には心地良かった。長い時間歩きながら、私たちはいったい何を話していたのか、高校三年生らしく受験の話などもしていたような気もするが、それよりはむしろ、私たち二人が付き合い始めたことをクラスの友人たちが知ったらどんなにか驚くことだろう、という話ではなかったのか、つまりは恋愛初期の興奮に酔っていたに過ぎないのだろうが、じつをいうと柄澤緑の容姿は私の好みではなかった、クラスの男子で人気投票でもすれば間違いなく上位の一人となる女子ではあったのだが、顔に関していえば目は小さ過ぎたし、鼻も丸くて低い、頬から顎にかけてはちょっと下膨れ気味のように私には思えた、しかし斜め下から私の顔を覗き込むときには、大きな瞳が見開かれていたような記憶もあるので、親しい人の印象というのはその場面場面で変わるものなのかもしれない、顔全体としてはデビュー当時の中森明菜似なのだが、そもそも私は中森明菜が大嫌いだった、「少女A」のような曲を歌って自らを切り売りする歌手を許せなかったのだが、中森明菜本人はこの曲を歌うことに激しく抵抗したという事実を、私はつい最近読んだ新聞記事で知った、中森明菜の顔から暗さと気の強さを取り除くと、緑の顔に近づくようにも思う、しかし中森明菜から暗さと気の強さを取り除いてしまったら、後には何が残るのだろう、緑には気の強いところは残っていた。身長は百六十四センチで、私とはちょうど十センチ差だった、「カップルの身長差というのは、本当は十二センチ差が理想なんだ」と緑がいうので、その理由を尋ねたのだが彼女にも分からなかった、「それは十二センチ差があると、男女が抱き合ってちょうどキスしやすい位置になるということなのではないか」と私が聞くと、彼女もそれが十二センチ差理想説の理由であることを知っているのだった、体型は昔の言葉でいうグラマー、今でいう巨乳だった、本人は自分は太り気味だと気にしていて、腰から太腿の線が隠れるようジーンズやパンツではなくいつもスカートを穿いていたのだが、じっさいには彼女はけっして太ってなどいなかった、二の腕や膝から脛にかけてはむしろ痩せ細っているように見えた、まっすぐな長い髪は文句の付けようがなく綺麗で、茶色がかった髪の中に一本だけ、喩えではなく本当に一本だけ、銀色に光る白髪があった、白髪を見つけて抜こうとした私を、これは抜いてはいけないのだと彼女は止めた。

思い返してみればみるほど、付き合い始めた当初の私たちは屋外にばかりいた、昭和の時代の高校生といえども喫茶店に入ってコーヒーを飲んだり、名画座で映画を観る金ぐらいは持っていたはずなのだから、人目を気にせねばならない屋内に入ることを避けていたというよりはそれはまるで金を使うことを拒む、断固とした態度だったようにさえ思えてくる、不忍池沿いの湿り気を帯びた冷たいベンチに座って、夕方から夜にかけて、長いときには二時間以上も私たちは話し続けた。「古代ギリシア・ローマの後は中国史しか教えない矢畑先生は俺たちの受験のことなんてこれっぽっちも考えてくれていないけれど、そういう先生しか信用できない」「二十一世紀に入るとすぐに、私たちと同学年の、一九六四年生まれの中国人が世界の膠着状態を打開するような大革命を起こす、その人物が男性なのか、女性なのかは明かされていない」「全身黒ずくめの服を着ている芸大の学生たちは、黒が一番光を吸収する色だと分かった上で着ているのかしら？　彼ら彼女らもシャツだけは木綿の白を着る」「グラウンドの使用回数でも、年間予算でも、運動部の中で硬式テニス部だけが優遇されていることに誰も疑問を差し挟まない」「ソ連のブレジネフ書記長が死んだ」「でもその人が思い出されている限りは、その人は生き続けていることに変わりはないから、思い出されなくなったときに、人は本当に死んでしまう」「黒い森の中にぽつんと、ピンク色に光る東天紅《とうてんこう》のネオンが見える、東天紅は不忍池の対岸にあるのではなかったっけ？」「あれは東天紅ではなくて、聚楽《じゅらく》でしょう？」「池の中からときおり聞こえてくる、子供の笑い声みたいな、口笛みたいなあの音は、あれは水鳥が鳴いているのか？　夜でも鳥は鳴くものなのか？」「鳥はあんな声では鳴かないから、カエルかネズミか、何か違う生き物なのじゃない」「これはあなたたちの自転車？」振り返ると私たちのすぐ背後に制帽を被った、背の高い、若い警官が立っていた、暗がりの中なのに日焼けした赤茶けた肌が光ったような気がした、警官は手にした懐中電灯で柵に立て掛けてある緑の自転車を照らしていた、ということは十一月の中頃でも彼女はまだ自転車通学を続けていたということになる、警官は柔《にこ》やかな口調で話しかけてきたので、それほど緊張した受け答えにはならなかった。「高校生？　大学生？」「上野高校です、都立上野、二人とも」「何か身分証明できるもの、持ってます？」学校に連絡されると面倒なことになるという警戒心が反射的に働いたが、緑は素直に応じて生徒証を見せているので、仕方なく私も、本物の警官と口を利くのはこれが生まれて初めてだと思いながら生徒証を見せた、自転車に書いてある住所と生徒証の住所が一致していることを確認しただけで、警官はあっさりと立ち去った。「警察官というのも悪い職業ではないのかもしれない、そう思えてしまうほど、あの人には好感が持てた、あの人には付き合っている相手とか、いそうな気がする」その言葉を聞いたとき、自分たちも付き合い始めてもうすぐ一月《ひとつき》にもなるのだから、そろそろキスぐらいしなければならないのだろう、という欲望からは程遠い義務感に私は駆られた、緑の頰を両手のひらで包み込むように触ってから、私は彼女にキスをした、最初のキスに続けてもう一度、無言のまましばらく時間を置いてから、さらにもう一度、私たちは三度のキスをしたのだが、そのとき私は変わった匂いを嗅いだ、取り込んだ直後の日干しした洗濯物のような匂いだった、それが成熟する間際の女性特有の体臭だったとも思えない、緑より他にそんな匂いを発する女性にはその後の人生で一度も出会ったことはない、緑の上半身を抱き寄せながら私は、自分たちが恋愛の型のようなものに強引に押し込まれていくのを感じた、それは私の意志とも、緑の意志とも離れた、まったく別の場所で起こっている変化であるらしかった。

その日はそのまま別れて帰宅することもできず、自転車を押しながら不忍通りから言問通りの坂を上って、東大の本郷キャンパスの中を歩き回った、時間はまだ夜の八時前だったがなぜだか本物の東大生とは一人もすれ違わなかった、三四郎池から林の中の斜面を登るとイチョウ並木の前に出た、安田講堂前のイチョウ並木は有名だがこのイチョウ並木はそれとは違う、ほんの二十メートルばかりの歩道の両側に赤味がかって見えるほど濃い黄色の葉を鈴なりに繁らせた樹齢何十年かの大木が並び、足元にも一面、段差の見分けも付かぬほど幾重にも黄色い落ち葉が敷き詰められていた、ライトアップなどという人為的な演出はまだこの時代にはなかったが、夜のイチョウには自然と周囲の光が集まるその中を、私と柄澤緑は落ち葉を蹴り上げながら歩いた、並木の端まで歩き切ったところで緑が、「もう一回、歩いてくる」といって、私を置き去りにしたまま走って戻り、いったん夜闇の中に消えた彼女の姿、臙脂色のセーターとグレーのスカート、穏やかに微笑むその表情が徐々に黄色い背景の真ん中に浮かび上がってくる、半身で振り返るような体勢のまま立ち止まって動けずにいる私に近づきながら、腰の辺りで小さく手を振った彼女こそが、二十八年間の会社員生活を終え、晴れて自由の身となった第一日目に、古びた喫茶店で私を待ち受けてくれることを期待した女性だった、中年になった柄澤緑も昔と変わらず長い髪が綺麗で、やはり太ってなどはいなかった。

ゾウ、といってもまだ子供のゾウなのだろう、それほど大きくはない、それでも大人の肩ほどの高さはある鞍の上に乗せられた、光沢の強い、赤い生地に金糸の刺繍の入ったインドの民族衣装を着た七、八歳ぐらいの女の子の表情は硬い、自分がいる位置の意外な高さに驚き、一刻も早くここから降りたいのを必死に我慢しているようにも見えるのだが、向かってその右側で女の子の片手を握りながら、同じように光沢のある生地の青いドレスを着て立っている母親の顔は楽しそうに微笑んでいる、背景ははっきりしないが、橙色がかった明るい色のカーペットの敷かれた階段のようで、階段の脇には白い皿やカップが収められた引き戸の食器棚が半分だけ写っている。長いこと会っていない友人からの突然の便りというのは、特段用件などなくとも気軽に出して良いことになっている電子メールの普及のお陰で頻繁に、とまではいわないにしても年に数回は来るようになってしまったが、いまから一ヵ月ほど前の六月の初めにも見憶えのないアドレスの、写真付きの短い電子メールが届いた、それは高校のクラスメートだった岸本圭子からだった、そのメールで彼女は今、インドに住んでいるのだと知らされた。「圭子です。驚いたでしょう？　伊藤君からアドレスを転送して貰ったので、突然ですけれどメールします。最後にお会いしたのはもう二十五年以上前でしょうか、大変ご無沙汰しています。随分遅くなってしまいましたが、受賞、本当におめでとうございます。磯崎君が小説を書いていたなんて全然知らなかったから最初はびっくりしたけど、でも高校時代を振り返ってみると、それほど不思議なことが起こったわけでもないような気もします。私たち家族は四年前からインドのニューデリーに住んでいます。ニューデリーは暑くて、牛が多くて、汚い町ですが、でもコックや掃除人が家事の一切をやってくれるので、主婦としてはとても快適です、駐在員夫人の特権、ですね。夫は取材でアフガニスタンとかイスラマバードへ行ってしまって、平気で一ヵ月や二ヵ月は帰ってきません。その間に私と娘は近所のイギリス人家族と砂漠ツアーに参加したり、遺跡巡りに出かけたりして、この地の生活を楽しんでいます。娘のバースデー・パーティーにはゾウを呼びました、写真はそのとき撮ったものです。磯崎君は今、どこに住んでいるのですか？　埼玉の実家の近く？　それとも都内？　お子さんはいるんですよね？　息子さん？　お嬢さん？　お身体に気をつけて、ますますのご活躍を期待しています」青いドレスは柔らかな生地で作られているようで、両胸の膨らみ、腰骨から太腿にかけての身体の線がくっきりと出てしまっているのだが、五十歳になった岸本圭子もまた、けっして太ったりはしていなかった、写真で見る限り体型も、顔付きも、驚くほど昔と変わっていなかった、ならば一緒に京都を訪れた若い女優に感じたのと同じような性的な魅力を中年の彼女にも感じるかといえば、そんなことはもはやない、ということはつまり、老い衰えつつあるのは男の私の方だということになるのかもしれない。高校三年の秋に私と柄澤緑が付き合い始めたとき、そのことを直接知らせたのはこの岸本圭子、圭ちゃんだけだった、彼女は当時付き合っていた熊井徹にしか私たちのことを話さなかった。

「マジかよ！　何なんだよ！　緑ちゃんもどうせ付き合うんだったら、イソなんかじゃなくて俺と付き合えよ！　だいたい受験の直前から付き合い始めるなんて、ふらふら遊んでるなんて、お前らみたく計画性のない受験生見たことねえよ、二人とももう絶対に大学駄目じゃん、落ちるじゃん、現役で受かろうって気がねえのかよ！　親不孝なんだよ！　男らしくねえんだよ！」いつも大声でわめいているわりに口の堅い熊井は、同じ野球部の友達にも私たちのことを黙っていてくれた、それでも一緒に帰るようになれば周囲は何となく、二人が付き合い始めたことに気づき始めるものだ、私が柄澤緑と付き合うということは、彼女に想いを寄せている三田村晃一郎とは絶交するということを意味していたが、その決断に関しては私はほとんど迷いがなかった、それほどまで簡単に友情を捨て去ることもできてしまう、自分のその拘りのなさに私は驚きすら感じていた、もうすぐ高校も卒業だし、気不味い思いをしたとしてもどうせあと半年だという割り切りもあったのかもしれない、けれど三田村とは絶交するとしても、そのための儀式めいた何かが必要なのだろう、それを経ずして緑と付き合うような、そこまで狡《ずる》い人間には自分は成り切れない、ということも分かっていた、ならばどうしたら自分自身を納得させることができるのか？いかにも十七歳らしい、第三者から見たら鼻で笑われるような青臭い悩みに過ぎないのだろうが、しかしその後の大人になってからの人生で私は、どんな苦悩を抱え、どれほどの修羅場を経験してきたといえるのか？　大人になってからの悩みには必ず抜け道が用意されていた、取るべき対応は最初から決まっていた、二十五歳のときの大失恋には、どこか映画の登場人物めいた既視感が付き纏っていた、需要予測の判断ミスで何十億円分という在庫を抱え、損失の責任を負わされそうになったときだって、いざとなったら会社を辞めれば済むと思っていた、そんなものはしょせんは金の問題に過ぎなかったではないか！私と緑が付き合い始めたことにクラスの親しい友人たちはみな気づいていた中で、三田村一人だけが変化に気づいていなかった、だがいつかは彼も知るのであって、あるとき廊下ですれ違った三田村が眼《がん》を付けてきたので、ああ、いよいよ来るべきものが来たなと、私は覚悟した。

　三田村のことは諦めていたのだが、廊下ですれ違ってから一、二週間が経った土曜日の夕方、校門を出ようとした私の肩を誰かが摑んだ、三田村だった、彼はずっと私が一人になるタイミングを見計らっていたのかもしれない、無言のまま私たちは校内に引き返し、誰もいない、薄紫色のぼやけた照明が灯る講堂を通り抜けて軽音楽部の部室へと向かった、外はついさっきまで西の空にはっきりとした明るさが残っていたのに、今は暗幕が張られたかのように真っ暗だった、三田村が部室の鍵を開けて私に中に入るように促した、一歩足を踏み入れた瞬間思わず身構えるほど、部室の中は異常な寒さだった、室内の気温の方が外気よりも低いのではないか？　しかし校舎の一番北側に位置する、六畳ほどの広さしかないくせに天井だけは不必要なまでに高いこの部屋は一年中いつだって寒かった、通気口からは冷風が逆流していた、点けっ放しの蛍光灯の青白い光も寒々しさを増していたが、いつもそこで練習していた私たちは条件の悪さなど気にしていなかっただけの話なのだ。一番奥に据えてあるドラムベンチに三田村が座ったので、私は手前のギターアンプの上に腰を下ろした、二人とも厚手のコートを着込んだまま、床に散乱しているシールドや折れたスティック、楽譜、空き缶をぼんやりと眺めていた、口から吐き出された息がいつまでも白いままで漂っていた、寒さと沈黙に耐えていると獣の遠吠えが聞こえた、隣の動物園で飼育されているゾウかホッキョクグマだろう、地響きのようなかすかな低音も絶えず鳴り響いていた、するとなぜだか白黒写真の中の、ブリキ製のおもちゃのバスを抱えた二、三歳の頃の自分の姿が浮かんできて、今この時、アンプの上に座って口を結んだまま寒さと戦っているのもじつは三歳の子供に過ぎないのだという思い付きが頭から離れなくなった、「私の大事な息子をこんなに辛い目に遭わせて、放っておかないでよ！」という苛々とした母の声まで聞こえたのだが、母に怒られている自分は再び十七歳の高校生に戻っているのだった。部室に置きっ放しになっているギターを取り出し、私が適当な循環コードを弾き始めると、三田村はそれにアドリブのソロを乗せる、十六小節で伴奏とソロを交代するという、今まで幾度となく私たちが演ってきた練習のような、遊びのようなセッションを延々と繰り返す、三田村は本当はベース奏者なのだが、ギターを弾かせても私より上手い、とつぜん三田村が立ち上がって部屋を出て行ったので、もうそろそろ終わりかと思って時計を見ると既に十時を回っていた、だが驚きはしなかった、演奏を続けていれば、音楽に浸ってさえいれば、二時間や三時間なんてあっという間に過ぎてしまうものなのだ、三田村はすぐに戻ってきてセッションは再開された、いつでもコードがドミナントからトニックに戻るときというのは視界が開けたような気分になるものだが、既にそのときには現実の、目前の問題も解決されてしまっている。「高校に入った最初で、お前の方が先にそうだったんだから」「そんな早い者勝ちみたいな話とも違うだろう?」「いや、早い者勝ちだけが満遍なく納得感を与えてくれる、唯一の決着なんだよ」アンプから出す音は絞っていたとはいえ、教師も職員も注意しに来ないことが私たちを却って不安にさせた、まさかとは思うが、私たちは遠巻きに監視されているのではないか? 夜中に一度、懐中電灯を手にした、野球帽を被った老いた守衛がやってきたのだが、二人の顔を見るなり発しかけた言葉を飲み込んで、ドアを閉めて急いで去ってしまった。「高一の冬にジョン・レノンが殺されて、追悼集会に参加するため、俺たちは日比谷の野外音楽堂に向かった」「恐ろしく寒い日だった、そのうえ小雨まで降っていた、レコード会社の取締役とか、音楽評論家とかの退屈な話が続くばかりで、こんな場所からは早く抜け出してしまいたかったのだが、まだ子供だった俺たちは、そんな不謹慎なことは許されないのだと思い込んでいた」「ようやく集会が終わったときにはすっかり夜になっていた、参加者にはキャンドルが配られ、そのまま銀座の街を行進させられた、合唱までさせられた、あのときお前はどうして途中で消えたのか？　いったいどこに隠れていたのか？」「今から二十年後か、もしかしたら三十年後、俺たちが中年になって、さらに老年に差し掛かった頃、魚を捕まえようと思ったら魚のいそうな場所を探すのでは駄目だ、これから魚のやってきそうな場所に先回りして待ち構えていることだ、そうしないといつまで経っても魚など捕まえることはできないと、得々と語る連中と対峙せねばならなくなる、そういう偽者たちと徹底抗戦できるよう、若いうちから準備を怠らないことだ」そのまま私たちは朝まで演奏を続けた、真冬の晴れた朝の燃え立つような赤い日の出が、この部室にも東向きの小さな窓が付いていたことを今更ながら思い出させた、日曜日の早朝の人気のない町を三田村と私は無言のまま歩いた、途中でそれぞれ自分の分だけ金を出して、缶コーヒーを買った、ホット飲料を買うことのできる自動販売機はまだ珍しい時代だった。

年が明けて冬休みが終わり、二週間振りで学校へ行くと、三年生にはもう授業がないのだということをそこで初めて知った、担任がそんな連絡をしたことなどまったく憶えていなかったのは私一人だったが、共通一次も受けず、私大受験だけの私たちには現実の試験が始まるまでまだあと二ヵ月弱もの時間があった、そんなに長い間、家にこもって勉強し続けることなど不可能だった、週に一、二回は登校して世界史の自主ゼミを続けたりはしていたのだが、私にとってはそれも緑と会うための口実のようなものでしかなかった。早稲田の文系学部を片っ端から全学部受けることにした私は、一週間連続の試験日程に合わせて地下鉄の回数券まで購入してしまい、ほとんど大学に通い始めたような気分になっていたが、当然全てに落ちた、緑もいくつかの私大を受験したが、全部不合格だった。卒業式は三月とは思えぬほど寒い、朝から強い雨の降る日だった、駅からの道、新しく買った皮底のローファーが汚れることを気にしながら私が学校に着くと、クラスメートたちはみな普段とは違うきちんとした格好で、緑もグレーのスーツを着ていた、この人にはこういう格好は似合わないな、老けて見えるな、そんな印象を受けたのだが本人には黙っていた。式が終わり講堂から出て、同じクラスの友人たちと喋りながら校舎中央の螺旋階段を降りようとすると、そこには大勢の一年生、二年生が待ち構えていて、クラブや委員会で一緒だった三年生に花束を渡していたのだが、驚いたことにその中にはちゃんと軽音楽部の後輩の女の子たちもいた。「磯﨑さん、卒業おめでとうございます、浪人だけど、とりあえず」などといいながら、私にも花束とカードをくれた、運動部であれば卒業式の日には世話になった先輩に花束を贈るしきたりでもあるのだろうが、軽音楽部にそんなしきたりはもちろんなく、私自身去年まで先輩に花束を渡したことなど一度もなかったし、そんな気が利く後輩もいないと思っていたので、まったく予期していなかった分、このときは自分でも動揺するほど物凄く嬉しかった。するとその、嬉しいという感情に導かれるようにして、螺旋階段を曲面で囲んだ灰色の石の壁や、金属の細い仕切りの埋め込まれた、壁よりも濃い灰色の中に黒い小さな斑点のある石の床の、見た目滑らかなのだが触れれば微かに凹凸を感じるひんやりとした石の質感だけが抜け出して、周囲の喧騒を飛び越えて目の前に迫ってきて、私はこの、築六十年にもなるという古い校舎を愛していたことに気がついた、自分の現実の高校生活がこの校舎の中にあったことなど意識したことすらなかったが、それゆえにこの建物に対する愛情はいっそう深いもののように思えた、滑りの悪い鉄製の窓枠や油の染み込んだ教室の木の床、座席が急な階段状になっている視聴覚室、全面コンクリートの狭い校庭、腰までしかない低い塀で囲まれた屋上、校門の脇のクスノキの木陰、それらの場所での三年間の天国的に無意味な日々の記憶がよみがえると、そしてここはまた、三十年前に私の父が卒業した学校でもあったことが、なぜだか唐突に思い出されるのだ。

クラスの何人かで連れ立って、担任だった矢畑先生のいる社会科研究室へ挨拶にいくと、「あんまり飲み過ぎるなよ」といいながら先生は財布から一万円札を出して、そのまま渡してくれた、私たちも私たちでそれをさも当然のごとく受け取った、夜の飲み会は上野広小路から斜めに湯島駅方向へ入っていく仲町《なかまち》通りという歓楽街にあるお好み焼き屋だった、当時は高校生でも飲み屋の予約が取れたし、店も他の客と区別なくビールや焼酎を出していた、クラスの全員ではなかったが三分の二ぐらいの人数は集まっていた。「だいたい俺だけじゃん、ちゃんと現役で受かったのは。情けねえと思わないのかよ、イソ、受験料だけで二十万も使って、自分でも情けねえと思うだろ？」いい加減なところはいい加減だが、堅実なところは堅実な熊井は現役で明治に合格していた、私は駿台予備校の入校試験には受かっていた、駿台にも落ちたらしばらくの間は家出するしかないと思っていたのだが、何とかそこだけは大丈夫だった。「だいたい早稲田しか受けないなんて、お前、馬鹿じゃねえのか？　偏差値五十五ぐらいしかねえんだからさあ、初めから落ちるって分かってるじゃん、受験料、無駄なんだよ」「うるせえんだよ！　五十五じゃねえよ、五十八ぐらいはあるよ！　明治受かったからって、クマ、いい気になってんじゃねえぞ。だいたいな、駿台受かる力があれば、明治なんて余裕で受かるっていわれてるんだよ、御茶ノ水ではな、明大生よりも駿台生の方が偉いんだよ！」「お前、馬鹿かよ！　そういう口利けるのは、東大目指してる奴だけなんだよ！　お前みたいな奴に限って、来年明治に来るんだよ！　そしたら絶対に馴れ馴れしく、『おお、クマ、久しぶり』とか話しかけてくるんじゃねえぞ、『熊井さん』って呼べよ、さん付けだぞ、さん付け。何やってんだよ、緑ちゃん、水入れてんなよ、全然早いんだよ」私たちの前の鉄板で焼きそばを作っていた緑が、麺の真ん中に穴を開けてコップの水を注ぐと、天井に届くほどの水蒸気が立ち上《のぼ》った、彼女は彼女で隣に座る岸本圭子と話していて、私と熊井のやりとりを聞いていたわけではなかった。「女のくせに焼きそばも作れねえのかよ、そんなことだから浪人すんだよ！」「何？　これで良いんだって。どうして焼きそばで浪人すんの、熊井君は焦げたみたいな、伸びたみたいな、ああいう焼きそばが好きなんでしょ？　あれは下手な人が作るとああなるんだ」緑は同じ鉄板の上の少し離れたところで焼いておいた肉と野菜を麺の側に寄せて、二枚のへらを使って絡め始めた。「もんじゃなんて本物のゲロみたいじゃん、焼きそばしか食わないから、俺」「何いってるの、イソ、これが美味しいんだから、食べてごらん」もんじゃ焼きを担当していた圭ちゃんは、鉄板の上の、放っておけばどんどん広がってしまうどろどろのもんじゃを、やはり二枚のへらをこまめに動かしながら真ん中へ真ん中へと集めているのだが、それは見れば見るほど不味そうだった、そのもんじゃ焼きからも、もくもくと水蒸気が上がっている、畳敷きの大部屋の、いくつものテーブルから湯気や油の焦げた煙、煙草の煙が上がっていて、天井を見上げると蛍光灯の周りを取り囲むように青白い楕円が漂っている。「貸せっ」熊井は緑からへらを取り上げて、自分で焼きそばを作り始めた。「やめてよ、もう。私、浅草だよ！　鉄板焼きの本場だよ！」「誰でも良いけど、焼きそばだけはちゃんと作れよ、俺、焼きそばしか食わないから、もんじゃは食わないから」熊井は左手に持った、緑から取り上げたへらで焼きそばを乱暴にかき混ぜながら、反対の手でソースを大量にかけたので、ジューという大きな音とともに食欲をそそる香ばしい匂いが広がった。「何やってんのよ！　やめてよ！　ソースなんてかけてないでよ！」圭ちゃんが叫んだ。「馬鹿じゃん？　ソースに決まってんじゃん。お前は黙ってろ！　じゃなくて、天かす持ってこい！」「おお、何だか良さそうじゃん、何これ？　クマ、上手いじゃん」「何で、天かすなのよ？」「いいから、お前は黙って天かす持ってこいっていうんだよ、青海苔も」テーブルの隅に置いてあった、四角いステンレスの容器に入った天かすと青海苔を圭ちゃんが持ってくると、熊井は天かすをスプーンで掬って麺にまぶして、仕上げに青海苔をパラパラとかけた。食べてみると、熊井のこの天かす入り焼きそばは本当に美味しくて、緑も「悔しいけど、美味しい」と認めたのだが、圭ちゃんだけは「全然美味しそうじゃない」といって手も付けなかった。

二次会は「アメリカン」という、広小路沿いのビルのワンフロア全部を使った、とにかく広くていつでも予約なしで大人数が入ることができる、もちろん値段も安いパブに移ったのだが、店に入るとそこも上野高校の卒業生だらけで、私たち三年一組は、軽音部の三田村や野球部の友達のいる三年七組と合流してまた飲み始めた、一次会で焼きそばやお好み焼きを散々食べたのに、ここでもまた鳥の唐揚げやピザやフレンチフライを注文して、生ビールを飲んだ、私は今も酒はほとんど飲めないが、高校生の頃はまだ飲もうと努力はしていたように思う、緑も酒は弱かったが、それでも私よりは飲んでいたのではないか。その後でさらにラーメン屋に入ったりしたために、圭ちゃんは食べ過ぎで気持ちが悪くなってしまった、少し休もうということになり、十人ほどでもたもたと、飲み屋や風俗店の建ち並ぶ裏道を抜けて上野公園へと向かったのだが、後から考えてみると不思議に幸福に思えてくるのは、こんな時間のこんな場所を歩いているときでさえも私は柄澤緑と一緒だったのだ、いつも周りには気が置けない友人が何人かいて、その中の一人は自分が付き合っている彼女でもある、現実の過去とは思えぬほど、私は余りに無防備で、楽天的だった。不忍池に着くとそれを待っていたかのように、池沿いの植え込みの中に圭ちゃんは嘔吐してしまった、女の子が飲み過ぎて吐いてしまうことも別段珍しいことでもなかったから、しゃがんだままぐったりしている圭ちゃんの背中をさすりながら緑は、「でも、雨がやんで良かったね」などと話していたのだが、時間はもう十二時を回っていた、これからどうしようかという相談をしつつ、誰からも現実的な提案が出てこないようなときに、私は熊井に尋ねてみた。「ほら、あれ、聞こえるだろう?」「何が?」「池の中から子供の笑い声みたいな、気味悪い音が」「ああ、カイツブリね」熊井は私を振り返らずに、吐き捨てるようにいった。「鳥だろ、カイツブリ」「何? 何ていう鳥?」「カイツブリだよ、うるせえな」「お前、何でそんなこと知ってるんだ?」「台東区民ならそんなの常識なんだよ」「台東区の鳥か、何かなのか?」「そんなわけねえだろ」緑は、目を瞑ったままぐったりしている圭ちゃんをベンチに座らせていた、髪の毛を中途半端なオールバックに撫でつけている、ヤンキー崩れのようにも見えるこの熊井という男は、こういうブレザーにネクタイみたいな洒落た服装が本当に似合わない、飲み食いし過ぎて疲れた身体で、私はそんなことを考えていた。さすがにこの時間だと公園には人の姿もほとんどなく、終電の時間も迫っていたので、家に帰るのか、一晩中開いている店を探すのか、どうするのかを決めなければならないと分かってはいながら、何となくこの場所から離れ難いという気分にずるずると流されるがままになっていたところに、こういうときの常で、まったく唐突に、皆で三田村の家へ行こうと決まった。

谷中《やなか》にある三田村の家には、熊井、圭ちゃん、緑、それに熊井と同じ野球部の伊藤隆一と、二十代の社会人と付き合っているという噂だった白井真奈美という女の子が来たので、私と三田村本人を入れて七人が泊まることになったのだが、家族が寝静まった後の電灯の消えたその家は、今まで幾度となく遊びに行ったことのあるはずの友人の家とは別の家のような印象を受けた、じっさい玄関の位置も変わっていた、いつもは通りに面したドアから家の中に入っていたのだが、このときは駐車場の奥の引き戸を開けて、広々とした三和土《たたき》の隅に脱いだ靴を揃えてから家に上がった。「何か、違わないか？」私の問いかけには誰も答えてくれなかった、洞窟めいた真っ暗な階段を一段一段慎重に確かめながら、私たちは二階に上がった、こんな夜中なのに三田村の部屋は雨戸も、カーテンも、開いたままだった。「どうしてカーテン、開いたままなんだ?」「どうしてって、俺たちは、今帰ってきたところだろう」三田村は雨戸を閉めながら、答えた。「家の人が、雨戸とかカーテンとか、閉めないのか?」「閉めねえよ、家族は俺が家にいないときには、俺の部屋、入らないんだよ」「そうか……そういうもんか」正方形の八畳間の三田村の部屋の真ん中には炬燵《こたつ》が置かれていて、そこに七人もの若者が入ると酷く窮屈で、床に脱ぎ捨てられたブレザーやコート、花束や卒業アルバム、教科書の入った紙袋などの荷物が周囲に雑然と置かれていることが、この部屋をさらに小さく狭く感じさせた。当然といえば当然だが、コーヒー一杯、煎餅一枚出てくるわけでもない、炬燵から抜け出た私は、三田村が集めた大量のレコードとカセット・テープを端から順番に見ていって、新しいものが加わっていないことを確かめた上で、その中の一枚をかけようとしたのだが、三田村はそれを制した。「もう家族が寝てるから、小さい音にしろよ」ボリュームを絞ったかすかな音でレコードを聴いている私のすぐ脇では、熊井がかすれた大声で喋り続けているのだ。

高校生の頃は不思議と徹夜ができなかったものだ、それが二十歳を過ぎた頃から夜通し起きていられるようになったのは、成長ホルモンの分泌が弱まったからなのだろうか、このときも三時を過ぎた辺りで、それまで途切れることなく喋り続けていた皆が、とつぜん黙り込んでしまう時間帯がきた、いい加減もうそろそろ寝ようということになって、畳の上にそれぞれ雑魚寝したところで白井真奈美が立ち上がって、「じゃあ、電気消すよ」と蛍光灯の紐を引っ張ろうと背伸びした瞬間、プッという小さな音が聞こえた。反射的に白井は、「あっ、ごめんね」といいながら電気を消したので、暗い中で二、三秒、私たちは何となく納得した気がして黙っていたのだが、途端に全員で大爆笑になった、皆笑いが止まらず、もう一度電気を点けると、おならをしてしまった白井本人も、「だってさ！　だってさ！」と繰り返しながら涙を流して笑っていて、長い髪と整えた眉の、爪には薄くピンク色のマニキュアを塗った大人びた白井の外見と、そのときの彼女の取り繕わない態度のギャップが、卒業式の晩に相応しいとてもめでたいものに感じられて、その勢いのままに祝祭的な状態が再び一時間ほども続いた。

フラノ地のズボンは暑苦しく、羊毛の繊維が肌をチクチクと刺して寝心地が悪くて明け方に目を覚ますと、横向きに寝ていた私の目の前には緑の顔があった、私は右手の甲で、彼女の頰に軽く触れてみた、昔から私は頰っぺたフェチだった、柔らかな頰を触るのがとにかく好きなのだ、頰は乳房の代用である、フロイトならばそんなことをどこかに書いていそうな気もする、すると緑は目は瞑っていながら起きていて、「鼻が詰まる」と小声で呟いた、目を瞑ったまま、「こうすれば治る、鼻が通る」と、人差し指と親指で自分の小鼻の上を揉んだのだ。それから皆で三田村のお母さんが作ってくれた朝食を食べた、ご飯に味噌汁、鰺《あじ》の干物、焼きタラコ、卵焼き、フリカケ、海苔の佃煮、漬物という、私たち六人は突然泊まることになったのに、どうしてこんなに用意できたのかが不可解なほどの品数で、さすがに気が引けたのか、女子三人はおかずをテーブルに並べたり、お茶を淹れたりして朝食の準備を手伝っていたのだが、どう考えてもこの展開には無理がある、何が起こっても笑い飛ばすことができるのが十代の強みだとはいえ、三田村からすれば、つい半年前まで大好きだった女の子が自分の家に彼氏と一緒に泊まりにきて、さすがにそこで卑猥な行為に及ぶわけではないにせよ、その彼氏というのは自分の親友でもあった男で、一時はその男とは絶交するかもしれないという局面までありながら、今はなぜだか皆で仲良く朝食を食べている、こんなことは因果律からしたら起こり得ないはずだ、しかし現実に私は、卒業式の翌朝、三田村のお母さんの作った朝食を食べたのだ、緑も食べたし、三田村も食べた。

ブレザーやスーツという着慣れない服装が二日酔いと寝不足の疲れを増して、だらだらと重い足取りで、私たちは眩しい朝日の中を日暮里の駅まで歩いた、墓地の裏手の、畑の中の道を抜けていったのだが、あの畑ではいったい何を栽培していたのか？　バブル景気が始まる前の今から三十年以上昔とはいえ、東京のど真ん中のあんな場所に畑など存在するものだろうか？　前日の雨を含んだ焦げ茶色の土はまだ耕されたばかりのようにも見えた、季節を考えればじっさいそこは耕されたばかりだったのかもしれない。

達成なのか？　停滞なのか？

その年の二月の、大学入試が始まる一週間ほど前、深夜の二時過ぎになって勉強も終え、少しだけテレビの深夜番組でも観てから寝ようかと思い、一階の居間に降りた私は、庭で、飼い犬のポニーが苦しげな咳を繰り返しているのを聞いた。この咳には聞き憶えがあった、これはフィラリアに罹った犬がする咳だった。以前飼っていた犬も蚊が寄生虫を媒介するフィラリアで死んだので、ポニーには毎年夏から秋にかけては月に一度、フィラリアの予防薬を飲ませていたのだが、母が獣医に連れていくとやはりフィラリアという診断だった。「飼い始めて八年にもなるのに、どうして今年だけ罹ってしまったのか分からない」ポニーは子犬のときに母が近所の知り合いから貰い受けてきた真っ白な小型の雑種で、小格馬を意味するポニーという名前も母が名付けた。二、三歳の、遊び盛りの頃のポニーは自分で首輪を外して逃げ出してしまうことがしばしばあったのだが、あるとき逃げ出したポニーは農家で飼われていたニワトリの羽根を嚙んで傷つけてしまった。家畜に危害を加えた危険な犬は殺処分されなければならない、私たち家族は泣く泣くポニーを保健所に送った、しかしそれから一ヵ月後、とつぜんポニーは帰ってきた、痩せ細って身体じゅう泥だらけにして、体毛もところどころ抜け落ちてはいたが、それは紛れもなく我が家の飼い犬だったという嘘のような本当の話を、私はデビュー後間もなく発表した小説中の一挿話として書いた、書店でのサイン会で会話を交わした熱心な読者の中にはポニーの名前を憶えていてくれた人もいた、そのことは私が小説を書き始めたのも、賞を貰って世の中に名前が出るようになったのも、全てはこのためではなかったのかと思われるほどの大きな喜びとなった。私が早稲田の試験を受けている間、母はポニーを連れて獣医に通った、フィラリアの駆除薬を注射して貰うと、いったんは元気になり、食欲も回復して治癒したようにも見えたのだが、私の卒業式の辺りからまたぐったりと動かなくなり、三月二十五日の金曜日に死んでしまった。

死ぬ前日の晩遅く、私が一人でポニーの様子を見に行くと、何日か前から家の軒下に置いてある犬小屋の中で寝た切りだったポニーが、人に見られることを避けるようにしてふらふらと起き上がった、鎖を重そうに引きずりながら歩き始め、隣の家との目隠しに植えてあった杉の木の裏側に入ってしまった、「ポニー、出ておいで、出ておいで」と呼びかけても、首輪を引っ張っても、ポニーはそこから動こうとしなかった。翌朝、母が私を起こしにきた。「お兄ちゃん、ポニー、死んじゃった」庭に出てみると、ポニーは昨日入っていった杉の木の下で、私が最後に見たときとは向きを変えて、右の脇腹を地面に付けた格好で死んでいた。その日の昼に私は柄澤緑と上野駅で待ち合わせて、鎌倉へ遊びに行く約束をしていた、恐らく一分にも満たない短い時間だったのだろうが、自分がこれからどうするべきなのか、私は迷った、だがすぐにポニーを杉の木の下から引き出し、新聞紙に包《くる》んだ、裏庭の隅にシャベルで穴を掘ってから、新聞紙に包んだままのポニーを抱き上げると、かすかな唸り声が聞こえたような気がした、そして真っ黒な棒のような、細長い糞が肛門から出てきたので私は驚いて一瞬、ポニーはまだ生きているのではないかという希望を持ちかけた、しかし動物は死ぬと肛門の筋肉も緩んで糞が出てきてしまうのだと気づいて、「何だよ、焦らせるなよ、ポニー……」と声に出して、一人で笑った。ポニーが農家のニワトリを傷つけて保健所へ送られることが決まった晩、母は、既に布団に入って眠っていた私と妹を起こした。「お父さんの会社のね、千葉の方に住んでいる人がね、ポニーを引き取ってくれることになったから」母は涙をこぼしていた、なのに私も妹もその説明が嘘であることに、ポニーは貰われていくのではなく殺されるのだということに思い至らなかった。ポニーがいなくなってからの母は、見ているだけでも気の毒なほど落ち込み、食事中にとつぜん激しく泣き出すこともあった、だから一ヵ月後、保健所を抜け出して帰ってきたポニーが余りに痩せ細って、顔付きまで変わってしまっていたために、じつはこの犬はポニーではなく、良く似た野良犬が紛れ込んできただけなのではないかと内心秘かに恐れていた私も、私の父も、覆い被さるようになって抱きしめ、頬ずりをしながら、「お前は本当に良く帰って来たよ、良く頑張った、偉かったねえ、ポニー、ポニー」と犬の頭を何度も撫でている母には、何も言い出すことができなかった、しかしその犬は本物のポニーとして、我が家の飼い犬として、それから五年以上も生きたのだから、やはり正しかったのは母だったということになる。夏の夜、ポニーが餌を食べている間ずっと、母は隣にしゃがんで団扇で扇いで、ポニーに寄ってくる藪蚊を追い払ってやってい た、激しい雷雨と風の音にポニーが怯えていると、玄関の三和土に毛布を敷いてそこに寝かせて、震えが治まるまで背中を撫で続けてやった。

ポニーを埋めていたので、緑との待ち合わせには約束よりも一時間四十分も遅刻してしまった、携帯電話のなかったこの時代、十五分、二十分の遅刻で相手を待たせることはしょっちゅうあったが、これほどの大遅刻は二年弱の付き合いの中でこのとき一回切りだった。さすがに会うなり緑も、「どうしたんだ？ 何があったんだ？」と詰め寄ってきたのだが、なぜだか私は、「死んだ犬を埋めていたんだ」という理由はいいたくなくて、「うん」とか「すまん」とか、そんな受け答えしかしなかった、私の様子が普段とは違うことに気づいた緑も押し黙ってしまった、二人とも無言のまま東京駅まで行き、東海道本線、横須賀線を乗り継いで北鎌倉の駅に着いた。駅前の食堂や駄菓子屋の並ぶ通りから脇道に入って、浄智寺《じょうちじ》山門左手の細い歩道を進んでいくと、「源氏山公園六百メートル」と書かれた標柱があり、山への入り口となる石段が現れる、躊躇することなく緑はその石段を上っていくので、私も後に付いていった、もともと鎌倉へは緑が行きたいといい出したのだった、私は鶴岡八幡宮ぐらいにしか行ったことがなかったので、緑が案内するということで、大学の試験も卒業式も終わって暖かくなったら二人で鎌倉へ行ってみようと、前々から決めていたのだ。石段を登り切ってしまうとそこから先は山道で、傾斜もどんどん急になっていったのだけれど、三月の終わりの、前年の秋に落ちた枯葉や枯れ草はもう土に還っていて、その代わり剝き出しになった木の根っ子には躓かぬよう気をつけなければならないものの、視界を遮るような若葉もまだ繁ってはいない、先の方まで見通しの良い山道はとても歩きやすく、ここが緑が案内したかった鎌倉なのであれば鎌倉らしくない場所だとは思ったが、小学生の頃は毎日我孫子の雑木林を探検して回っていた私としては、こういう場所を歩くことはやはり楽しかった。

薄い膜のような雲越しに弱い日が射すだけの、木陰に入ってしまうと少し寒いぐらいの気温が、山道を歩いて熱くなった身体を冷やすのにちょうど良い加減で心地良い、私たちも段々と言葉を交わすようになってきていた、近くの草叢の中からキジバトの鳴く声が聞こえると、緑が独り言のように呟いた。「キジバトの声って、ビートルズに似てる……」山道を登り切ったところに小さな神社があった、その隣の芝生の広場のベンチに座って、緑が作ってきた弁当を食べた、おにぎりと鳥の唐揚げだったが、緑の唐揚げは小粒な、衣の薄い唐揚げで、私の母が作る衣の厚い、フライドチキンのような大きな唐揚げとは違っていた。時間はもう午後の三時を過ぎて、日が傾きかけていた、私たちの他には観光客の姿も見えなかった。「柳生先生とね、来た」「えっ?」「ここ」「柳生先生って、あの柳生先生? 二人で?」緑の口からとつぜん柳生先生の名前が出てきたことには驚いたが、嫉妬心が起こるより以前に意外性と懐かしさが綯《な》い交《ま》ぜになって、私は何だか彼女に感心してしまった。「それって凄いんじゃないか、教師と女子高生じゃん、いつ? 先生がまだ学校にいたころ?」「辞めた年の春だよ、圭ちゃんたちと柳生先生の家に遊びに行って、その少し後」「もしかして、密かに付き合っていたのか、君たちは?」「そんなわけないじゃん、その一回だけだよ、このハイキングコースは柳生先生が教えてくれた」柳生先生が緑に何らかの感情、好意を抱いていたことは間違いないとしても、それよりもこの、自分が付き合っている女は何者なのだろう、付き合い始めてもうすぐ半年になろうとしていたが、当然のことながら、私は緑についてまだ知らないことがたくさんあった、これから先も付き合い続けていく中で、彼女について多くを知ることにはなるのだろうが、彼女にとってみればそれらは全て、過去に起こったことに過ぎないのだ、いつまで経っても私は彼女に追いつくことはできない、緑という女性が分からないというよりも、自分がこれから知るのは常に相手の過去であるという、その関係と構造のようなものを、私は不可解に思ったのかもしれない。

予備校の授業などというものは、どうせ大教室に何百人もの受験生が鮨詰めにされて、無味乾燥な、高得点を取るためのテクニックのような話を延々と聞かされるのだろうと、何の期待もしていなかったのだが、それは大間違いだった。英文解釈の伊藤先生が受験英語の世界では有名な人だということを私は授業を受けるようになってから知ったのだが、伊藤先生の授業は単語や熟語の意味を暗記するのではなく、構文、つまりどういう仕組みで個々の単語が並んでいるのかを把握しさえすれば、文章の意味は自ずと導き出されるという独創的な、どこか魔術めいた教授法にその特徴があった、川端康成そっくりの外見で教壇では椅子に座ったまま五十分間の「伊藤和夫の授業」という作品を朗読しているかのような、淡々としている風だがときおり教室の隅々まで見渡す鋭い視線で受講生の注意をけっして逸らすことのない、終始緊張が保たれた、完成された雰囲気があった。世界史の関《せき》先生の授業はひたすら詳細な年表を黒板上に作成していく、中国史であればまず初めに「殷の成立　紀元前一五五〇年頃」と黒板の一番左端に書き、その下に戦争、反乱、重要人物の生没年、宗教史、経済史、文化史を説明しながら小さな文字で書き加え、時間軸に従って右へ右へと横書きで進むのだが、関先生は板書のスピードが尋常ではなく速いのですぐに黒板の右端までを使い切って、せっかく書き上げた年表を消してしまう、受講生は黒板が消される前にノートに書き写さねばと必死になっている、講義の速さに受講生が追いついてきていないことに気がつくと、先生は急に顔を赤らめて恥ずかしがり始め、こんな話をするのだ。「ヨーロッパの中世というのは、森との戦いの時代でもあったんですね、苅《か》っても苅っても、樹木は次から次に生えてきて、ちょっとでも人間が気を緩めると、ほんの数年のうちに森は農地や都市を侵食したというんです」

選択科目の世界史の授業は週二回、火曜と木曜の午後にあった、予備校には通わない自宅浪人、宅浪の緑もこの授業だけは取っていたので、その日は二人で昼食を食べてから、午後の世界史の授業に出るようになった、午前の授業を終えた私が校舎から出てくると、緑はいつも、通りの向かい側のガードレールに寄り掛かって待っていてくれた、その後ずいぶん経ってからの話だが、大学一年のドイツ語で同じクラスになった男から唐突に、「磯﨑って、いつも予備校の前で彼女を待たせていたよな」といわれたことがあった、名前も知らない浪人生たちから自分は妬まれていたのかもしれない、そう思うと、そんな彼らの感情になど露ほども気づいていなかった自分が愉快だった。昼食は人の多い御茶ノ水駅方面は避けて、明大工学部の前の坂を山の上ホテル方向へ下っていって、錦華《きんか》公園を通り抜けた辺りの定食屋で食べることが多かった。駿河台下の交差点から少し入った裏道に「たかはし」というとんかつ屋がある、今もある、いつも同じ、汚れたジーンズを穿いた無愛想な親父《おやじ》が一人でとんかつを揚げていて、気の弱そうなお婆さんが二人、親父に怒鳴られながらキャベツを皿に盛ったり、ご飯と味噌汁を装ったり、レジで会計をしていたりする店なのだが、この「たかはし」のメニューはロースと赤身の二種類しかなく、値段はどちらも五八〇円で、三十年以上前から変わっていない。私たちはこのとんかつ屋の「たかはし」が好きで、ここで昼食を取ることが多かった、私はいつもロースを、緑はいつも赤身を注文した、太ることを気にしてロースを食べないのかと思ったらそうではなくて、緑は肉の脂身《あぶらみ》だけはどうしても飲み込めないのだった。よくよく思い出してみれば、さすがに連日とまではいわないにしてもほとんど一日置きの頻繁さで、私たちは「たかはし」に通っていた、ということはつまり、世界史の授業のない日でも私は緑と会っていたのだ。自宅では集中できないから午後は予備校の自習室で一緒に勉強しよう、などといい合いながら、会ってしまえば会ってしまったでぶらぶらと本屋で立ち読みしたり、楽器屋を覗いてみたりした後で、地下鉄に乗って原宿まで遊びに行ってしまい、薄暗くなった代々木公園のベンチで抱き合ったりしていた、私たちが抱き合う場所は相変わらず屋外だった、人目を盗んで地下鉄のホームの隅でキスしたりもしたが、それだって屋外には変わりない、思い切ってラブホテルにでも入ってしまわない限りは屋外しかないわけだから、季節に関係なく、百パーセント屋外だったといっても良いだろう。「俺たちはもう、別れることはできないのかもしれないな」公園のベンチで抱き合いながら私がいった、それはどうしてかと緑が聞くので、「この肉体を手放すことはできないからだ」と答えると、そんな理由では駄目だと彼女はいった。

しかしもう別れることはできないのかもしれないと私が思ったのは本当で、もし仮に、今後新たな別の相手と付き合い始めるとしても、「初めまして」から始めて、学校はどこで、出身地はどこで、趣味は何で、家族構成はどうなっていて、好きな食べ物は何で嫌いな食べ物は何で等々を、事務的にではなく、自然な形で徐々に徐々にお互いに知らせ合っていくという作業は途轍もなく面倒臭く思えた、これは緑も同じだった。「大学生たちがやっている合コンなんて、今更もうできないよ、笑っちゃって」付き合い始めて半年かそこらで、どうして私たちはこんなことになってしまったのだろう？　五月の連休明けから緑は、親戚の叔母さんに紹介されたという銀座の天麩羅屋《てんぷら》でアルバイトを始めた。「これから、五時からバイトなんだ」デートの最中に唐突にいうので、何も聞かされていなかった私は怒った、すると実はもう先週から始めているのだという。浪人中にアルバイトを始めるというのは受験勉強からの逃避に過ぎないのではないかという父親的な、紋切り型の心配と、私に相談もなく決めてしまった、裏切られたという気持ちがあった一方で、親戚からの紹介であれば安全だし、時間の融通も利きそうなアルバイトなので、それはそれでまあ良かったという気持ちもあったのだが、引っ込みがつかなくなった私は緑にきつく当たった、緑はこういった。「お金が欲しいんだ、自分の服ぐらいは、自分で稼いだお金で買いたいんだ」確かに私は何のアルバイトもしていなかったし、予備校の授業料はもちろん、食事代から本代から洋服代まで、一切の金は親に出して貰っていた、だが十代の子供が少しぐらい働いたところで、それで稼げる金なんてしょせんは遊ぶための小遣い銭に過ぎないではないか！　嫌な雰囲気のまま銀座までは二人で一緒に来て、緑は後ろを振り返りもせずに天麩羅屋が入っているビルに走っていった。頭に来ていた私はこのまま家に帰ろうかとも思ったのだが、夜の銀座の街をぶらぶらと歩いて時間を潰した、デパートの紳士服売り場には子供の頃、両親に連れられて来たときに見たのと同じ売れ残りの背広が未だに吊り下げられているような気がしたが、そもそも私は両親と銀座になど来たことがあっただろうか、人のいない喫茶店でコーヒーを飲みながら十時になるのを待って、私は天麩羅屋へと向かった。エレベーターに乗って七階で降りて、店から離れた通路の陰で緑が出て来るのを待った、同じフロアの店は既にどこも閉まっていて、不吉なほど静かだった、天麩羅屋の暖簾《のれん》が外されてから十分、十五分ぐらいの時間は、後片付けやら着替えやらでかかるだろう、しかし二十分経っても、三十分経っても緑は出てこない、私がここに着く前に彼女は店を出てしまったのかもしれない、もしかしたら従業員専用口が裏にあり、そこから彼女は出てしまったのではないか？　だとしたら、五時間も待ったのはまったくの無駄骨ではないか！　思い切って店の格子戸を開け、すぐそこにいた、レジの前で伝票をめくっていた割烹着を着た店員に尋ねてみた。「閉店後にすみません、アルバイトの、柄澤緑さんはまだいらっしゃいますか？　友人なんですが」すると中年女性の店員は、びっくりしながら、「あら、やだ、柄澤さん？　さっき帰ったんじゃあなかったかしら？」などと返すので、動揺している振りは見せぬよう、極力冷静に、礼儀正しく、「そうですか、ありがとうございました」といいながら、私が格子戸を閉めようとしたところに、両側を竹垣で仕切った、床はつるつるに研磨された青味がかった石の敷いてある細長い廊下の一番奥、ちょうど天井の白熱灯の光が集まる辺りに、緑がとつぜん現れて、私の姿を認めるなり照れて、下を向いて笑いながら身体も少し前屈みになって、左手は肩から下げたトートバッグを押さえ、右手はなぜか臍の辺りに添えるような格好で、小走りに駆け寄ってきたので、スニーカーの底が鳴った。

私は割烹着の店員にきちんと礼を伝えてからその場を去ろうとしたのだが、「いいから、いいから」といって緑が押し出すので、そのままエレベーターに乗ってしまった、二人して大笑いしながら晴海通りを逃げるように走り抜けて日比谷公園まで行き、噴水前のベンチでキスしたり、抱き合ったりした。そこで私は気づいたのだが、今や私たちは仲直りすることを前提に喧嘩をしている、それらしく怒ってみたり、不機嫌な振りをしてみたりはするのだが、喧嘩の最中からけっきょく自分たちは仲直りして、公園のベンチで抱き合うことを知っている、それどころか、今の、この安定した状態は延々と、もしかしたら永遠に続くのではないかという気さえする、柄澤緑との恋愛は果てしなく続き、私はいつまで経っても大学に受かることはなく、浪人生のままなのだ。これは何かを達成しつつあるということなのだろうか？　それとも、何かを放棄してしまった結果の停滞に過ぎないのだろうか？　もう別れることはできないかもしれないと感じることは、どうやらその辺りをも含んでいるらしかった。

似たような話でいえば、こんなこともあった、熊井が大学で入ったテニスのサークルが春の学園祭に模擬店を出すから来てくれというので、正直なところ私はそんな用事で休日を潰したくはなかったのだが、久しぶりに高校の友人たちと会えるのならば仕方ないと割り切って、井の頭線の明大前まで行くことにした。私が住んでいた埼玉県の三郷から、友人たちと待ち合わせていた北千住までは、武蔵野線で新松戸まで出て、そこから千代田線直通の常磐線に乗り換えていく、良く晴れた、五月の末の日曜の朝だった、車内には休日出勤のサラリーマンや部活動の高校生が乗っているだけで座席は空いていたのだが、私はドア傍の手摺りに凭《もた》れるように、電車の進行方向に背を向けて立ったまま、後ろへ後ろへと流れていく車窓からの景色を眺めていた。電車が松戸の駅を出て、国道六号線と並走しながら常磐線快速を斜めに交差する形で追い抜きかけたとき、全く唐突に、「大浜鉄工所(有)」「廃タイヤ買入」「角海老宝石」「銘菓萩の月」と来て、「高額買入・融資・即金・電話」「サラリーローン本田ちよ」「トヨタオート千葉」「玉三白玉粉」と続く看板、その看板の手前には赤茶色のトタン屋根の農家と細長い三角形の葱畑、錆だらけのオート三輪《さんりん》、押し潰され積み重ねられた廃車、片側二車線の六号線を電車と変わらぬ速度で飛ばすバイク、丸く刈り込まれてはいるけれど大きさがまちまちの中央分離帯のツツジ、その向こう側には中学校の三階建て校舎と周囲に張られた薄緑色のフェンス、高圧線の鉄塔、田植え直前の水が張られた田圃、やがて野草に覆われた河川敷が見えてきて、「一級河川　江戸川」と書かれた水色に白い縁取りの標識、その傍の桜の木、河川敷のゴルフコース、グリーンの形、バンカーの形、真横から見ると三角形の鉄柱が組み合わされていることが分かる常磐線の鉄橋、その三角形を透かした向こうに見える車の渋滞、視線を下げると焦げ茶と深緑の中間のような色の水が強風に波立って、その波の先端だけが銀色に光っている川面、川を渡ってすぐに現れる、六号線に掛かる大きな案内標識、立体交差、煉瓦色のライオンズマンション、金町中央病院まで、これから自分が見る景色全部を暗記してしまっていることに、私は気がついた、走る電車の窓から見える一分後、二分後の景色が、その瞬間の私には分かっていたのだ。いや、中学一年のときから六年間の電車通学で、毎朝同じ景色ばかり眺めてきたわけだから、それぐらい記憶していたとしても不思議ではない、それよりもむしろ、一つの視覚が与えられるとそれに続く視覚が自動的に導かれるこの状態を、無性に楽しいと感じてしまっている自分に、私は驚いた、明らかにそれは、久しぶりに高校の友人たちと会うことが楽しいわけでも、緑と一緒に遊びに行くことが楽しいわけでも、熊井のサークルの模擬店に行くことが楽しいわけでももちろんなかった、動く電車から窓の外の景色を見ていて次に現れる景色まで分かっているという自らの状態そのものが、私には楽しかったのだ。

しかし改めて良く考えてみると、やはりこれも一種の恋愛の効用だったのかもしれない、その頃の私は漠然とした、根拠のない、「何が起こっても平気だ」とか「何事も笑って済ませる」という気分の中にいた、そういう気分が若さと関係があることは当然としても、安定期に入った恋愛の与えてくれる自信や、その自信から来る楽観、漠然とした性の予感といったものとも無関係だったとは考えにくい。けれども、緑との恋愛が他の、恋愛とは関係のない部分にまで拡散していったというのとは違うように思う、むしろ恋愛とは関係のない部分、それこそ晴れた春の日に電車から眺める風景のような、そういう外界にもともと潜んでいる並外れた均衡、というのも矛盾した言い回しだが、過剰に安定しているがゆえに外へ外へと広がろうとする力のようなものが、恋愛という一つのきっかけによって、具体的に感じられるのではないか、逆にいえば、恋愛の方が単なるきっかけ、部分にしか過ぎないのではないか。

暗黒大陸じゃがたら

熊井と圭ちゃんが別れてしまいそうだと緑からの電話で聞いたのが夏休みに入る直前で、その翌週に緑と会ったときには、既に二人は別れていた。「別にもういいんだよ」圭ちゃんは、自分から別れを切り出したわけでもないのに、妙にさばさばしていたらしい、では、熊井の方はどう思っていたのか？ 熊井とは冗談は際限なくいい合うくせに、真面目な話は一切しない私には分からなかった。

ちょうどこの頃、男子八人で千葉の館山へ泊まり掛けで海水浴に行った。男子だけにしたのは、熊井と圭ちゃんの関係がぎくしゃくした時期と重なったからではなく、八人中六人が浪人生だったので、浪人生でも夏は若者らしく日焼けぐらいしておくべきだ、しかし身分をわきまえて、女を入れて浮ついた雰囲気になるのは自粛しよう、と決まったからだった、八人になったのは車二台に乗り切れる人数だったからだろう、車というのは分かりやすい形で最初に人生に入り込んでくる大人の要素だった、こういう部分から侵食は始まっていた、熊井は大学に入ってすぐに運転免許を取って、中古のスカイラインを買った、三田村は浪人生のくせに二週間の合宿で免許を取って、親に新車の日産マーチを買って貰っていた、館山へ行く前日の晩、緑は私にいった。「熊井君の車に乗っちゃあ駄目だよ、必ず三田村の車に乗るんだよ」館山の民宿は八人全員が絶句するほどみすぼらしい、ベニヤの板壁にペンキの剝げたトタン屋根の、朽ちかけた農家のような所だった、裏庭にはビニールハウスも見えたから、じっさい農家が夏の間だけ民宿も営んでいたのだろう、誰がこんな民宿を予約したんだ？　責任の擦り付け合いが始まったが、主犯が誰なのかはけっきょく分からなかった。気を取り直して海水浴場へ行ってみたところが、褐色の砂浜の、岩場の多い海岸には、小学生の子供を連れた家族が二、三組、タオルに包まって震えているばかりだった、日焼けするどころか小雨混じりの曇天で、風も強いために皆パーカーやTシャツを着たままでいるので、これでは何のために海に来たのか分からないと、私と野球部の伊藤隆一の二人で、思い切って海に飛び込んでいった、足を浸した海水は七月とは思えぬほど冷たく、それでも構わず歩み進んでいくと、波打ち際から十歩ほど入った辺りでとつぜん足場が抜き取られたかのように海が深くなった、尻餅をつきそうになったちょうどそこへ、背丈の倍もある真っ黒な波が轟音と共に覆い被さってきた、私はそのとき真剣に死の恐怖を感じた。

けっきょく海水浴場には一時間も留まることなく、私たちは民宿へ戻った、麻雀《マージャン》のできる連中は麻雀を始めた、麻雀をしない三田村や私は、畳の上に寝転がってテレビを見たり、漫画雑誌を読んだり、いま誰が勝っているのか？ ときおり雀卓を覗いてみたりするぐらいしかすることがなかった、この頃の私はまだ時間を浪費することの罪悪感に苛《さいな》まれてはいなかったということか、それにしても余りに暇なので、夕食後、私は一人で外へ出た。民宿の前の道は未舗装で、街灯も灯っておらず真っ暗だった、夜なのにセミが鳴いていた、真っ暗な道のずっと先、幹線道路との交差点の辺りにだけ、ぼんやりとした黄色い光が集まっていた、光に惹きつけられるように歩いていくと、雑貨店の軒下にピンク色の公衆電話がある、けっきょくそこで私は緑に電話をかけるのだ。「復活した」電話口に出るなり、緑はそういった。「何が?」「だから、圭ちゃんたちだよ」「クマ?」「復活」「縒《よ》り戻すも何も、この間別れたばっかりじゃん。いつ?」「一昨日。だから何なんだ! なんだよ」「クマは何もいってなかったぜ、まあ、別れたという話も俺は聞いてないけど……」民宿に戻って問いただそうかとも思ったのだが、麻雀牌を握りながら、民宿の夕飯に刺身が付いていなかったことについてぐだぐだと文句をいい続けている熊井には、何もいう気が起きなかった、お互いの彼女が親友同士という関係ではあったのだが、熊井と私の間には暗黙の取り決めがあった、絶えず冗談をいい続けていたのもつまりは、真剣な話から逃げるためだった。

翌朝も曇っていて、寒くて泳げそうにもないので、早々に帰ることになった、民宿の駐車場を出るとき、熊井が車の窓を開けて私の名を呼んだ。「いいよ」と私がいうと、「乗っていいよ」と熊井がいうので、「乗っていいよ、じゃあなくて、乗りたくないんだよ」「何でだよ」「三田村の車に乗るよ、また」「だからそれが何でだ、って聞いてるんだよ」「お前、事故りそうだからさ、また三田村の車に乗るよ」「お前、何いってんだよ、俺こそ安全運転なんだよ」熊井は手に持ったキーをじゃらじゃらと鳴らした。「緑が乗るなってさ、お前の車には」「何で？」「だから、危ないって」「ふざけんなよ！　分かったよ、もう一生乗せねえぞ、イソ、お前は！」熊井のような男は、軽くぶつけたり、擦ったりする程度の事故はときどき起こすのかもしれないが、命に関わるような大事故はけっして起こさないのだろう。ガソリンを入れに行っていた三田村が戻ってきて、どこまでが路肩でどこからが民宿の敷地なのかはっきりしない、狭い砂利敷きの駐車場に車を入れた、私は熊井に、もう一度念を押すようにいった。「とにかく乗らないよ、お前のスカイラインには。だけどこれほど沢山の車が走ってるのに、よくも皆、事故らないもんだよ」「俺が安全運転だから」「馬鹿！　お前のことじゃあないんだよ、車って、日本中で何千万台走ってると思ってんだよ！」「よく事故らないもんだよ」熊井が何かいおうとしたのよりも先に、車から降りた三田村がいった。「みんな、ラジオなんか聴きながら、ボケーッと運転しているのにさ」「めったに事故は起こらない」「そう、めったに起こらない、なぜか」「良く分かんないけど、好きにしてくれよ、俺は安全運転だからさ、勝手にやってくれよ、軽音同士で。文化部同士で。そんなことくどくど考えている奴らに限って、事故るんだよ」私たちが館山への一泊旅行から帰ってくると、入れ替わりで今度は緑たち女子が、圭ちゃんの叔父さんが持っているという伊豆の別荘へ二泊三日で出かけた。「古い別荘だったけど、ベランダからは海が見えて、三日間とも天気も晴れで、後ろめたいぐらいに楽しかった」緑の報告を私は適当に受け流しながら聞いていた、しかしその叔父さんの運転する車に乗せて貰って、皆でドライブしたときに、「県道なのにずっと時速百キロ超えで走っているから、警告チャイムがキンコンカンコン鳴りっぱなしだった」という話を聞かされてしまうと、なぜだか分からないが妙な不安に駆られた、私が大事に守ってやらないとそのうちに、まさかその叔父さんにではないだろうが、見知らぬ誰かに緑は強姦でもされてしまうのではないか、夏休みが終わる前に、日帰りで良いから近場の海か、遊園地へでも連れて行ってやるべきだったのではないだろうか。

夏休み中でも予備校の夏期講習は受講していたし、まったく勉強しなかった高校時代に比べればこの頃は一日の内のかなりの部分を勉強に当てていたはずなのだが、まだ遊ぶ時間は残っていた、朝から晩まで一日中勉強したかのような達成感を得ることができた日でも、計ってみるとじっさいに机に向かっていたのは合計四時間か、せいぜい五時間で、それ以外の二十時間近くは睡眠も含めて勉強以外のことをしていた、どうやらそれが人間としての限界のようだった。それでも夏休みが終わり二学期が始まれば、受験生にとってはいよいよ正念場ということになっていて、本気で勉強に集中せねばならないのだが、私たちにはまだ大きなイベントが残っていた、それは藝大祭だった。高校の隣の、東京藝術大学の学園祭は毎年九月の秋分の日の連休に行われていた、その藝大祭を私は自分の高校の文化祭よりも楽しみにしていた、真ん中に一般道を挟んで音楽学部と美術学部に分かれているキャンパスの、美術学部側の中庭に設置される野外ステージ前の広場は、秋分の日近辺というのは雨が多いためなのだろう、土剝き出しの地面がいつもどろどろにぬかるんでいる、そのうえ周りの模擬店で販売しているビールを酔っ払って撒き散らしたり、自分から頭に被ったりする奴までいるものだからさらに足場は悪くなるのだが、膝から下泥だらけになって午後の三時頃からそのステージ前で踊りまくっている連中の内の何人かは上野高校の生徒だった、大学生も高校生には無料でビールを与えて、面白がってどんどん飲ませて酔わせるものだから、挙げ句の果てにはステージに上がって、上半身裸になってバンドと一緒に歌っているのも高校生という、どうして大学側がそんな状況を見て見ぬ振りをして許してくれていたのか、今にして思えば不可解ですらある。そういう大学生と高校生が入り乱れた無礼講的雰囲気も好きだったが、野外ステージに出演するバンドの演奏は、楽器やPAなどの機材も、鉄骨で高く組まれたステージや照明まで含めて、高校生の文化祭レベルとは比べ物にならないぐらい本格的だった、というよりもさすがに藝大だけあってほとんどプロの域だったので、その演奏を楽しみにしていた私は高校三年間、藝大祭には一日も休まずに参加したのだが、高校を卒業してしまったこの年も、藝大祭にはどうしても行かなければならない理由があった、それはこの年、暗黒大陸じゃがたらが出演することになっていたからだ、ファンク・ロック・バンドの暗黒大陸じゃがたらはこの頃既にラジオや音楽誌でも特集が組まれるぐらいになっていて、有名になりかけてはいたが、その有名になる成り方というのが、ボーカルがステージ上で脱糞しただとか、生きた蛇を食べただとか、どこまでが本当でどこからが嘘なのかも分からないような過激なパフォーマンスによってだったので、私たちが観ているときにはそういうことはしないで欲しい、少なくとも緑が観ている前では蛇は止めて欲しいと、私は内心思っていた。

私と緑は夕方の四時過ぎに藝大に着いた、高校の後輩や私たちより一つ上の代の卒業生、顔見知りの藝大生には会ったのだが、同期の友人はまだ一人も来ていないようだった、仕方なく私たちはステージから離れた場所の丸テーブルに着いて、紙コップに入ったビールを飲み始めたところに、まず熊井と圭ちゃんが現れた、夏の終わりの強い日射しが西側にそびえる八階建ての校舎に遮られ、広場全体が薄暗くなると、それを合図に同期の友人が一人、また一人と集まり始めた、席が足らなくなったので、隣の丸テーブルとパイプ椅子を付けようと動かしていたちょうどそのとき、三田村と白井真奈美がなぜだか一緒に現れた。ステージ上では一時間弱の演奏の後、二、三十分の休憩、その間に機材交換とセッティング、また別のバンドの一時間弱の演奏という順番が繰り返されていた、たとえそれが私の嫌いなフュージョンのバンドの演奏であったとしても、目の前の生の演奏、肉眼で見える距離でギターのネック上で二本の指がビブラートをかけていたり、ドラムのスティックがシンバルを叩く動作を見るその瞬間、そこで発された正しくその音が、スピーカーで拡張されて他の一切の音を断ち切る圧倒的な音圧で私の耳に届く、同時に周りにいる観客にもその音が届いているはずなので横を覗くと、暗い客席の中で照明の反射を受けた顔だけが白く明るい、その何十もの白い顔が皆同じ方向、ステージを見つめている、ステージ上の演奏者は眩しい逆光の中にいるので暗い客席など見えてはいないのだが、それでも観客の視線ははっきりと感じるものだ、それがまた演奏者を高揚させる、そういった会場全体で起こっている循環、化学反応に私は、音楽ジャンルの好みとか演奏のレベルの問題以前に、あっさりと感動してしまう、ライブの演奏というのがとにかく好きなのだ、それが藝大祭のように野外で行われていて、夜になると少し冷んやりするぐらいの季節の夕暮れ時、ステージ上部のトラスから六、七本それぞれ別の向きに吊られた黄色の照明のさらに上方の空に、まだ濃い青が残っていたり、反対側には白い月が出ていたりすれば、それはもうライブ演奏を観るには最高の環境で、これをもし仮に室内で、録音した音源を同じ音量音圧で、巨大な映像と共に流したとしても、絶対に同じ感動を得ることはできない、目の前で人間が演奏しているということが大事なのだ。音楽には興味などない熊井や圭ちゃん、白井真奈美でも、藝大祭だけは「楽しい」といってわざわざやって来るのは、単に付き合いで来ているだけかもしれないが、恐らくそこには生の演奏が持つ力も関係している。

六時半頃からレゲエのバンドが演奏を始めたときには、まだぎっしりというほどではないが、それでも百人ぐらいがステージ前の広場で踊り始めていたのではないか、後方のテーブルに着いて、座って観ている私たちからは踊っている客は全体が一つの黒い影の塊になって見える、その塊の上辺だけがせわしなく不規則に動き、ときおりジャンプした頭や振り上げた腕が塊から突き出て、ステージに注がれている私たちの視線に割って入る、演奏を聴いているうちに、このレゲエ・バンドをもっと近くで観たくて堪らなくなってきた私は、「俺はいいよ、ここで待ってるよ」という熊井だけを残し、他の皆とステージ前まで行ってみることにした。踊っている人たち、といっても激しい踊りではなく、ゆったりとしたリズムに合わせて両腕を上げたまま肩を左右に振ったり、立ち位置は固定したまま膝を交互に出したり引っ込めたりするレゲエ独特の動きの、それでもやはり熱気と汗でむせ返るような間を抜けて、私と私に手を引かれた緑も踊っている振りをしながら、周囲に顰蹙を買わぬよう注意しつつ、少しずつ少しずつ前進して、二曲ほどが演奏される間に最前列の、ステージにへばり付く所まで辿り着いた。ステージは背伸びして手を伸ばすとモニター前のベニヤの床板が指先に触れる高さにあり、そこで間近に見上げる、このサウンド・システムという名前のレゲエ・バンドは、ボブ・マーリーの曲を日本語の歌詞に直して歌うバンドのようで、例えば、「No woman, no cry」の部分であれば、「それじゃあ

～、あまりに、かわいそう～」と歌い、「Burnin', and a-lootin', tonight」であれば、「東京、バァビローン～」と歌うのだが、こうやって歌詞だけ書き出すと恐ろしく間抜けだ。しかしそんな歌詞でも、乗せるべきメロディと乗せるべきリズムに乗せるとそれなりに聴けてしまう、いや、それどころか歌詞とメロディとリズムが必然性を持って結びついたものに聴こえてしまう、そういう風に仕上がった曲のように感じられてしまうのは、ボーカルの力量やバックの演奏のテクニックがもちろんあっての話なのだが、やはり音楽の持つ力、グルーヴの力なのであって、そういう意味では歌詞単独の力というのは大したことはない、初めは、「何なんだよ、この変な日本語の歌詞は？」などと思っていた私も、いつの間にか「それじゃあ～、あまりに、かわいそお～」などと一緒に口ずさんでいるのだが、かといって横にいる三田村や圭ちゃん、白井真奈美も同じように歌っているわけではないので、思わず歌ってしまった気恥ずかしさを誤魔化すためには、ステージだけを見上げ続けて、周囲の人とは視線を合わせないのがコツだ。

それにしてもレコードで何度も聴いて良く知っている曲を生で演奏されるだけで、どうしてこんなにも感動してしまうのだろう、「アイ・ショット・ザ・シェリフ」のイントロのドラムの、タ、タン、タ、タタタン、ハモンド・オルガン、タララーラーララァ、ラララァ、ラーラーラァーが演奏されると、客がいっせいに「ウォー！」と叫ぶ、こんなにボブ・マーリーの曲ばっかり演っているのだから、最後はどうせこの曲だろうと踏んでいたはずの私も、周囲の歓声と共鳴しながら背中を駆け上がってくる興奮と、自分の読みが当たった満足感と優越感とがまぜこぜになって、ジャンプしながら「おおー」と叫んでしまい、ボブ・マーリーが誰なのかも知らない圭ちゃんまでが両手を挙げて「イェーイ」などと叫んでいると、ギターのカッティングの後で二回目の、タララーラーララァ、ラララァ、ラーラーラァーが来る、コーラスに続いて歌が始まる、「撃ってしまったんだよぉ〜、警官を〜、おいら〜」などとは歌わずに、さすがにここは英語の歌詞をそのまま歌っている、やはりベースが上手い、もともと音の隙間の多いレゲエで、このバンドのベースはさらに弾かない、弾かないことで聴き手に音を予見させておいて、それを一つ後ろから追いかけるように弾くので、聴く側の気持ちよりも演奏の方が安定しているかのような錯覚を起こさせる、このバンドの何が違うのかと思ったら、そこだった、このベース奏者は藝大の卒業生だったようで演奏終了後、観客に向かって何か話しかけていた。

暗黒大陸じゃがたらが出演するときにも良い場所を確保するため、機材交換の間も熊井が待っているテーブル席に戻るのは止めて、ステージ前かぶり付きのこの最前列に留まることにしたのだが、じゃがたらは大人数のバンドだからなのか、なかなか準備ができない、すると圭ちゃんと白井は、「ちょっと座りたい」とか「何でずっとここにいるの?」とか「暑過ぎるよ、喉が渇いた」などと甘ったれたことをいい出すので、「馬鹿いってるなよ、今戻ったら、じゃがたらのときに良い場所が取られちゃうじゃあないか、だから待ってるんだろうが」と、私が説教口調でいうと、圭ちゃんが聞いてきた。「でも、そのじゃがたらって誰なのよ、そんなに凄いの？」「暗黒大陸だよ、じゃがたら」「さっきのバンドより凄い？　良い？」「スゲーぞ」「スゲーって、どういう曲なの？　ロック？」「放尿とか、あるかもしれない、危ないぞ」「パンク？」「どうかな」「何？」「というかさ、聴いたことないんだよ、俺、まだ」「なんだあ」「じゃあ、分からないじゃん」「ジャンルとか、どうでも良いんだよ！　そういう所に拘るなよ！　俺は知らないけど、三田村なら知ってるよ」「俺だって、聴いたことねえよ」と、三田村まで私を突き放すようにいう。その間も観客は続々と集まっていた、周囲は人でぎっしりで、いずれにしてももう動くに動けなかった、背後からぐいぐい押されるので、真後ろにいた緑の胸が私の背中に押し付けられる格好になり、私はステージの鉄骨に両手で摑まりながら、立ったまま腕立て伏せをしているような体勢になってしまった、こんなに人の多い藝大祭は初めてだった。明るい黄色だったステージの照明が、濃い青に変わると、上の方から細かな、霧のような水滴が落ちてきた、私たちのいる場所からは死角になって見えないが、ステージの奥の方でスモークが焚かれているのかもしれない、その青い光とスモークの水滴で辺りは一見涼しげなのだが、じっさいには物凄く蒸している、蒸気が渦巻いている、私じしん汗びっしょりで、振り返ると緑と三田村は後ろにいたが、人混みに押されて流されてしまったのか、圭ちゃんと白井の姿が見えない。そのとき初めて、シンセサイザーの低音が鳴っていることに気づいた、しばらく前から聞こえていたその音は機材のノイズか、上空を飛ぶセスナ機なのかとも思ったのだが、少しずつ少しずつ大きくなってきて、いや、既に演奏は始まっているのだと知った瞬間、ドゥルルルル、ルルという、エフェクトのかかったベースの短いフレーズが入った、そのときには暗黒大陸じゃがたらのメンバーは全員、ステージ上に揃っていた、満員の観客は歓声も上げなかったし、拍手もしなかった、メンバーは青い煙の中に真っ直ぐに突っ立ったまま、地鳴りのようなシンセサイザーの低音だけがずっと鳴りっ放しになっている、しばらくすると再びベースの、ドゥルルルル、ルルというフレーズが入り、三回目のドゥルルルル、ルルを合図に、それまでの不穏さをぶち壊すようなスネアドラムの連打とギターの早いカッティングで、一曲目の演奏が始まった、眩しいほど照明が明るくなった、音がでかい、さっきのバンドの比ではない、とうぜん客の側も全体が一匹の野生動物のように、いっせいに激しく動き始める。ホーンが小刻みに、パッ、パッ、と入る一曲目を聴きながら私が最初に感じたことは、しかしこれって、トーキング・ヘッズなのではないか？　ということなのだが、じゃがたらのボーカルは、「隣のおばさん」とか、「聴いて、頂戴！」とか、「感電ハイヒール」とか、「体操しようよ！」とか、短い言葉を何度も何度も繰り返している、その場で適当に作って歌っているのか、本当にそういう歌詞なのか、同じ一つの言葉を二、三分は平気で繰り返す、ボーカルだけではなく、女性のコーラスも高い声でボーカルの後を追いかけて、その同じ言葉を何度も繰り返す、音が詰まっている、音を延ばして間を埋めているのではなく、たくさんの短い音を高速で繰り返すことで隙間を埋めてしまっている、間が詰まっているから、音が大きく感じるのだ。ファンクのようでもあったし、フリー・ジャズのようでもあったし、アフリカン・ミュージックというのがどういう音楽なのかは良く知らないが、これがそうなのかもしれないとも思ったが、これをお前は好きなのかどうか？　と問われたら、私には分からなかった、こういうリフだけが延々と続くサビのない音楽は、嫌いというわけではないが、レコードを買ったとしても繰り返し聴くことはないのだろう。一曲当たりの長さが異常に長く感じる、その二曲目が終わった頃には、ステージ前の混み方はかなり危険だった、踊る、という状態からは程遠く、前後左右の人たちと密着したまま、もうステージを見上げる余裕などなく、爪先立ちのまま首を上下に動かしているだけで、もちろん全員汗まみれで、ときどき何かの拍子に物凄い圧力がやって来て、どっと左右に振られているばかりだった、ヤバい予感がした、圧死、などという言葉まで頭に浮かんだので、私は振り向いて、緑の耳に口を近づけて、「後ろ！　後ろ、行く！」と叫んだ。緑は、何？　という顔をしている、爆音の中だから聞こえていない。「危ないから！　ステージの鉄骨、潰される」うんうん、と頷き、笑いながら何かいっている。「何？」緑は顎を上に突き出した。「ええっ？」「あの人、ボーカル」怒鳴っているが、顔は笑っている。「ああ」と一回適当に答えて分かった振りをしたのだが、「が、何？」と、やっぱり聞き返すと、「熊井君！」何をいいたいんだ？「似てる、そっくり！」なぜだか当時の私は、じゃがたらのボーカルはINUで、INUというのは町田町蔵の別名なのだと思い込んでいた、本当は江戸アケミなのだということすら知らなかったのだが、オールバックに丸いサングラスをかけ、鰓《えら》の少し張った、口髭を蓄えたその顔は、確かに熊井に似ているような気もしたし、サングラスを外せば全く違う顔が現れるような気もしたが、今はそんなことはどうでも良かった！　こんな場所で死ぬわけにはいかない！　三田村にも、後ろへ下がろうと目で合図して、押し寄せてくる人の波に逆らい、体勢を低くしながら人と人の間のトンネルを潜《くぐ》るように後退りして、何とかステージから離れた場所まで逃げた。

そこで初めて落ち着いて暗黒大陸じゃがたらというバンドを観てみると、ギター二本、ベース、ドラムに加えて、キーボード、パーカッション、ホーン、コーラス隊まで加わった十人以上の大編成で、ギターのカッティングは正確でエッジが利いている、リズム・セクションはどっしりと下支えしていてほとんど遊びは入れない、どのパートも危なっかしいところなどなく、それがプロだということなのだろうが安定した、ある意味とてもオーソドックスな演奏をしているようにさえ見えた、要するにどういう音楽なのか？　と聞かれても、誰とも似ていない、新しい音楽、というわけでは必ずしもないのだが、しかしやっぱりよく分からない音楽、としか答えられないだろう、そのよく分からない音楽のためには、危なげのない、むしろ地味なぐらいの演奏が必要なのだということなのかもしれない、そう説明してしまうと、前衛的な音楽を演るためには高い技術が必要なのだ、という風にも取られ兼ねないが、じゃがたらの場合はそういうこととも少し違う。五曲目に「タンゴ」というバラードが演奏された、この曲が唯一、事前に私が聴いたことのあるじゃがたらの曲だった、寂しい、静かな曲調の演奏が続いている間だけ、観客の動きが止まった、圭ちゃんたちはどこへ消えたのだろう、テーブル席に戻ったのだろうか、この混み方では、さすがに死者までは出ないにしても、怪我人ぐらいは出ているかもしれない、「タンゴ」が終わり、次の曲が始まるやいなや、観客は再び前へ前へと押し寄せた、ここまでMCなど一切なく、曲名も分からない私には、「タンゴ」以外の曲はどれも皆、似たような曲に聴こえた、似た曲に聴こえるということは、それは統一性があるということなのか、音そのものではなく、音が結ぶ視覚的な像の方を、私は似ていると感じたのではないか。「タンゴ」の次の曲もまた単調で、延々と長いばかりで、これはいくらなんでももうさすがに飽きたと思ったら、それが最後の曲だった、アンコールでもう一曲演奏して、終わったのは九時半過ぎだった、正味一時間の演奏時間だったので、一曲当たりの長さは十分にも満たないはずなのに、どうしてあんなに一曲一曲が耐え難く長いと感じたのだろう、脱糞どころか喋りすら無いままに、暗黒大陸じゃがたらは立て続けに演奏して、余韻も残さずに、私たちの前にいたことが嘘だったように去ってしまった。

圭ちゃんと白井真奈美は熊井と一緒に、テーブル席に座って待っていた。「余りに混んでいるから、怖くなって、一曲目で引き上げちゃった」のだそうで、「騒がしいばかりで、歌っている歌詞も聞き取れないし、つまらないバンドだった」という、いかにも圭ちゃんらしい感想を、それでもじゅうぶん楽しそうに話してくれたのだが、緑の意見は違った。「ああいう音楽が好きなんだ、隣のおばさん！　とか、体操！体操！　とか、気分爽快じゃん、何だか、元気が出る」「もう卒業だよ、俺はな、こういううるさいのは、もう来ないよ」夜の上野公園を歩きながら、吐き捨てるように熊井はいった、たしか去年の藝大祭の後にも、熊井は同じようなことをいっていた。東京国立博物館の正門前を過ぎて、大噴水のある池に差し掛かったとき、誰にも気づかれぬよう、私は緑の右手を引っ張った、遅れて歩くようにして、皆が見ていない隙に、動物園の方向の暗い脇道に二人で逸れた。春ならば花見客でいっぱいになる桜並木を抜け、精養軒の脇の石段を下りて、緑と私は不忍池弁天堂近くの柳の下のベンチに座り、抱き合ってすぐにキスをした、あれほど汗をかいたのに緑の身体は首も、胸も、太腿も、さらさらに乾いていて、それに比べると自分の身体はまだじっとりと汗臭いようで気になって仕方がなかった。恐らく、この晩の私は欲情していた、それはライブを観ていた最中、緑の両胸が私の背中に押し付けられたあの瞬間から始まっていたのかもしれない、だがこの日も、緑と私がセックスにまで至るということはなかった、この日ばかりではない、けっきょく私たち二人は性的な関係を結ぶことなく、翌年の夏に別れてしまうのだ。男の私が緑と寝たいと常々思っていたことは当たり前としても、緑の側にも私を受け入れる用意があったであろうことは間違いない、付き合って一年が経過したこの時期はもう、互いの愛情を信じる気持ちには揺るぎないものがあった、屋外でばかり抱き合っていた私たちには然るべき環境が与えられていなかった、という理由もあったにはあったが、十八歳であればそれはもはや乗り越えられない障害ではなかったはずだ、ならばどうして、私たちは最後まで関係を結ぶことができなかったのか？　今となっては知る由もないが、一つには私たちは、セックスなんてしようと思えばいつでもできると考えていたからのような気がする、それほどまでに二人の結び付きは強い、そういう二人の位置関係や状況こそが重要で、そういう事実の中にある限り、性的な関係を結ぼうが結ぶまいがそこに大差はない、そんな考え方に、ある種の過信に、柄澤緑と私は安住してしまっていたのではないだろうか。

佐渡

大学に入学してからの私と緑の付き合いは徐々に下降線を辿っていく、思い出してみてもその時期は、気分が高揚することのない、期待外れな出来事ばかりが続いたような気がする。私は早稲田の商学部に、緑は立教の文学部に合格した、受験直前の模試でも私の早稲田の合格可能性は六十パーセントしかなかった、実際に合格するためには八十パーセント以上をコンスタントに出す実力が必要だという話だったので、受かったときには私は素直に喜んだのだが、緑が立教に受かったことを喜んでいる姿を見た記憶はない、かといって、不本意だと嘆いていたのを聞いた憶えもない、正直なところ私は、緑なんてろくに受験勉強もしていないのに、よくぞ立教は受からせてくれたものだ、ぐらいに思っていた、緑だって大学に入学できたことが、というよりはもう英語や世界史を勉強しなくて済むことの方が、かもしれないが、嬉しかったことは嬉しかったのだろう、そういえば彼女は、「どこであろうと私は、受かった所へ行く」ともいっていた。

だが本当に、面白くないことばかりが起こっていたのだろうか？　一つ一つ順を追って、過去を辿り直すように思い出してみれば、必ずしもそんなことはなかったのだ、開園後まだ一年しか経っていない東京ディズニーランドにも恐る恐る、二人で行ってみた、四月の平日の午後のことだった、なぜだか関西からやって来た中年女性の団体客で混雑していて、私たちは空いているアトラクションを狙って回った、最後にスペース・マウンテンに乗りたいといった緑に、私はこう伝えた。「それだけは勘弁して欲しい、もしどうしても乗りたいのならば、一人で乗ってくれ」それでも緑はじゅうぶん楽しそうだった、その日の彼女は珍しく饒舌だった。混雑していると分かっている場所にわざわざ自分から出向くようなことは、その後の私の人生では二度と繰り返されなかった、いや、私はいま嘘をついた、それから十二年後、子供が生まれるやいなや、嬉々として私は遊園地通いを始める。台東区民が利用できる那須塩原の保養施設に、男女合わせて十人で泊まったこともあった、テニスコートの付いたホテルのような所だと聞かされていたのだが、じっさい到着してみると風呂なしの山小屋に十人で雑魚寝だったのだから、私たちは健全といえば余りに健全だった、十九、二十歳の男女が同じ部屋で寝ていて、どうして何も起きないのか？この辺りの問題に拘る人は拘るのだろうが、現実の世界では何も起きないときには起きない。

早稲田大学ならば毎年一万人もの学生が全国から集まってくるのだから、その中にはとんでもなくギターの上手い奴もいるに違いない、何千枚ものレコードを持っている洋楽マニアもいるかもしれない、新しい刺激に満ちた出会いを心待ちにしていたというよりはむしろ恐れを抱いていた私は、新入生たちはいずれも、初心者みたいな、楽器のチューニングも満足にできないような奴らばかりであることに啞然とした、浪人までして早稲田に入ったのは音楽を演るためだった、雑誌の取材を受けたときなどにも繰り返しいってきたことだが、私は小説家になりたいと思ったことは一度もなかった、しかし音楽に携われる仕事、ミュージシャンが無理であれば音楽評論家でも良い、新聞にレコード評を書く記者でも良い、何らかの音楽に関わる仕事に就きたいと、心の裡で思っていた、緑にも、両親にも打ち明けたことはなかったが、それは言葉として出すことが躊躇われるほどの純粋な、強い想いだった。上級生の中にはもちろん、定期的にライブハウスに出演し、レコーディングの経験もあるような、授業にも出席せず単位なんて全く取っていないので中退が決まっている、既にプロとして活動している尊敬すべき先輩もいたが、新入生の演奏レベルは絶望的に低かった、彼らとセッションをしても、これだったら高校時代の軽音楽部の三田村たちとの演奏の方が百倍まともだと、私は内心馬鹿にしていた。ところがそんな下手な新入生たちでも、一年も経つ内に上手くなる奴は急速に上手くなって、私などはあっさりと追い抜かれてしまうのだが、そういう経験全部を含めて、大学入学当初も楽しい思い出は色々とあったじゃあないか！　だから緑との付き合いも、徐々に下降線を辿っていった、などという紋切り型ではなく、実際にはそういう変化は唐突に、まったく予期せぬ形で起こったのだ。

七月七日の土曜日の晩、電話越しに聞く緑の反応がおかしい、小声になって、応答が遅れるような気がしたので、何か隠していることでもあるのではないかと問い詰めると、「しばらくの間、会ったりするのを止めないか」と、無感情に、台詞でも読むようにいわれた。そう来るのか……と、私はまず思ったのだが、前触れがこの電話より以前にあったのか？　どうか？　具体的には思い浮かばない、しかし私にとっては唐突であっても、緑は思い付きでそんなことをいうはずはないのだから、何らかの前兆はあったのだろう、この場合は私がそれに気づかなかっただけだ。「他に好きな男でもできたのか？」そう尋ねると、違う、ただ物凄く忙しいんだ、疲れているんだ、という答えだった。散々迷った末に、緑は体育会の硬式テニス部に入部していた、練習は土日も含めて毎日で、体力的にはもちろん、精神的にもめちゃくちゃにきつい、でもなりふり構わず頑張れば自分でも付いていけないレベルではないような気もする、来年は試合にも出場できるかもしれない。「だったら、やってみるべきなのではないか」そう返したのだが、男の私にそれ以外にどんな助言ができるというのか、そのうえ緑は自分を追い詰めるかのように、塾講師のアルバイトまでしていたのだ。このときの電話ではそれ以上深く掘り下げては聞かず、「俺もちょっと考えてみる」程度の返事しかしなかったはずだ。にも拘わらず、その後も私たちが頻繁に会い続けたのは、どうしてだったのか？　私が池袋まで行って、一緒に映画を観たり、緑の練習が終わってから、待ち合わせて食事をしたりということが何度かあった。どうでも良いことだが、ちょうどこの時期から、私はコンタクトレンズを嵌《は》めるようになった、それまでは普段は裸眼で、授業や映画を観るときにだけ眼鏡をかけていたのだが、大学生協でコンタクトレンズを作ることにした、すると緑から目付きが変わったといわれたのだ。「目付きというか、目の形そのものが変わったよ、縦長の丸の、可愛らしい目に変わった」三十年以上経った今でも、私はコンタクトレンズを使っている、度数が変わったり、薄いタイプになったり、使い捨てタイプになったり、遠近両用型になったり、色々と変わりはしたが、最初にコンタクトレンズを嵌めたのは、緑から「会うのは止めよう」といわれた直後だった。

八月の九、十、十一日と二泊三日で、熊井や圭ちゃんたちいつものメンバーで、伊豆下田の白浜海岸へ遊びに行くことになっていた、緑は直前まで行けるかどうか分からない、テニス部の練習と重なったら無理だといっていたのだが、けっきょく参加できることになった。終電を乗り継いで上野駅まで行き、集合場所の、昭和通り沿いの韓国料理店に着いたのが深夜一時過ぎだった、熊井がその店の石焼ビビンパに嵌まっていたのだ、そんな些末な理由で、私たちを取り巻く全てが決まっていた。三台の車に分かれて、真夜中の首都高速に乗った、運転している三田村も助手席の私もほとんど無言だった、走行中の車内という空間では常にエンジン音やタイヤの軋む音、ラジオの音楽が鳴っているからなのか、お互い前方を向いて視線を合わせないからなのか、黙っていても不自然にはならずに済む、小田原を過ぎて、国道一号線の左手に海が見えてきた頃から、空の灰色が徐々に薄くなるようにして夜が明けた、ということはその地点で午前四時とか四時半とか、まだそんな時間だったのだ。プラスチックの籠に入っているカセット・テープを取り出しながら、私は三田村に聞いてみた。「最近は、何を聴いてる？」三田村と会うのはずいぶん久しぶりだった、三田村は中央大学で、圭ちゃんや白井真奈美もみな別々の女子大や短大に進み、伊藤隆一は私と同じ早稲田だったがキャンパスの離れた理工学部だったので別の大学のようなものだった、高校の同級生で海へ行くのも恐らく今年が最後だろう、このときはそう思っていたのに、翌年の夏も人数は減ったが似たような顔触れで西伊豆へ行った。「昔のばっかり、聴いているんだよ」ハンドルを握ったまま、前方から目を逸らさずに、三田村はいった。「ボブ・ウェルチ、とか」左手を籠に伸ばして、手探りだけで一本のテープを選び出して、「ほれっ」と渡してきたので、私はそれをカー・ステレオに入れた、一曲目が終わるまで、二人とも黙っていた、空は曇っているのに、海の波頭だけが青白く光っていた。「良いじゃん」「良いだろ？　良いんだよ」三田村は満足そうに笑った。「いつ頃？」「七七年か、七八年か、その辺りだよ」そうなのだ、たったの七年前の一九七七年が、二十歳前の私たちにとっては遥かな昔だったのだ。「どうでも良いけど、石焼ビビンパって、俺、生まれて初めて食べたよ」三田村が話し続けた。「ああ、俺も」「あれっから」

て、野菜だけで、肉とか、載せないものなのか?」「分からん」「本場の、韓国のビビンパは、肉とか魚を載せるんじゃあないかなあ? 熊井が好きになるものって、偽物ばかりだから」

白浜海岸の民宿は、前年の館山の民宿よりは多少マシだったが、多少マシという程度で、母屋の八畳と、離れの十二畳の二部屋に分かれての、やはり雑魚寝だった、エアコンも付いていない、汚れた畳の部屋だった。緑は私と目を合わせようとしなかった、上野の韓国料理店で集合した後、三田村の車には乗らず、熊井の車の後部座席に圭ちゃんと一緒に座った、サービス・エリアで休憩したときも女の子同士で喋ってばかりいた、民宿に着いてから部屋割り、といっても二部屋しかないから、男子と女子でどちらの部屋を取るかを決めるだけなのだが、それをじゃん拳で決めているときも、さっそく着替えて海へ行こうとか、いや、まだ早いから昼まで寝ていようとか、皆が好き勝手なことをいって騒いでいるときも、ずっとあからさまに私から視線を逸らしたままだった。仕方なく私は緑の腕を引っ張って、外に連れ出した、すると緑はあっさり付いてきたのだから、そうする他ないように私を追い込んだのは、彼女の狡さだったのかもしれない。見知らぬ場所でどこに何があるのかも分からなかったが、海と反対の、小高い山の見える方へ歩いていくと、片側を森の緩い斜面に遮られた田圃沿いの道の途中に、小さな祠があった、いざというときには当てずっぽうで歩いても相応しい舞台は用意されている、私は安堵感と空恐ろしさを同時に覚えた、賽銭箱の前の石段の、日陰になっている場所に、私たちは腰を下ろした、民宿からここまで歩いてくる十分ほどの間、二人とも、一言も話さなかった。「つまり、他に好きな男ができた、そういうことなんだろう?」私が聞くと、緑は下を向いたまま、しかしはっきりと声に出して、「うん」と答えた。あれから三十一年が経った今でも不思議でならないのだが、この旅行に来る前も、上野で集合してから緑に無視され続けていた間も、民宿から祠まで歩いて来る途中でさえ、私はそんな言葉を吐く積もりは毛頭なかったのだ、いくら未熟で愚かな私でも、自らの墓穴を掘るような、取り返しのつかない失言だけはしてはならないことぐらい分かっていた、なのに、あの石段に座った瞬間、「他に好きな男ができたのだろう?」などという決め付けるような言葉が、私の口を衝いて出たのはどうしてなのか? しかもそれに対する緑の答えが、「うん」だったものだから、私は落胆よりも驚きの方が先に立った、だからその後も、「本当か?」とか、「嘘をついていないか?」とか、繰り返し聞いてしまったのだろう、その度に緑は、「うん」と答えた、最初の「うん」の後は、溢れた涙が石段の上に染みを作るぐらい、泣き続けていた、「もう自分ではどうすることもできないんだ」とも、緑はいった。晴れた空には八月九日の、昼前の太陽があったのだから酷く暑かったはずなのに、暑さの記憶がないのは、私も緑もそれだけ緊張していたということなのか、目の前の田圃に広がる稲の緑色が濃くて、ときおり海からの風が吹くと、そのふさふさとした表面に幾本もの筋が連なって、流れていった、私たちの別れ話の間、この祠の前の道を誰も通らなかったことだけが救いだった。

この旅行が終わるまでは彼氏彼女でい続けようと二人で決めたので、昼間は一緒に海で泳ぎ、友人たちの前では感づかれぬよう普段通りに振る舞ったのだが、二日目の晩の宴会で、私は飲めない酒を飲んだ、ウイスキーをストレートで二杯立て続けに飲み、すると、「おお、イソ、大学生になって、強くなったじゃん」などといいながら、熊井がさらに注ぐので、それも一気に飲み干すと、そのまま畳の上で眠ってしまった。誰かに肩を強く揺すられたような気がして目を覚ますと、周りでは変わらず皆が飲み続けていた、煙草の煙を吐いたり、ポテトチップスやイカの燻製をかじったりしながら、私には興味のない下らない話題で盛り上がっていた。ふらふらと立ち上がり、トイレへ向かおうとしたのだが、トイレの場所を探すことすら面倒に思えた、ビーチサンダルを突っかけ、庭を抜けて外へ出た、民宿前の道路の片側を掘り下げた、コンクリートの農業用水溝を覗いてみると干上がっていたので、そこに飛び降りて立ち小便をした。用水溝は私の腹よりも少し上ぐらいの深さだったから、胸から上が地面から出るような位置になった、真っ暗で何もない中、外灯に照らされて、地面とブロック塀が楕円を二つ組み合わせた形に黄色くなっている、そこに落ちてきた、死にかけの蛾が私の目線の高さで跳ねている、小便をしながらその様子をぼんやりと見ていると、このときもやはり夜なのにどこかでセミの鳴く声が聞こえた、コンクリートから立ち昇ってくる余熱も暑くて、酔って痛い頭の中をずっとボブ・ウェルチの曲が流れている私は、「もう、どうでもいいや……」と小声で呟くのだが、ふと遠くに目をやると、三つか、四つ先の外灯の下、今日の昼間、熊井がウイスキーを買った酒屋の前の自動販売機の白い光の中に緑が立っている、公衆電話で誰かと話している、こんなタイミングで緑を見つけるのも出来過ぎなのでもう一度よく見直してみたが、やはりそれは緑で、電話をかけている相手は新しい男に違いなかった。きっと彼女はもう新しい男とキスはしてしまっただろう、もしかしたらいきなりそいつと寝てしまったから、だから私との別れを決意したのかもしれない、などという失恋しつつある若い男であれば誰もがする安っぽい想像と絶望と嫉妬を、このときの私もまたしていたのだろうが、私たちの恋愛はいつまでも続く、安定した周回軌道の上にあると信じ切っていた、そして実際にそうだったからこそ、その終わりは寝取られるという俗な形で、幼稚で残酷な悲しみと共にやって来たようにも感じていた。

それにしてもこんな、夜中に酔っ払って立ち小便をしながら顔を上げたら、好きだった女が別の男に電話をかけているのが遠くに見えた、などという三流映画にでも出てきそうな場面が本当にあったということの方に、今更ながら驚く、これが酔った私が見た幻などではないことは、翌朝緑から、「もう、あんな危ない真似、しないでよ」と叱られたことによってでも裏付けられている、それほど危険な行為ではなかったと思うのだが、しかし、ということは、電話をかけていた緑からも、用水溝の中の私が見えていたことになる。帰りは三田村の車の後部座席に二人並んで座った、熱海の手前の海岸沿いの急なカーブを曲がるとき、車体が右に傾いた、そのまま緑は私の肩に頭を凭《もた》せかけてきた、それは友人たちの前では絶対に見せたことのない彼女の仕草だった、熊井も圭ちゃんも、私たちが別れたことを知るのはこの旅行から帰った後だが、三田村はこのとき、私たちの変化に気づいただろうか、あり得ないことなのだが、緑の新しい男が三田村であってくれないだろうかと、私は願っていた。

上野で解散だったので、私たちは不忍池へ向かった、何百回も二人で座った、その同じベンチに座ったのだが、今晩はここで夜を明かしても良いと思っていた私に対して、緑はまた泣いてはいたが、明らかに早く帰りたそうだった、私は慌てて、今日のうちに伝えておかねばならないことがないか、探した。「鎌倉へ行った日に、何時間も遅刻したのは、あれは飼っていた犬が死んだからなんだ、穴を掘って、埋めていたんだ」すると、緑は、あの日以降私が犬の話をしなくなったから、何となく分かっていた、と答えた、いずれにしても近いうちに、もう一度だけ会おう、そのときにお互い借りたままになっている本とか、レコードとか、服とか、焼き増ししたのにまだ渡していない写真を渡そう……そして緑は急いで行ってしまった、時間はまだ九時か、十時だったと思う。今日はどこかで、一晩中一人で飲もう、私は上野の繁華街を歩き回った、迷路のように入り組んだ細い路地を一本一本塗り潰すように、ゆっくりと時間をかけて歩いた、土曜日の晩だからか、いつもより人通りが少ないような気がした、卒業式の晩に飲み会をやった、仲町通りのお好み焼き屋の窓からは、勢いよく青い煙が吐き出されていた。どうして緑は私のことを好きではなくなってしまったのか？　それはやはり私の側に原因があったのではないか？　散々考えてはみたが、はっきりとした理由は思い浮かばなかった、しかしそもそも、二年前にどうして私たちは付き合い始めたのか、その理由だって分からないじゃあないか！　そこのところの機微が分からないのが男の鈍感さだ！　などという頭の悪い女がいってきそうな意見は無視するにしても、緑がいった通り、「自分ではどうすることもできない」事態として、恋愛は始まり、終わるのだから、そんな理由なんて分からなくて当然じゃあないか！

二時間か、もしかしたら三時間近く歩き回ったのだろう、けっきょく私は飲み屋に入ることができなかった、当時の私は、朝まで開いている店なんて知らなかったし、金も持っていなかった、武蔵野線の終電の時間は過ぎていたので、常磐線で松戸まで行って、そこからタクシーで三郷の自宅まで帰ることにした、松戸駅前の商店街の細い路地を抜けたところで、運転手がいきなり聞いてきた。「お客さん、佐渡、行ったこと、あります？」不意を突かれながらも、いや、ないです、と答えるとさらに、「いやあ、佐渡はね、絶対お勧めですよ、魚は旨いしね、海なんか、嘘みたいに綺麗だしね」「へえ、そうですか」

と、一応相手をしながらも、どうして唐突に佐渡なのか、私にはまったく理解不能だった。「私は何回か、行ってるんですよ、佐渡。東京の人には余り知られていないんですけどねえ、真鯛の刺身なんて最高だからね、食べたら驚くよ」私の方から、伊豆の海に行ってきた帰りなんです、とか、そこで好きな女に振られたんです、とか話しかけたのであれば、そういう話をしてくるのも分からないではないが、私からは何も話していないのに、一方的に佐渡を勧めてくるのが不可解だった。そのときの私は大きなショルダー・バッグを抱え、短パンを穿いて、顔も手足も真っ赤に日焼けしていたから、運転手の方でこの客は海水浴の帰りに違いないと判断して、そういう話題を持ち出したのかとも思い、お客さんはどこの海へ行ってきたんですか？ と、いつ聞かれるかと待ち構えていたのだが、一向に聞いてきやしない、松戸流山街道に入ると中古車販売センターが何軒か続く、一晩中灯っている、眩しいほどの照明の光が走行中のタクシーの車内にも射し込んで、暗い中で見えなかった運転手の横顔が一瞬、照らし出された、声の感じからすると若い人なのかと想像していたが、四十過ぎか、四十五とか、そんな年齢だろう、仕方なく私からも、「佐渡のご出身なんですか？ ご実家があるとか？」と聞いてみると、「いや、私は遊びで行ってるだけでね、一回行ったら、気に入っちゃってねえ、もう三回行きましたよ、今年の夏も行きたかったんだけどねえ」「佐渡には、飛行場もあるんですか？」「いや、電車で新潟まで行ってね、そこから船で渡るんですよ、その船から見える海が、見とれるぐらい美しいんですよ、私は好きですねえ、佐渡、釣りも良いですよ」この人が私を大人扱いしてくれていることがしみじみと嬉しく、私も佐渡へ行ってみよう、何なら明後日ぐらいから行ってみても良い、このときはそう思ったのだった。

佐渡は後鳥羽上皇の息子の順徳上皇が流罪になり没した場所だ、私がこの「鳥獣戯画」という小説の、「承久の乱」の回を書いたときにも、そんなあるかないかの微かな接点においてですら、私はやはりこの三十一年前の、タクシーの運転手との会話を思い出した、思い出さずにはいられなかった、なのにけっきょく今に至るまで、私は佐渡を訪れたことがない。サラリーマン時代に出張で新潟へ行き、そこから直江津まで足を延ばしたときも、佐渡島小木港行きのフェリーに乗船することはなかった、十一月の終わりの、恐ろしく寒い午後だった、ときおり横殴りの雨が吹き付けた、その雨の中を、私は直江津港ターミナルの待合室から出て、桟橋を歩き始めた。「傘を持っていないのか？」待合室にいた老婆が声をかけてくれたが、本当は傘ならば鞄の中に入っていた、私は後ろを振り返らなかった、日本海の空は濡れたアスファルトの地面と同じ炭灰色をしていたが、海水はもっと黒ずんでいた、一羽の海鳥が強風に抗って飛ぼうとしていたのだが、進んでもすぐに戻されてしまって、空中を漂っているようにしか見えなかった。船首に「おとめ丸」と書かれた、その巨大な白い船を、私は間近で見上げた、じつはそのとき私は乗船券まで購入していたのだ、それでも私は船に乗ることができなかった、家族には予定よりも一日出張が延びたと電話すれば良いだけの話だ、ならば、翌日どうしても東京に戻らねばならない理由があったのだろうか？　その理由とは欠席することが許されない会議だったのか？　しかし、それがどんな議題の、何を話し合うための会議だったのか、今の私は憶えていない、それどころか、新潟出張の目的が何で、誰に会うためだったのかさえ丸っきり忘れている、それともただ単に私は、悪天候が理由で佐渡行きを断念したのだろうか？

会社員時代に、仕事上の必要から知り合った人たちの名前も、顔も、肩書きも、名刺交換をしたそばから、片っ端から忘れてしまった、そのことも既にこの小説の前半のどこかで白状した通りだ、少なくともある局面においては、彼らは私にとってかけがえのない人々だったのだ、彼らの中には、この人とだけは良い関係を築いておきたいと、私の方が切望していた人もいた、夢の中にまで登場することも珍しくはなかった、にも拘わらず、その人が私の記憶に留まることができなかったのは、それはやはり金が絡んでいたからなのだろう、稼いだ金がほんの一時だけ、私たちの生活を支えて、すぐに消えて無くなるのと同様、その人も一時期私の頭の中に棲み付いて、何ヵ月か後には後腐れなく退出していった、仕事と人間関係に縛られていると思い込んでいた私の会社員生活二十八年間は、じつのところ、人間は生きている限り、金を稼ぎ続けねばならないという諦念に過ぎなかったのだろうか？

ところがここで初めて私は、ある計算間違いに気づき、愕然とした、私は昭和四十年、一九六五年の二月の早生まれだが、一年浪人をして、一九八四年に大学に入学した、四年後の一九八八年に卒業すると同時に就職して働き始めた、そして今年の春、二〇一五年に退職して、専業作家となった、ならば私の会社員生活は二十八年間ではない、一年数え間違えている！　二十七年間ではないか！　勤続年数のような大事な数字でも、自分の人生でさえも、人間は数え間違えをするものなのか……私は自らの自惚れを恥じた、ようやく晴れて自由の身となったなどとはしゃいではいるが、しょせんはその程度ではないか……

だが考えてみれば、私はまだ五十歳だった、三十年後、八十歳になったときには、あの頃はまだ少年のように落ち着きなく走り回り、性欲を持て余し、苛立っていた、そう振返るに違いないであろう五十歳だ、残りの長い人生を部屋に閉じこもって過ごすことなどできないのであれば、潔く敗北を認めて、人前に出ても恥ずかしくない服に着替えて、今すぐに出かけるべきではないのか？　でも、出かけるといってもどこへ？　それはもちろん、都心の一等地に奇跡的に残された、あの、昭和の喫茶店へ！

私が会社を退職した第一日目に柄澤緑と待ち合わせをした、そして長身の女優と出会ってしまった、あの肌寒い春の日から、既に半年が経過していた、十月に入っても最高気温は二十五度を超える、蒸し暑い日が続いていた、なのに街ですれ違う通行人はみな、真冬に着るような厚手のコートや、黒いダウンジャケットを着込んでいた、半年前と同じように、腰をかがめてポスターに見入っている老人もいたが、その物悲しい姿を見ても、今回はさほど腹は立たなかった。秋の午後の太陽が西から真っ直ぐに射し込む、金色の粉が撒かれた道路を、喫茶店に向かって足早に歩いていたそのとき、私は奇妙な予感に囚われた、そこで私を待ち受けているのは、緑ではなく、私の長女の、大学生のみどりなのではないだろうか? だが、その二人のどちらが待っているにせよ、私がそこへ向かう理由にはじゅうぶんに足りるはずだ、小説が書かれたことの積み重ねとして揺るぎないのと同様、現実もじっさいに起きたことの積み重ねとして受け容れられねばならない、私は喫茶店のドアを強く引いた。

我が人生最悪の時

林海象《はやしかいぞう》監督の映画『我が人生最悪の時』は、永瀬正敏演じる主人公の私立探偵、濱《はま》マイクが馴染みの雀荘で、やくざ者に絡まれている一人の台湾人青年を助ける場面から始まる、格闘の、揉み合いの中で、濱マイクは左手の小指を斬り落とされてしまう、すぐさま手術を受けて小指は接合されるのだが、そんな大怪我をしたにも拘わらず、さしたる理由の説明もないまま、その台湾人に、濱マイクは親近感を抱くようになる、二年前に来日して以降行方不明の兄を探して欲しい、という台湾人からの依頼も、自分も兄妹二人きりの似た境遇だというだけで、探偵は安易に引き受けてしまう、調査を始めるとほどなく、台湾人の兄は、最近横浜の街を荒らしている、アジア系の外国人で構成される新興暴力団の組員であることが分かる。

この映画は一九九四年の三月に公開されているが、なぜだか私は、二〇〇〇年代の初めの映画だと勘違いしていた、調べてみるとその頃に、主人公の設定だけを借りてテレビドラマ化した『私立探偵　濱マイク』の放送が日本テレビ系列で始まっているので、新聞の文化面の記事でこの番組が紹介されているのを読んだ私が、映画も同時に劇場公開されたものだと誤解したのかもしれない、当時、私たち家族は、米国のインディアナ州に住んでいた、毎夕、一日遅れで届けられる朝日新聞国際衛星版だけが、私たち家族と同時代の日本をかろうじて繋いでいた、電話回線を用いたインターネットも自宅には既に設置されていたはずなのだが、不思議と、それを利用した記憶はほとんどない、子供たちはまだ幼く、パソコンは父親の会社の仕事で使うものだった。

一度観ておかなければならないと思っていたこの映画を、私は最近になってようやく観ることができた、横浜市中《なか》区《く》黄金町《こがねちょう》でのオールロケで、全編モノクロ、シネスコープで撮影されたこの作品には、台湾人の俳優とスタッフが多く参加しており、ラストシーンの撮影のためだけに台湾ロケまで敢行されている、台湾側のプロデューサーは、エドワード・ヤン監督の『牯嶺街《クーリンチェ》少年殺人事件』を製作した余為彦《ユーウェイイエン》が務めていたことも、私はこの映画のDVDに同梱されていたパンフレットを読んで、初めて知った。この映画には続編も二本製作されている、「私立探偵濱マイクシリーズ三部作」として、今でも熱心なファンがいるようで、何度か再上映もされているのだが、この映画を観ることが、私の中の引っ掛かりとして、という以上に、いつかはやり遂げねばならない労役のようなものとして、長い年月留まり続けたのには、別の理由がある、かつて自分も、一度だけ、そのタイトルを口にしたことがあった。

映画のタイトルと同じ「我が人生最悪の時」という言葉を、芝居の台詞などではなく、現実の会話の中で、私は確かに発した、それは一九九二年六月のことだった。

その二ヵ月前、私は六年半付き合った女性と別れた、女性は青山《あおやま》に稽古場があるバレエ団に所属する、プロのバレリーナだった、本人はバレリーナではなく、バレエダンサーと呼ばれることの方を好んでいたかもしれない、付き合い始めたときには私も、彼女も、まだ学生だったが、大学を卒業すると同時に、私は商社に就職し、彼女は三歳から習い続けてきた、クラシック・バレエを自らの職業として選んだ、彼女には二歳違いの姉がいたのだが、その姉も音大を卒業して、声楽家になっていた、二十代になったばかりの未熟な私は余り意識することはなかったが、じっさいに自分も家庭を持って、娘を二人育ててみると、彼女の家はそうとうな金持ちだったのであろうことは、想像に難くない、彼女の実家の住所は国立《くにたち》市だった、しかし彼女には、浮世離れしたようなところはなかった、私なんかよりも余程現実的な判断のできる人だった、もしくは、まさかとは思うが、私と彼女が付き合い始めたのは、金持ちたちがまだ慎み深く、たまたま自分が享受している幸運を無反省に自慢し、見せびらかすことのない、救い難く愚かで凡庸な時代が始まるより以前だった、という可能性もあるのだろうか？

付き合いが続いていた六年半は、彼女も、私も、とにかく忙しかった、バレエの稽古というのは土日祝日も関係なく毎日、夜の九時、十時まで行われるということを、私は彼女と付き合い始めて知った、確か当時から彼女は、バレエ学校の講師でもあったはずだ、バレエ学校は青山だけではなく、千葉や埼玉にもあったのだが、彼女は常々、自分が本当になりたいのは、大勢の観客の視線に晒されながら舞台上で踊るダンサーではなく、かつての自分が指導を受けたような、子供の傍に立ち続けるバレエの先生なのだ、といっていた。私は私で、大学時代は漕艇《そうてい》部に所属し、年間三百日近くは合宿所生活だった、三井物産に入社してからは鉄鋼の営業部門に配属されたが、ここは社内でももっとも残業の多い部署として有名だった、私は地下道を全力で駆け抜けて、地下鉄の終電に飛び乗ったが、不思議なことに、先輩社員たちは、電車がなくなった後でもまだ働き続けていた、自らの人生を少しずつ削り取り、上納する覚悟がないと、会社という組織では生き残ることができないのかと思い、私は絶望したが、しかしそれから二十年後、会社の幹部の中に、深夜まで残業していた先輩社員の顔は一人も見つけることはできなかった、社長や会長は、じっさいに会って話してみると、いわゆる商社マンのイメージからはかけ離れた、自らに酔ったところのない、どこか醒めた印象すら与えられる、要領のよい人たちだった。

その上私は、社会人になってからも、ボート競技を続けていた、残業で疲弊した身体で、週末は埼玉県の戸田《とだ》漕艇場へ通っていたのだが、後から振り返ってみると、これは学生時代にやり残したことへの未練というよりも、封建的な企業社会に対する幻滅と、そこからの逃避だったような気がする、じっさい私は、学生時代以上の真剣さで、ほとんど取り憑かれたような過剰な情熱をボートに注いでいた、百万円もするドイツ製の自分専用のボートまで買ってしまった。ボート競技といっても、共に練習する仲間がいたわけではない、私が漕いでいたのはシングルスカル、一人漕ぎのボートなのだ、平日の夜遅くや日曜日の早朝、ボートコースの鏡のような水面にオールの跡を残しながら、私は一人で漕ぎ進んだ、水の上にいる限り、誰からも話しかけられることはない、自分一人になるためにここに来ていることは明らかだった、練習中にときおり、私と同じ社会人の選手と擦れ違うと、ほんの一瞬、交わす視線だけで、互いが孤独であることを確認できた。

けっきょく六年半の間、私と彼女は映画にも行かず、旅行にも行かず、スポーツ観戦にも行かずに、月に一回か二回、両方の予定が許す日を見つけては、もっぱら深夜のファミリーレストランで、慌ただしい食事をするばかりだった、しかし一度だけ二人で、東京ディズニーランドには行ったことがある、付き合い始めて三年目か、四年目の夏だった、入場したのは暗くなってからだったが、閉園までにはまだじゅうぶん時間があった、夜だというのに、どのアトラクションの前にも長い列ができていた、彼ら彼女らは、待たされる時間も含めてこの祝祭的空間を楽しむことのできる、実生活が幸福かどうかは知らないが少なくとも寛容な人々だった。列の最後尾に並んで、ホーンテッドマンションにだけは入ったが、二人ともそれでもう満足だった、身体が疲れていたということもあったのかもしれない、ハンバーガーと飲み物を買って、広々としたテラス席の、なるべく他の客から離れたテーブルに座った、日中は家族連れで混雑しているのであろうその場所も、夜の八時半ともなればさすがに閑散としていた、後ろめたげな中年のカップルが小声で囁き合っているばかりだった、私と彼女は、何も話すことがなかった、二人とも黙ったまま、天井に埋め込まれた鏡の装飾や、赤いビニール貼りの椅子にぼんやりと視線を投げていた。するととつぜん、助け舟を出すかのように、目の前のステージに黄色い照明が灯り、バンドが演奏を始めた、曲目はフィル・コリンズやハートといった八〇年代の洋楽で、テレビ番組の『ベストヒットUSA』でプロモーションビデオが流されるようなこうした曲を、私はほとんど憎んでいたのだが、このときばかりはハートだって悪くはないように思えた、バンドのメンバーは全員若い日本人で、ボーカルの女性とギターの男性は、私や彼女と変わらない年齢のように見えた、高校生の頃の私は、プロのミュージシャンはさすがに無理としても、何らかの音楽に携わる仕事に就きたいと考えていたことを、久し振りに思い出した。

当時の私は彼女に対して、酷い仕打ちばかりしていたように思う、性欲は上手くコントロールできていなかったし、待ち合わせ場所にもしばしば遅れて到着した、夜遅くなっても、彼女の家まで送ることはしなかった、正直に吐露すれば、恐らく私には、彼女の愛情を試しているようなところがあった、もしも私の娘がそんな卑怯な男と付き合っていたら、無理やりにでも別れさせるだろう。それでもしかし、二十代の、二十歳から二十六歳までの六年半という時間は、四十代、五十代の六年半とは違う、それは人一人の人生を丸ごと飲み込んでしまうほどに、長い、それほどの長きに亘って、私たちは互いを求め合う理由が間違いなくあった、そこだけは否定しようがない、そこを誤魔化して、現実の過去を無きものとして扱うことなど、五十代の現在の私だとしても許さない。だから一九九二年の春、一方的に彼女から別れを申し渡された私は、傍目から見たら、身勝手で酷薄な男がとうとう愛想を尽かされた、見限られたのだとしか思われないのだろうし、事実もその通りなのだと認めつつ、それでも尚、時間の重みがゆえに、これはまだ恋愛の本当の終わりではないと信じていた、自らに責めを帰することもまた、一種の自尊心の表れに過ぎないと心得ていたのかもしれない。

彼女と別れてから二ヵ月間は、奇妙に平穏な日々が続いた、仕事も順調だった、五月の連休には、ボートの試合で遠征した関西から、私は彼女に電話までしているのだ、受話器越しに聞く彼女の声は既に懐かしく、優しかった。六月の金曜日の夕方、どういう必要があったのかは忘れてしまったが、私は彼女に電話をした、もしくは彼女の方から、私の職場に電話がかかってきたのかもしれない。「結婚することになったの」同じ立場に置かれた男ならば取らざるを得ないであろう対応を、とりあえず私も取った、努めて冷静を装い、そうか、おめでとう、と返したような気がする。そして、その直後の彼女の短い沈黙から、私は何が起こったかを察した、結婚相手は私の大学時代のボート部の、一学年上の先輩だった。それから電話で話した内容は憶えていない、彼女はもう少し私と話したそうだった、その晩のバレエの稽古が終わってから、私たちは会う約束をした。

会社を出た私は、日比谷通りを渡り、鎌倉橋方面へゆっくりと歩いた、千代田区立総合体育館の向かいの電話ボックスから、実家に電話をかけると、すぐに母親が出た、今日から二、三日、家には帰らないが、心配しないようにとだけ伝えた。「今まで生きてきた間に限った話だけど……」この段階で、母は全てを悟っていたようだった。「我が人生最悪の時、という感じだ……」そのときの私が、どうしてこんな芝居がかった、格好をつけた言葉を、よりによって母親を相手に吐いてしまったのか？　今に至るまで謎のままだ、同名の映画が公開されたのは、これよりも一年近く後のことだ、しかし「我が人生最悪の時」という言葉が私の口から発されたことは間違いない、私じしんはっきりと憶えているし、さすがに確認したことはないが、今年八十歳の母も、この日の息子との会話は忘れていないと思う。

付き合いが続いていた頃と同じように、彼女と私は、表参道から一本裏道に入った場所にあるロイヤルホストで会った、時間は夜の十時を回っていた、彼女はもともと痩せの大食いだったが、このときもハンバーグやサラダを平らげた。先輩のAさんとの付き合いが始まったのは今年の春からで、強引な運命に導かれるように、一気に結婚が決まった、付き合った期間は短いがその間毎日のように会って、繰り返し話をして決めた結婚なのだ、という説明を彼女はしてくれた、二股をかけていた期間があるわけではないと釈明したいようでもあった。もちろん形式的な、薄っぺらな文句で、ではあるが、私は彼女を祝福した、笑みさえ浮かべてあげたかもしれない、バレエに人生の時間の大半を費やしてきたこの人でも、結婚したいという願望からは逃れられなかった、その気持ちを汲んでやれなかった一点をのみ、私は悔いた、このとき私は二十七歳で、彼女は一歳年下の、二十六歳だった。

終電の時間が近づき、私たちは店を出たが、彼女はまるで酒でも飲んだかのように、変な具合に高揚していた、鼻歌さえ口ずさんでいたかもしれない、こんな様子の彼女は今まで見たことがなかった。「これから、戸田まで行ってみない？」この言葉を聞いたとき、彼女が異常な精神状態にあることを私は確信した、それでも私は嬉しかった、少なくとも後、一時間か二時間は、この女と一緒に過ごすことができる！　美しい顔を、黒く長い髪を見ていられる！　表参道からタクシーを飛ばして、戸田漕艇場に着いたのは、午前一時過ぎだった、ゴール地点にある階段状の審判席に、私たちは腰を下ろした、対岸に見える、かつては私もそこの住人の一人だった早稲田の艇庫は、銀杏の大木の陰に暗く沈んでいたが、本来ならば夜の十時には消されるはずの、ボートコース沿いに並ぶ橙色の照明灯が、なぜだかこの日は灯されたままだった、漆黒《しっこく》の水面には、二千メートルの遠くまで点々と、炎の揺らめきが映っていた、人肌のように生温い、夏の夜の風が吹いていた。彼女は涙を流しながら私に抱きついてきた、私もそれを受け止め、私たちは何度も口付けを交わした、そうなのだ！　恋人らしい経験など何一つなかったかのように嘯《うそぶ》いていたが、そんなことはなかったのだ！　私がレースに出漕するたび、彼女は忙しい稽古の合間を縫って、このボートコースまで足を運んでくれた、私だって、彼女の出番のある公演は欠かさず観にいった……誕生日の晩の食事、クリスマスの食事、プレゼントの交換、長電話、報告、愚痴、スニーカー、折り畳み傘、友人の結婚式、二次会、止まらない笑い、甘え、拒絶、予期せぬ喜び、不機嫌、秘密……成人した男女の恋愛には付き物のそうした諸々が、私たちの六年半にもやはりあった、そう括られることを嫌ったとしても、私たちもまた、一九八〇年代の、東京のカップルの中の一組に過ぎないことは認めざるを得なかった。

Aさんと彼女の結婚式は十二月の最初の土曜日に予定されていた、それまでに、何としてでも、私は恋人を取り戻さねばならなかった。彼女と会った晩から、私は知り合いの家を泊まり歩いた、ボート部時代の友人のアパートへ、午前三時に電話をかけて、これからそちらに向かうので泊めて欲しいと頼む私も私だが、簡単にそれに応じてしまう友人も友人だ、私の周囲の誰もが若かった、こんな学生みたいな無作法もまだ可能だったのだ。友人は黙ったまま、ときおり頷きながら、私の長い話を聞いていた、私がやって来るであろうことを、ある程度予期していたようでもあった、そこでさすがに私も気づいたのだが、Aさんと、私が付き合っていた女性が婚約したことは、既にボート部の卒業生のほとんどに知れ渡っていたのだ、彼らが苦心していたのは、その動かし難い事実を、誰が、どのタイミングで、どういう形で磯崎に知らせたらよいのかという、むしろそちらの問題だった、つまりこの数ヵ月間、私だけが蚊帳の外に置かれていたわけだが、そんなことはもうどうでもよかった、友人に向かって、私は自らの決意を捲し立てた。「たった一人の女を取り返すために、世界を敵に回せないようでは、それでは生きるに値する人生ではないだろう!」明らかに私は興奮していた、彼女の異常な精神状態が、今度は私に転移していた、そんな人間の、夜明け前の熱弁に、真剣に耳を傾ける者などいない、だが友人は、同情や憐みだけが理由で、私の話を聞いてくれたのではないようにも思う、奇跡というのはさすがに大袈裟かもしれない、しかしわずかな可能性からの逆転を信じたい気持ちは、友人にも、私にも、二十代も後半に差しかかったこの頃には絶対にあったはずなのだ。友人は私と同じクルーで早慶レガッタにも出漕した選手だったが、バイクの事故に遭い、車椅子の生活を送っていた、同居する妹さんが、彼の身の回りの世話をしていた。

彼女の自宅に電話をしても、もう取り次いで貰えないことは分かっていた、彼女と話をしようと思ったら、私が彼女に会いに行く他はなかった、松戸《まつど》駅近くのバレエ教室の前で、私は彼女の講師の仕事が終わるのを待った、土曜日か、日曜日の午後だったと思う、インターネットのなかった時代なので、バレエ教室に偽の電話をかけて、彼女の出勤日を事前に確かめたような気もする。ガードレールに腰を下ろして、三十分ほど待ったところで、自動ドアが開くと、後頭部で髪の毛をお団子《だんご》にまとめた女の子が五、六人、意味のない喚声を上げながら飛び出してきて、歩道に散らばった、つい十年前までは黄金の子供時代が確かにあった、屈託のない子供たちの姿に不意を突かれた私は、覚えず涙が出そうになったがそこは堪えた。続いて、細い脚にぴったりと密着したジーンズ姿の、子供たちと同じように長い髪を小さくお団子にまとめた彼女が現れた、私は立ち上がって、頷きながら右手を小さく上げた、私のことを先生の婚約者だと勘違いした子供たちが騒ぎ始めたが、その先生は私の姿を認めるなり、般若のように目を吊り上げた怒りの表情に変わり、無言のまま早足で歩き始めた、彼女は豹変していた、戸田漕艇場の晩とは別人だった、彼女の冷たい態度と、子供たちの期待を裏切ってしまった後悔から、私はすっかり気落ちしていたが、彼女の後ろにぴったりと付いていった。「あなたを、取り返しにきた」彼女は私の顔を振り返らず、無視し続けた、そのまま松戸駅の階段を上がり、新京成電鉄の改札へと進んでいったのだが、どの駅までの切符を買えばよいのか分からず、私がもたついている間に、彼女の姿を見失ってしまった、ということは、この頃はまだ自動改札ではなかったのか、それともSuicaやPASMOが実用化されていなかっただけなのか。私がホームに降りると同時に、停車していた電車のドアが閉まり、京成《けいせい》津田沼《つだぬま》行きの各駅停車が走り始めてしまった、彼女を乗せた電車は行ってしまった！　私はそれに乗り遅れた！　自分の犯した失敗に、私は居ても立っても居られず、走り始めた電車と並走した、駅員が止めるのも振り切って、ホームの端まで全力で駆け抜けたのだ。四半世紀以上も昔の自分のことながら、この場面を思い返すだけでも、気味が悪くなる。電車を追いかけて、いったい何になるというのだろう。私は正気ではなかった。呆然としたまま、ホームのベンチに力なく座り込むと、幻のように、女神のように、目の前には彼女が立っていた。

しかし彼女と共に降りた駅の前には、当然のことながら、先輩のAさんが待っていた。梅雨の終わりの、薄日の射す夕方だった。Aさんもまた、私が来ることを予め知っていたように見えた。久しぶりに帰省した弟を迎える兄ででもあるかのように、満面の笑みを湛えながら、掲げた右手を大きく振ったのだ。「ご無沙汰しています」先輩に対する礼を失しないよう、私は慇懃《いんぎん》に伝えた。「あなたが私から奪った、恋人を取り戻しにきました」それに対しても、Aさんは声を上げて笑ったように記憶している。私の学生時代の運動部には、軍隊的に厳格な上下関係はもはや存在しなかった。合宿所では、掃除洗濯も、炊事当番も、先輩後輩関係なく平等に割り振られていた。練習もしごきなどはなく、科学的に裏付けのあるトレーニングが徹底されていた。練習が休みの日には、気の合う他学年の部員と連れ立って、新宿や原宿へ買い物に出かけることもあったが、一様に、先輩全員と仲がよかったわけではもちろんない。Aさんは私が親しくして貰っていた先輩の一人だった、だからこそ、私が付き合っていた女性を紹介したのだ。それは文学部キャンパスのすぐ隣の、何人かのボート部員が溜まり場にしていた喫茶店でのことだった。

車に乗るよう、Aさんは私に促した、Aさんが運転し、助手席には彼女が座り、後部座席に私が一人で乗った、この配置だけでも、私にとってはじゅうぶんに屈辱的だったが、その上更に、追い討ちをかけるように、Aさんはこう尋ねてきたのだ。「そもそもお前さんたちは、二人とも納得した上で、ちゃんと別れたのかい？」一言で自分を優位な立場に置こうとする、狡猾で、権威的なこの態度はいったい何なのだろう？　この場を取り仕切る、裁判官か、議長にでもなった積もりなのだろうか？　ここで感情的になっては私の負けだが、しかしこの男の立ち位置がそれほど盤石なものではないということだけは、思い知らせてやらねばなるまい。「彼女が僕のもとから去らなければならなかった、そう決断するに足るじゅうぶんな理由があったことは、僕じしんはっきりと認識しています。六年半もの長きに亘って、彼女からの期待に、僕は何一つ応えてこなかった。コンサートにも行ったことがなければ、映画にも一度も行ったことがない、ドライブに連れていったこともない、そもそも自分の車を持っていない、彼女の両親とも一緒に食事をしたことがないどころか、挨拶をした記憶さえない。そして何より、彼女は六年半、僕からの求婚を待ち望んでいた、僕の方でも彼女のその気持ちを分かっていながら、見て見ぬ振りをして、僕はその話題を避け続けていたのです。そこにとつぜん、あたかも救世主のように、あなたが登場した、そしてたった二ヵ月という短い期間で、彼女の願いをことごとく叶えてしまった、彼女があなたに惹かれるのも当然だと思うかもしれませんが、そこにはまだあなたたちが気づいていない、見えない落とし穴があるのです。あなたが彼女に与えたものは欲望の充足に過ぎず、愛情ではない、愛情とは常に、欲望が生み出される源泉として、満たされない枯渇としてのみ、他者に与えられる、だからその対象は、あなたではなく、彼女の期待を裏切り続けた僕なのだ。何よりの証拠に、先週二人で会って、僕が敗北を認めた途端、彼女は、あなたの婚約者は、僕を激しく求めてきた、深夜のボートコースの審判席で、僕たちは抱き合い何度もキスをした。それは過去への郷愁ではない、いつかは帰還する、自らの運命の相手と見定めての抱擁だった」今すぐ外へ、こいつを摘まみ出せ……Aさんの口から、言葉が漏れたような気がした、確かにそう聞こえたような気がしたのだが、さすがにそこまで口汚い言葉で罵ることはないだろう、しかし間違いなく、運転席から投げた視線と、顎の動かし方は、同じ指示を助手席に伝えていた、彼女は急いで車の外に出て後部座席のドアを開けた、まるでギャング映画に登場する親分と子分のような、滑稽な動きだった、彼女に促されて、私は車から降りた。

外はすっかり暗くなっていた、Aさんの車に乗っていたのは、ほんの十五分か、二十分の積もりだったのに、じっさいには二時間近くが経過していた、時間の観念までがおかしくなっていたのだ。自分が今いる場所はどこなのかも分からなかったが、パチンコ屋と中華料理屋、洋菓子店、銀行の見憶えのある並び順から、ここが新松戸の駅前であることを知った、それは即ち、私の実家のある三郷《みさと》まで帰りやすいよう、武蔵野線沿線の駅で降ろしてくれたAさんの配慮に他ならなかったわけだが、そうなると今晩は意地でも実家に帰るわけにはいかなかった、行き先も決めぬまま、私は千代田線直通常磐線各駅停車の代々木上原行きに乗った、車窓からは国道六号線を走る車のヘッドライトの列と、黒く広がる江戸川の河川敷が見えた、きっとあの後、Aさんは彼女を助手席に乗せたまま、ホテルへでも向かったのだろう、別の場所で今起こっていることの視覚的な想像だけで、私は打ちのめされ、絶望した。私は、酒は、五十歳を過ぎた現在では一滴も飲まず、会社勤めをしていた頃も、宴席でだけほんの乾杯程度に、コップ半分のビールを飲むぐらいだったのだが、この日の晩は、缶酎ハイと缶ビール、それに瓶入りの冷酒を合わせて十二本も買い込んでしまった、酒屋のレジで代金を支払いながら、自分が飲むための酒を、自分で金を払って購入するのは、二十七歳にもなってこれが初めてであることに気づき、我ながら愕然としたのだが、そんなこととは関係なく、とにかく飲まずにはいられなかった、前後不覚になるまで酔って、その場で眠り込んでしまう以外の方法では、これから夜が明けるまでの数時間を乗り切れる自信がなかった。酒の入った紙袋を提《さ》げて、新小岩に住む、会社の同期入社の友人の家に行き、自分は今晩、徹底的に飲むが、友人には、付き合って多量の酒を飲む必要はないと伝え、床に胡座をかいて、周囲に缶を並べて順番に飲み始めたところが、下戸《げこ》の私はけっきょく、缶ビール一缶と、缶酎ハイ一缶半を飲んだ辺りで、後頭部に繰り返し駆け上がってくる頭痛に耐えられなくなり、床の上に、仰向けに寝転がってしまうのだった。

酒の力を借りても、意識を失って眠っていられるのは三時間が限度だった、目覚めると自分がその渦中にある絶望的な現実が何も変わっていないことに、また更に深く絶望し、再び眠りに入ることはできなかった、じっさいこの頃の私はほとんど眠っていなかったが、それでも会社には出勤していた、いや、一日ぐらいは体調を崩したと嘘を吐いて、有給休暇を取ったかもしれない、出社したところで、一日じゅう机に向かって放心しているだけで、何もしていなかったことに変わりはないのだが、それでもさしたる問題が起きないところが、大企業という組織の恐ろしさだった。下着や靴下はもうコンビニエンス・ストアで購入できる時代になっていたが、さすがにこの蒸し暑い季節に、同じスーツを一週間も、十日間も連続で着るわけにはいかない、久しぶりに帰宅した実家には誰もいなかった、六月の終わりか、七月の初めの、土曜日の昼前だったと思う、私の小説にも何度か登場させた、白い小型の雑種犬のポニーが当時はまだ生きていて、縁側に前脚でよじ登って、尻尾を振って、私の帰宅を喜んでくれた、なのに私からは、ポニーの頭を撫でてやることぐらいしかできなかった。やがて、どこかに外出していた母親が戻ってきた、母は私に何を尋ねるでもなく、昼食の準備を始めた、もしかしたら最初から母は、家の中にいたのかもしれない、台所の流し台に向かったまま、私にこう告げた。「文化会館で今晩、劇団四季の公演がある。『ジーザス・クライスト＝スーパースター』だから」私が大学に入学した年に完成した三郷市文化会館は、ホールの使用料の手頃さと音響設備の良さから、最終リハーサルも兼ねたツアー初日の会場として大物ミュージシャンが使うことも多く、恐らく今晩の公演も本番前のゲネプロなのだろうが、しかしなぜ今日、劇団四季のミュージカルを観ねばならないのか？　私の今の心理状態からしても、どう考えても劇団四季ではないような気がしたものの、少しでも私を元気付けようとしている母の気持ちを考えれば、これを無下に断ることはできなかった。私が小説家になった後で、『新潮』の編集長の矢野優さんから原宿のラフォーレミュージアムで行われたチェルフィッチュの公演に誘われたときに、「本当に恥ずかしいことに、演劇というのはまったく観たことがない。観たことがあるのは、それこそ劇団四季ぐらいのものだ」と伝えた、その劇団四季が、母と二人で観にいった、この『ジーザス・クライスト＝スーパースター』なのだ。

その日の公演は、確か以前は「江戸版」と呼ばれていた、現在では「ジャポネスク・バージョン」と呼び名を変えている、ブロードウェイのミュージカルを浅利慶太が歌舞伎調にアレンジし直した舞台だったのだが、じっさいに白塗りに隈取《くまど》りのメイク、着流し風の衣装の役者が現れたときには、やはり失敗だった、観にこなければよかったと、私は後悔した。ところが意外にも、音楽がよかった、ディズニーランドで八〇年代の洋楽を聴いたときと同じだった、こんなところで安易に感動してはいけないと自分を戒めつつも、旋律の持つ、問答無用の肯定性には抗うことができなかった、そういえば私は、チェルフィッチュの公演を観た後にも、「劇中に使われていた音楽がよかった」という感想を述べてしまい、岡田利規さんに苦笑されたのだ。後から調べてみて分かったことだが、私と母が観た公演は、ジーザス・クライスト役に山口祐一郎、イスカリオテのユダ役に沢木順という、歴代のこの演目の中でもベストと評判の配役だったらしい、大八車《だいはちぐるま》を自在に操って、立体的に形状を変えていく舞台も見事だった、そもそも私は幼い頃、キリスト教系の幼稚園で初めて聖書を習って以来、自分でも理由が分からぬままに、イエスの受難の物語が好きなのだった。だが終演後、私の耳に残ってしまったのは、イスカリオテのユダの歌う『彼らの心は天国に』の中の、「今までした善《よ》いことさえ、やがて、あなたの仇《あだ》となるぞ」という一節だった、「仇」という言葉は、こういう文脈で使うものだろうか？　遠い場所から言葉を持ってきて、強引に嵌め込んだような印象を受けないだろうか？

Aさんの車の中での修羅場《しゅらば》以降、彼女の方でも警戒して、居場所を私に悟られぬよう策を打ってきた、バレエ教室では彼女ではない、別の団員が講師を務めるようになった、稽古場の近くで待っていても、彼女の姿は見つけることができなかった、稽古時間を変更したり、正面玄関ではなく通用口から出入りしたりするぐらいのことはしていたのだろう。本当のところをいえば、私のような男が、彼女から捨てられるのはもう仕方がないと諦めていた、しかし先輩との結婚だけは、それだけは承服できない、何としても阻止しなければならない、結婚の実現は、彼女と私だけに留まらないあらゆる登場人物、Aさんはもちろん、ボート部の友人たち、彼女の家族や私の家族、会社の同僚をも巻き込んだ全員に、大きな災厄を見舞わせる、この恋愛に関わった皆を不幸にすると信じていた。私は義務感さえ感じていた。他人が聞いたら、失恋者の妄想と一笑に付されることもじゅうぶん承知していたが、私は本気だった。とにかくもう一度、彼女と話さなければならない。終業のチャイムが鳴るやいなや、私は会社を飛び出して、東京駅から中央線快速に乗って、彼女の実家の最寄り駅へと向かった。西の空がまだ青々とした光を放つ、夏の夕方だった。国立駅南口の改札を出ると、すぐに振り返って、腕組みをしたまま仁王立ちになって、私は待ち伏せを開始した。この頃はまだストーカーという言葉じたい存在していなかったが、私が彼女に対してしていたことは、ストーカー行為に他ならなかった。このときの経験は『眼と太陽』という小説の中で、ある登場人物の長い独白としても書いたが、待ち伏せというのはとんでもなく過酷な労働だった。改札から途切れなく吐き出される人々の列から、一瞬たりとも目を離すことは許されない。暑い夏の夜だったのでとうぜん喉も渇くのだが、ほんの二、三十メートル離れた場所にある売店まで行って、飲み物を買って帰ってくるわずかな間に、彼女を見逃してしまうのではないかという恐れの気持ちから、一歩も動くことができない。しかし喉の渇き以上に切実な問題はトイレだった。トイレは駅の構内にあるのか、反対口にあるのかも分からなかったが、尿意が差し迫っているわけではなくとも、今の自分はトイレに向かうことも許されていないと思えば思うほど、自分は小便をしたくて堪らないような気がしてくるのだった。当時の国立駅南口には、「関東の駅百選」にも選ばれた、三角屋根の木造駅舎が残っていた、やはりまだ自動改札は設置されておらず、改札鋏《かいさつきょう》を手にした係員のいる、有人改札だった、郊外の小さな駅なのに、これほど大勢の客が降り立つのかと驚かされるほど、人の流れは途絶えなかった、夜の九時までは、学生、それもなぜかセーラー服姿の女子高校生が目に付いたが、十時を過ぎた頃から、若いサラリーマンが増えてきた。そんなところに突っ立っているなよ！　どけよ、邪魔なんだよ！　と、一人ぐらい、酔っ払いが絡んできてくれることを期待したのだが、私より少し上の世代の彼らは憔悴しきったような、血の気の引いた白い顔で、足早に私の前を通り過ぎていくばかりだった。けっきょく彼女が現れたのは、私が待ち伏せを開始してから五時間半後、終電の一本前の下り電車が到着した、十二時十分過ぎだった、改札の前に立つ私に、彼女は一瞬視線を向け、口を開きかけたが、すぐに別の方向を向いて、歩き始めた。「こんな狂ったことをし続けるのは、俺だって本意ではない。もう一回だけでよいから、話し合う機会を作ってくれ」何を語りかけても、彼女は無言を貫いた、ほとんど小走りで逃げ続けて、私の顔を振り返ることすらしなかった。自宅の門を開ける間際、彼女は初めて私に向き直って、無理に口角を上げながら、短い言葉を発した。「いい加減に目を覚まして頂戴。最初に裏切ったのは、私ではなく、あなたの方なのよ」

その後、もうこれ以上彼女に付き纏うのを止めるよう、彼女の母親から私の母親に電話が入った、しかし母は私にはそのことを黙っていた、どうしてそういう順番で情報が回ってきたのかは定かではないが、私はその事実を、ボート部の車椅子の友人から教えられて、初めて知ったのだった。無私無欲となって、一切合切を失えば、ただ一つの希望が成就されるに違いない……こうなったら会社も辞めるしかない……私は腹を括っていた、理由を明かさぬまま、上司に退職の相談をしたが、上司からは慰留されていた。八月に入って最初の土曜日の午後、私は久しぶりに戸田漕艇場にいた、彼女と二人で、真夜中にこの場所を訪れたあの日以降、ボートの乗艇練習も、筋力トレーニングも、まったく怠っていた、何年もかけて少しずつ高めてきた心肺機能も、蓄えてきた筋肉も失われて、丸の内や大手町を闊歩する、肥満気味で不健康なサラリーマンの同類に、自分も堕ちてしまったような気がした。平日は練習できない高校のボート部や実業団のボート部も、この日はフォアやダブルスカルを出していた、たくさんの船で混雑して、小波の絶えないボートコースを、私は土手の草の上に尻を下ろして、ただぼんやりと眺めていた。「……パドル六本、さあ、行こう！　一本、二本、三本……」コックスまで含めたクルー全員が水色のジャージに身を包んだ、浦和《うらわ》一女《いちじょ》のナックルフォアが、私の目の前を通り過ぎていった、それは私がまだ早稲田の学生だった昔から、何千回も繰り返し見たのと寸分違わず同じ光景だった。するとすぐその後から、一艘の赤いシングルスカルが近づいてきた、漕ぎ手は私も何度かレースで競ったことがある、話したことはないが顔見知りの、埼玉県警機動隊ボート部の選手だったのだが、その船はゆっくりと、他でもない私一人に目標を定めて、一直線にこちらに向かってきているように見えた、全長八メートル足らずのシングルスカルが、見る見る内に長く、高く、太くなり、座っている私からしたら見上げるほど巨大な、まるで鯨か、シャチか、タンカーのような圧倒的な重量感と、冷たく滑らかな質感を伴って、岸の上まで乗り上げて、私のすぐ目の前にまで迫ってきたのだ……危うく忘れるところだったが、俺にはまだ、ボートが残されていたじゃあないか……水の上に船を浮かべて、オールを握って一人で漕ぎ始めれば、何人たりとも俺には近づけやしないじゃあないか……

その日の晩には、戸田橋の花火大会が予定されていた、早朝から夕方まで練習ばかりが続く、夏の終わりの全日本選手権に向けて合宿中の各大学艇庫にも、この日だけは夕方からビールと焼き鳥と西瓜が運び込まれた、ＯＢＯＧも家族や友人を連れて花火見物にやってきて、この界隈一帯がどことなく緩んだ、寛大な雰囲気に包まれつつあった。私も少しだけ母校に顔を出そうと早稲田艇庫に向かったところが、裏口前の駐車場に、紫色と銀色の派手な塗装の、アメリカ製のピックアップトラックが停められているのに気づいた、嫌な予感に襲われた私が、次の瞬間に見たものは、ケース入りの瓶ビールを学生に差し入れようとする、Ａさんと彼女の姿だった、信じ難いことに二人とも浴衣を、白地に紺色の麻の葉柄の、お揃いの浴衣を着ていた、その上彼女の髪はもはやあの、美しい黒ではなかった、脱色されて、下品な薄茶色に変わっていたのだ。もちろんＡさんだってボート部のＯ

Bなのだから、花火見物にやってきて何らおかしくはないのだが、このときだけはどうしても許せなかった、せめて二人がお揃いの浴衣さえ着ていなければ、まだ許せる余地があったのかもしれない、このときの二人は正しく、来たるべき凡庸な時代から遣わされた使者のようだった。私はAさんからビールをケースごと取り上げ、いったん頭上高くに掲げ、そこから垂直に地面に叩き付けて、粉々に割った、そしてとつぜん激昂《げきこう》した私に驚いて、動けずにいる学生から自転車を奪い取って、全力で漕ぎ始めた。「愚か者どもめ、消え失せろ！」私は繰り返し小声で呟いていた、私の狂った、人生最悪の日々は、たったの一ヵ月半しか続かなかった。

彼女は予定通りAさんと結婚し、Aさんの転勤に伴って、二人で大阪に移り住んだと人伝に聞いた、私はそれから二年後、会社の同僚の女性と結婚し、長女を授かった。私たち家族は、埼京線武蔵浦和《むさしうらわ》駅近くのマンションを借りて、住んでいた、ある晩、ホームからの階段を降りてきた私は、公衆電話の順番待ちの列の中に、見憶えのある後ろ姿を見たような気がした、しかしそれは見なかったことにして、急いで改札を通り抜けたのだが、そこに後ろから駆け寄る足音が聞こえ、肩を叩かれた、彼女だった。絶句している私に向かって、彼女は明るく笑いながら話した。「Aさんとは、大阪へ行って、一年で離婚した。今は、この近くに住んでいるの」憤りよりも恐ろしさが勝って、私はその場から逃げた。彼女に会ったのはそれが最後で、その後は一度も会っていない。

「鳥獣戯画」主要参考・引用文献

『明恵上人伝記』平泉洸 全訳注 講談社学術文庫
『明恵 遍歴と夢』奥田勲 東京大学出版会
『明恵』田中久夫 吉川弘文館
『文覚』山田昭全 吉川弘文館
『愚管抄』全現代語訳 慈円 大隅和雄訳 講談社学術文庫
『完訳源平盛衰記（四）』田中幸江・緑川新訳 勉誠出版
新日本古典文学大系『保元物語 平治物語 承久記』栃木孝惟・日下力・益田宗・久保田淳 校注 岩波書店

「凡庸さ」を睨みつつ「凡庸」から逃れる試み

解説

乗代雄介

「鳥獣戯画」について何か書き始めよう、考え始めようとした時、どうも扱いに困るのは明恵上人について書かれた章の存在で、水の詰まった革袋の中に大きな石が入っていたら、こんな風かも知れない。そんな比喩を弄したところで思うのは、やはり自分は呑みこもうとしているということで、ここには何か根強い、小説を読むことに限らない、事を為したからには糧にならなければ困るという、どんなに殊勝なことを言ってもやっても脱臭しきれないような貧乏根性が備わっている。

すなわち、それが凡庸ということだ。それを引き受けた上で、それを睨んで書かなければいけないというのが、この小説に感化されたことなので、自分もそのように書いてみたい。

磯﨑憲一郎は、本書を「凡庸さは金になる。それがいけない、何とかそれを変えてやりたいと思い悩みながら、何世紀もの時間が無駄に過ぎてしまった」から始めている。この冒頭では隠れつつ、後になれば節操なく堂々と顔を出す「私」は、自他も長きに亘る時間も引き受けた主語として、この小説全体というかこの小説家全体を覆っている。

中島岳志との対談（「『与格』がもたらした小説」）で話していることを真に受ければ、この「私」とは、大江健三郎と古井由吉が話していた「小説の『私』という人称」が強く意識されているという。古井由吉の発言を引きつつ、このように述べている。

表現として、「私」が完全に個別だったら見えないはずのことまで書いている。だから、「私」という人称の中におのずから含まれる死者というものを考えるべきだ、と。このやりとりを読んだとき、それに賭けてみようと思って書いたのが、今回の小説なんです。

これは明らかに、小説の書き出しを裏書きするような発言だというのに、対談でそれを指摘されても「今話していて改めて気づきました」とか言っている。その真偽と意識の多寡は穿鑿《せんさく》しないにしても、そういった論理の先行をつっぱね続けるのが、磯﨑憲一郎という小説家であるのは間違いない。デビュー以来の文章や発言をほぼ全て集めた『金太郎飴』を読めば、それは実によくわかる。

一つの態度を貫いている人を見て、あれは戦略でやってるんだとか分析的に言う人もあるけれど、人の顔色を窺いながら一つの態度を何年、何十年もとり続けるのは難しい。人の顔色を見ながらでなければ誰も何も始められるものではないが、思考や行為の繰り返しが、あるところで人の顔色よりも重要になる、そのようにしてしか一つの態度は貫かれないと自分は思う。

だから、そんな状況にある者に対する分析的な物言いもまた当然のように凡庸と言えるのだが、その「凡庸さ」というのは、そんなことを言う人々の別名であるというよりも、そんなことを言いたくなる気分が人々にたびたび兆してしまうせいで、人類がその「凡庸さ」を振り払うことができないという類の厄介なものだ。「凡庸さ」が好ましくないことなど本当はみんなわかっているのに、開き直ったり流されたりしてそれに手を染め、しかしやっぱりそうではいけないと足を洗うようにして奮い立つ、そのような一連を延々と演じてしまう「凡庸さ」。そこから離れようとする意識をも内包するがゆえに「凡庸さ」はあらゆる場所で人間を絡め取る機構となっている。

「十九歳の時から亡くなる間際まで、四十年にも亘って自分が見た夢の記録を付け続けた人なんです、外国を探しても、この時代にこんな人はいない、とても変わった人なんです」そして最後にこう締め括った。「明恵上人は、本当にお勧めなんです」高山寺の住職は二度、同じ言葉を繰り返した、私はその言葉だけを頼りに、それこそ寄ってすがる杖として、こうして京都までやって来たのだ。

明恵上人が書かれるきっかけとなるのは、このエピソードである。ここに現れる「四十年にも亘って」や「同じ言葉を繰り返した」が、「凡庸さ」から離れたものへの予兆として「私」を刺戟する。しかし、それで女優と訪れてみた高山寺にも凡庸な者はいる。猿を見つけて「絵巻から飛び出して、会いに来てくれたんやねえ」とのたまう中年女性を見て「私」は思う。

そのときの私は、この中年女たちの凡庸さを呪っていた、どうして高山寺に参拝して猿を見つけたら、「鳥獣戯画」から飛び出して来たなどというつまらない発想しかできないのだろう！　商売人の勧誘にやすやすと乗せられてしまうのだろう！

「凡庸さ」から離れたくて来た場所で「凡庸さ」を目の当たりにして苛立ち、「怒りの感情に取り込まれぬよう、私は向山の遠景に強いて意識を集中させ」る。その風景を見たあとで「私はつまり、二十八年間続けた会社勤めを辞めて、この世界の住人となる資格を再び得ていたはずなのだ」と考える。「私」は絶えず凡庸さに晒されながら、そうではない世界を希求しつつ、女優と歩いている。

また、ともに磯﨑憲一郎という名の「私」を語り手にもつ「我が人生最悪の時」でも、六年半付き合った女性を先輩に奪われ、その二人がお揃いの浴衣で、女性は黒髪を脱色して花火見物に現れた際に、「凡庸」という語が現れる。

このときの二人は正しく、来たるべき凡庸な時代から遣わされた使者のようだった。

こうして簡単にかいつまんでくることで立ち現れるのは、「私」の行状の清々しいまでの「凡庸さ」である。女に、その男に翻弄されて憤った「人生最悪の日々」があっけなく終われば、やがて所帯を持ち、子供嫌いの自分にはそんなこと夢にも思わなかったと驚きながら我が子を溺愛し、目に入る「凡庸さ」に憤りながらそうでない世界を夢見つつ、長く会社勤めを続け、金ができて子が育った頃に小説家となり会社を辞して、知り合った女優と寺を訪れて「凡庸さは金になる。それがいけない」などと書き始める。

当人が何より憎む「凡庸さ」にいつまでも拘泥しながら生きるという形で、それに気付きもせず憎みもしない多くの人間よりもよっぽど「凡庸さ」を体現している者として、実は「私」は存在している。

しかしそれでいて、おそらくほとんどの読者は、この男に「凡庸さ」を見ないだろう。

そして、それよりも少ない一部の聡明な読者は、この男に「凡庸さ」を見るかも知れないが、「私」には見ないだろう。

そのからくりは、磯﨑憲一郎が好むガルシア゠マルケスのこんな言葉が、最もよく説明するはずである。

何を生きたか、ではない。何を記憶し、どのように語るか。それが人生だ――。

「どのように語るか」とは、磯﨑憲一郎がたびたび「小説を書く上で一番大事」だと口にする「語り口」そのままの意味といってよい。「何を生きたか」と我が身を振り返る時、その「凡庸さ」から逃れられる人間はまずいない。「私」の人生もまた、そうである。しかし、「何を記憶し、どのように語るか」と考えれば、そこには工夫の余地というものが出てくる。「私」は小説を書く、その「語り口」によってのみ、人類全体を覆う「凡庸さ」から逃れることができる。

なぜかといえば、前述したように、書くことに関しては、論理の先行をつっぱね続けるという一貫した態度をとることができるからだ。「凡庸さ」を免れるためには、凡庸でない方へと行為し続けるしかない。現実を生きる上では不可能に思えるそんな態度を、小説に対してなら貫ける。小説の態度とは「語り口」に他ならないからだ。

味を帯びてくる。だから、それは時に、身も蓋もない形で現れる。

そこを起点にすることで、「小説は現実よりも大きい」などという大言壮語もまた現実

「おおっ」ぞっとした私は怖れの予感とともに叫びながら振り返ったのだが誰もいない、すると庭の芝生の上を、真っ黒な大きな犬が、恐らく私の五十年の人生で見た中でもっとも巨大な犬が、人間の抱く恐怖心など我関せずという気高さで、首を高く上げてまっすぐに前を見つめたまま大海を進む帆船のごとく悠然と、ゆっくりと移動していた、犬の背中は初夏の陽光を浴びてほとんど金色に輝いていた、足を動かすことすらなく滑らかに進んでいたのだ。

まさに、単純にそのままの意味で「小説は現実よりも大きい」のである。ここに続く場面で、一緒にいる女優はそれに見向きもしない。それまで四章に亘って語られたその半生の間、人称こそ「私」ではないにしても「私」の「語り口」が身をやつしていた彼女は、もはやその寵愛を受けてはいない。「私」から「大した女だ」と思われる程度に語りの外にいる。

ここで、代わって「私」が身をやつす人物こそ、明恵上人である。明恵は末法の時代の「妨害」に屈することなく、仏道の追求という一つの態度を貫くことのできた「凡庸さ」

から遠い人物として書かれる。実際にそうだったかは問題ではない。明恵がそのように記憶され、語られてきたことが重要なのだ。「明恵上人伝記」や「春日権現験記絵」に残る「現実よりも大きい」類の逸話、「印度行程記」に残る具体的な計算がほとんどそのまま語られるのは、数百年前の「語り口」への共感の表明ともとれる。明恵の「夢記」には、立つと明恵の首まで届く犬が出てきて、洋犬の血が混じらない当時の日本犬としてはちょっと異常な大きさであるのに、明恵は仏教的解釈以外の価値判断をあまり書きこまないから、ただそう書いているだけだ。こうした「語り口」の似通い方は、もちろん、「私」の方に明恵が、それを語り伝えた人々が含まれているからだと言った方が正しいのだろう。

繰り返せば、ここで言う「私」とは、登場人物かつ語り手＝磯﨑憲一郎ではなく、「小説の『私』という人称」のことである。「小説から与えられた指示に忠実に従う」「小説を自分の主義主張のためには使わない」などと磯﨑憲一郎がたびたび語るのは、「小説の『私』という人称」と「現実の私」を峻別するためではないか。

記憶の中で、グレーの床の上に茶色いテーブルがあって、赤いペンが載っていた、みたいなことを覚えていることは大事なんだけど、言葉にしたときにこの色とこの色の対比が違うなと思ったら床の色を変えるんだよね、言葉として別の色を選ぶ。グレーじゃなくて肌色とかね。視覚的な情景を思い浮かべた上で、言葉として成り立たせるときにはその記憶を超えるものを書かなきゃいけないと思う。(「対談　山野辺太郎×磯﨑憲一郎　百年前の作家から励まされる仕事」『金太郎飴』)

明恵は一生不犯を貫いたと伝えられるが、おそらくは一連の時期に女性の夢をたびたび見ており、ある日のものには「合宿、交陰す」とある。相手は肥満の女で、その様子や状況が華厳経の香象大師の教えと同じであると明恵は解釈している。

「鳥獣戯画」の中で、そこに材をとった夢の場面はこのように、視覚的に書かれている。

驚きとは無縁の、待ち望んでいた状況のようやくの到来として、明恵の目の前で女も着物を脱ぎ捨て全裸になった、全裸のままの仁王立ちだった、着物の上からでは分からなかったが、女はかなりの肥満だった、紫色にくすんだ乳房は重く垂れ下がり、脇腹から尻にかけては幾重もの段ができるほどの脂肪が付いていた、ある意味これも明恵の期待の具現なのかもしれなかった。自分が激しく欲情していることに気づいたとき、明恵は夢から目覚めた、

明恵が自ら記録したことを変えてでも、「私」は女性との身体的な結合を書くことを必要としない。こうしたズレこそ、「語り口」が主人公だという証左となる。「私」が明恵に

なるのではなく、「私」に明恵が含まれるだけなのだから、史実とのズレなど気に病むことはない。こんな変更の指示が傍若無人にできるのは、無論「小説」だけである。
明恵が死に至るまで語られると、また「私」が前面に戻ってきて、学生時代について語り始める。それは当然、明恵にまつわる語りが積み重なった上にある「私」で、だからそれより前の「語り口」とは少し異なる。つまり、例えば次のように語られることには、テクスト上の必然さえあるはずだ。

今となっては知る由もないが、一つには私たちは、セックスなんてしようと思えばいつでもできると考えていたからのような気がする、それほどまでに二人の結び付きは強い、そういう二人の位置関係や状況こそが重要で、そういう事実の中にある限り、性的な関係を結ぼうが結ぶまいがそこに大差はない、そんな考え方に、ある種の過信に、柄澤緑と私は安住してしまっていたのではないだろうか。

身体的結合を必要としない二人は、八百年前の明恵、後世の人々が語った明恵、前章までに「私」が書いた明恵がいなければ、生成され得なかったものと思える。同じように「小説」によって明恵を選ばされた「私」が、語りから女優を除外するのも必然と思える。
そのような「おのずから含まれる死者というもの」の避けられぬ影響下で、「小説」を書くことは続いていく。とはいえ、「安住してしまっていた」というところに、まだ「私」の内なる「凡庸さ」が巣くっている。それを睨みつけるような位置を絶えず取ることでまた「凡庸さ」に片足を突っ込みながら、磯﨑憲一郎の小説は今まさに、他ならぬ「私」によって書かれている。

年譜

磯﨑憲一郎

一九六五年（昭和四〇年）
二月二八日、父・祐二、母・佐智子の長男として、松戸市松戸の岡医院にて生まれる。自宅は我孫子町我孫子（現在の我孫子市我孫子）の、父の勤務する工作機械メーカーの社宅だった。以降、我孫子で二度引っ越すが、何れも父の会社の社宅だった。

一九六八年（昭和四三年）　三歳
一月、NETテレビ（現テレビ朝日）の番組「桂小金治アフタヌーンショー」に、「ちびっ子自動車物知り博士」として出演。当日のゲストは歌手の水原弘。毎日母に連れられて、自宅近くの国道六号線を走る自動車を見ている内に、国産車のほとんどの車名をいい当てられるようになったという。九月、妹・奈穂子誕生。

一九六九年（昭和四四年）　四歳
四月、私立めばえ幼稚園入園。キリスト教系の幼稚園だったため、聖書の物語や賛美歌を知るようになる。

一九七一年（昭和四六年）　六歳
四月、我孫子第四小学校入学。読書やスポーツには興味を示さず、放課後はもっぱら友人たちと自宅周辺の雑木林を散策して過ごし、夜はテレビの前に陣取って、「帰ってきたウルトラマン」や「ミラーマン」「仮面ライダー」を夢中になって観るような子供だった。得意科目は図画工作で、風景画が県展で入選したこともあった。

一九七五年（昭和五〇年）一〇歳

三月、我孫子から母の実家のある三郷市彦成へ転居。いったん地元の小学校に転校するが馴染めず、電車通学で我孫子の小学校に通い続けることにする。

一九七七年（昭和五二年）一二歳

四月、台東区立上野中学校入学。住民票だけを学区域内に移す、いわゆる越境入学だった。三郷から上野まで、通学時間は往復三時間にもなるので、電車内での暇潰しに北杜夫の『船乗りクプクプの冒険』（新潮文庫）を購入し読んでみたところ、その自由な書き振り、説教臭の無さに感動する。以降は北杜夫の小説、旅行記、対談集を片っ端から読み漁った。

一九八〇年（昭和五五年）一五歳

四月、東京都立上野高等学校入学。制服も、校則らしい校則もなく、生徒の側が戸惑うほどまでに自由放任の高校で、天国的に無為な三年間を過ごす。部活動は中学の後半から洋楽にのめり込んでいたため軽音楽部に所属。ギター、ボーカルを担当。

一九八三年（昭和五八年）一八歳

浪人が確定し、駿台予備校私文一類コースに通い始める。伊藤和夫先生の英文解釈、関眞興先生の世界史、関谷浩先生の古文の講義などを受講する。

一九八四年（昭和五九年）一九歳

四月、早稲田大学商学部入学。音楽サークルに入り、渋谷のライブハウス、エッグマンやラママにも出演を果たすが、当時の大学キャンパスの浮かれた雰囲気に嫌気が差し、ほとんど出家するような気持ちで体育局漕艇部（ボート部）への入部を決めてしまう。運動経験もないので裏方で終わることを覚悟していたが、同期に後にオリンピック代表選手となる岩畔道徳さんがおり、その指導のお陰もあって早慶レガッタや全日本選手権にも出漕できるまでになる。

一九八八年（昭和六三年）　二三歳

四月、三井物産株式会社入社。配属は営業部門の鉄鋼貿易本部特板特殊鋼貿易部、担当商品は電磁鋼板や缶用鋼板だった。学生時代はパスポートすら持っていなかったが、入社後はアジアやヨーロッパ、アフリカへの出張を繰り返すようになる。疲れ果てて終電で帰宅する残業の日々。

一九九三年（平成五年）　二八歳

国内営業部門に異動となり、東北、中国地方などに頻繁に出張する。一二月、三浦あけみと結婚。新居は浦和市鹿手袋（現さいたま市南区鹿手袋）の賃貸マンション。社会人になってからもボート競技を続けており、戸田ボートコースに近いことが新居を選ぶ条件の一つだった。ガルシア＝マルケス『百年の孤独』（新潮社）を初めて読んだのも、この頃。

一九九六年（平成八年）　三一歳

一月、長女・みなみ誕生。乗換駅構内の書店でたまたま手に取った保坂和志の芥川賞受賞作『この人の閾』（新潮社）に、理由も分からぬまま強く惹かれ、この作家の作品は全て読もうと決意する。

一九九八年（平成一〇年）　三三歳

八月、米国三井物産デトロイト支店鉄鋼課に赴任。ミシガン州ノヴァイ市のタウンハウスを借りて、家族三人で住み始める。

一九九九年（平成一一年）　三四歳

一二月、次女・ひかる誕生。ミシガン州ロイヤルオーク市の病院で、立会い出産だった。

二〇〇二年（平成一四年）　三七歳

三月、インディアナ州に設立された三井物産の合弁企業へ米国内異動。家族で同州へ移り住む。八月、休暇で日本に一週間滞在。保坂和志ホームページのオフライン会に参加し、保坂和志さんに会う。小説家と会って話すのは、これが生まれて初めての経験だった。
二〇〇三年（平成一五年）三八歳
七月、保坂和志ホームページ発行のメールマガジンに、小説「メキシコ」を発表。もともとエッセイとして書いた短い文章を、中篇の小説として書き直したもの。保坂さんからは「なかなか面白いものを書けているが、これではまだデビューはできない」との評を頂き、〝保坂和志に認められるまでは、小説家としてデビューしてはならない〟というハードルを自らに課す。
二〇〇五年（平成一七年）四〇歳
四月、六年八ヵ月振りに日本に帰国、世田谷区成城にある会社の借り上げマンションに、家族四人で入居。帰任部署は鉄鋼製品本部自動車鋼材部。七月、青山ブックセンターで行われた小島信夫・保坂和志のトークイベントを聞く。
二〇〇七年（平成一九年）四二歳
八月、「肝心の子供」で第四四回文藝賞を受賞。選考委員は角田光代、高橋源一郎、藤沢周、保坂和志。一一月、単行本『肝心の子供』（河出書房新社）刊行。一二月、エッセイ「受賞という事実よりもはるかに重いもの」を『公募ガイド』に掲載。インタビュー「〝本流〟の世界文学を書く！」を『STUDIO VOICE』の特集「CREATORS OF 2008」に掲載。この年の暮れから、横尾忠則さんとの近所付き合いが始まる。
二〇〇八年（平成二〇年）四三歳
一月、保坂和志との対談「風景を描くことによってひらかれる世界」が『文藝』に掲載。二月、インタビュー「ブッダの生涯を描く」を『SWITCH』手塚治虫生誕80周年記念特集号に掲載。四月、二作目の小説「眼と太陽」を『文藝』に発表。「小説生成の根源に触れる／小島信夫『小説の楽しみ』『書簡文学論』書評」を『論座』に掲載。「私の海外長篇小説ベスト一〇」を『考える人』に寄稿。六月、レドモンド・オハンロン『コンゴ・ジャーニー』書評を『新潮』に掲載。川口市のmasuii R.D.Rギャラリーにて画家の古谷利裕と公開対談。七月、「眼と太陽」が第一三九回芥川賞候補となるも、落選。候補にして貰えただけでありがたいと思っていたのだが、次点だったと聞かされた途端、猛烈な悔しさに苛まれる。八月、エッセイ「古墳公園」を『群像』に掲載。八月、エッセイ「古谷利裕さんとの対談」を『文學界』に掲載。一〇月、小説「世紀の発見」を『文藝』に発表。一一月、「『向こう側』への見事な飛躍／ムージル『三人の女・黒つぐみ』（岩波文庫）」を、『産経新聞』朝刊「この本と出会った」欄に掲載。

二〇〇九年（平成二一年）　四四歳

一月、人事総務部人材開発室へ異動。全社の採用と人材育成を管轄する部署で、入社以来初めての管理部門。四月、短篇「絵画」を『群像』に発表。五月、小説「終の住処」を『新潮』に発表。六月、単行本『世紀の発見』（河出書房新社）刊行。七月、「終の住処」が第一四一回芥川賞を受賞。ジュンク堂書店新宿店にて、評論家の佐々木敦とトークショー。書き下ろし短篇「ペナント」を併録した単行本『終の住処』（新潮社）を刊行。八月、芥川賞受賞エッセイ「遥かな過去の上に立つ」を『朝日新聞』朝刊に、「保坂さんの本につまずいた幸運」を『毎日新聞』朝刊に、「いつも現実追い抜く」を共同通信の配信記事として地方紙に、それぞれ掲載。保坂和志との対談「小説から与えられた使命」を『文學界』に掲載。TBSテレビ『王様のブランチ』ブックコーナーに出演。インタビュー「『サラリーマン』と『作家』の時間術」

が『文藝春秋』に掲載。九月、横尾忠則との対談「言葉と絵、響き合う自由」が『新潮』に掲載。一〇月、青山七恵との対談「これから小説を書く人たちへ」を『文藝』に掲載。一一月、「保坂和志の3冊」を『毎日新聞』朝刊「この人・この3冊」欄に掲載。一二月、エッセイ「分からないことの中に留まる」を日本経団連広報誌『経済 Trend』に寄稿。ブックファースト新宿店にて、青山七恵とトークショー。

二〇一〇年（平成二二年）　四五歳

一月、保坂和志さんと世田谷区梅ヶ丘を散歩中に偶然、北杜夫さんにお会いし、そのままご自宅にお邪魔する。思春期に耽読していた作家本人と対面して、会話しているという状況が信じられなかった。四月、「わたしの好きな聖書のことば」を『考える人』に寄稿。日本文藝家協会編『文学２０１０』（講談社）に短篇「絵画」が収録。六月、「アウトサイド・レビュー／平成二十二年大相撲五月場所、八日目」を『文學界』に掲載。『朝日新聞』土曜版「be」の連載コラム「作家の口福」を四週担当。八月、子供が転校せずに済むよう、自宅マンションの近所に新居を建て、引っ越す。三階の屋根裏部屋を書斎とし、以降ここで執筆するようになる。一〇月、棋士の羽生善治さんと、横尾忠則さんのアトリエを訪問。会社の仕事で紹介された羽生さんとは、この年からお付き合いが始まった。一二月、初めての長篇小説「赤の他人の瓜二つ」を『群像』に発表。

二〇一一年（平成二三年）　四六歳

一月、エッセイ「十一月十八日、夜八時、代々木上原駅下りホーム」を『真夜中』に掲載。二月、北杜夫さんのご自宅に招かれ、昼食をご一緒する。結果的に、このときが北さんとお会いした最後になってしまった。『肝心の子供／眼と太陽』（河出文庫、解説は保坂和志との対談）刊行。三月、単行本『赤の他人の瓜二つ』（講談社）を刊行。七月、ジュンク堂書店新宿店にて、青木淳悟とトークショー。仲俣暁生によるインタビュー「この著者に会いたい！」が『Voice』に掲載。九月、『赤の他人の瓜二つ』が第二二回Bunkamuraドゥマゴ文学賞を受賞。選考委員は辻原登。一〇月、朝日カルチャーセンター新宿教室の、佐々木中の講義にゲストとして参加。同月二六日、出張先の湯河原で北杜夫さんの訃報を聞く（命日は同月二四日）。文芸誌上での北さんとの対談が企画されていたにも拘わらず、忙しさにかまけて延期してしまったことを激しく後悔する。会社の退職を考える一つのきっかけとなった。エッセイ「我が人生最良の日々」を『群像』に掲載。一一月、渋谷東急文化村にて辻原登とドゥマゴ文学賞受賞記念対談。受賞エッセイ「夢という一つの答え」を東急文化村発行の冊子『ドゥマゴパリテレール』に掲載。一二月、北杜夫追悼エッセイ「私の敗北、小説の勝利」を『新潮』に寄稿。小説「過去の話」を、連作の第一回として『文學界』に発表。インタビュー「僕は通勤電車の中でこんな本を読んできた。」が『SWITCH』に掲載。

二〇一二年（平成二四年）　四七歳

一月、辻原登との対談「『出張小説』と夢の技法」を『群像』に掲載。パリのドゥマゴ文学賞授賞式に出席するため、渡仏。三日間しか滞在できなかったが、恐ろしく寒かった。三月、連作小説第二回「アメリカ」を『文學界』に発表。五月、『世紀の発見』（河出文庫、解説は佐々木敦）刊行。六月、連作小説第三回「見張りの男」を『文學界』に発表。エッセイ「二足の草鞋」を『日本経済新聞』日曜随想欄に寄稿。七月、石原千秋との対談「日本離れした文学〜ひとつの源流としての北杜夫」を『文藝別冊／北杜夫』に掲載。八月、有楽町よみうりホールにて日本近代文学館主催「夏の文学教室」で講演。演題は「小説を駆動する力」。九月、連作小説第四回「脱走」を『文學界』に掲載。『終の住処』(新潮文庫、解説は蓮實重彦)刊行。一〇月、世田谷文学館開催「齋藤茂吉と『楡家の人びと』展」のイベントとして、北杜夫さんご息女でエッセイストの斎藤由香さんと公開対談。エッセイ「それは、いきなり襲って来た」を『早稲田学報』に寄稿。一一月、慶應丸の内シティキャンパス「夕学五十講」にて講演。一二月、連作小説第五回「恩寵」を『文學界』に発表。神戸市の横尾忠則現代美術館で公開制作を見学。その場で、新しい単行本の表紙に横尾さんの作品を使わせて頂くことが決まる。

二〇一三年(平成二五年) 四八歳

四月、『文藝春秋』巻頭随筆「芸術家と父」を寄稿。五月、連作小説集を単行本『往古来今』(文藝春秋)として出版。インタビュー「どこまで深く長く潜って行けるか」が『本の話』に掲載。渋谷O-nestにて、佐々木敦の司会で保坂和志・山下澄人とトークショー。六月、東京堂書店神田神保町店にて、保坂和志とトークショー。一〇月、『往古来今』が第四一回泉鏡花文学賞を受賞。翌月金沢市にて行われた授賞式後の会食の席で、選考委員の金井美恵子さんと初めてお話しする。保坂和志との対談「小説はなぜおもしろいのか～長篇『未明の闘争』をめぐって」が『群像』に掲載。一二月、長篇小説「電車道」を『新潮』にて連載開始(二〇一四年一二月まで)。

二〇一四年(平成二六年) 四九歳

一月、広報部へ異動し、同部部長に就任。出張も増え多忙になり、執筆は連載中の長篇に集中せざるを得なくなる。一〇月、金井美恵子自選短篇集『砂の粒/孤独な場所で』(講談社文芸文庫）に、解説「小説を読んだのではなくむしろ自分は絵を見たのではないか？」を掲載。一一月、『赤の他人の瓜二つ』（講談社文庫、解説は安藤礼二）刊行。一二月、京橋の中央公論新社本社にて、保坂和志とトークショー。

二〇一五年（平成二七年）五〇歳
二月、単行本『電車道』（新潮社）刊行。三月、神楽坂 la kagu にて羽生善治と『電車道』刊行記念トークイベントを行い、翌月発行の『波』に「予想を超える面白さ」として収録。四月、横尾忠則・保坂和志との鼎談「アトリエ会議」が『文藝』にて連載開始（二〇一九年四月まで）。六月、蓮實重彥との対談「愚かさに対するほとんど肉体的な厭悪」を『新潮』に掲載。保坂和志『カフカ式練習帳』（河出文庫）に解説を掲載。『WEB本の雑誌』にインタビュー「作家の読書道」掲載。九月、我孫子市のノースレイクカフェ&ブックスにてトークショー。大手町日経ホールにて行われた文字・活字文化推進機構主催シンポジウム「人を潤す言葉」に登壇。同月末日付にて、二七年半勤めた三井物産を退職。一〇月、東京工業大学大学院社会理工学研究科価値システム専攻に教授として着任。一一月、日本テレビ「真相報道バンキシャ！」に出演。一二月、ジュンク堂書店池袋店にて、金井美恵子・中原昌也とのトークショー「文庫で小説を読む楽しみ」。『現代小説クロニクル 2010～2014』（講談社文芸文庫）に短篇「絵画」が収録。

二〇一六年（平成二八年）五一歳
一月、長篇小説「鳥獣戯画」を『群像』にて連載開始（二〇一七年七月まで）。東工大デジタル多目的ホールにて、「私の考える小説とは」と題して講演。ＮＨＫラジオ第一「ミュージック・イン・ブック」に出演。二月、保坂和志『未明の闘争』（講談社文庫）

に解説を掲載。テレビ東京「未来世紀ジパング」に出演。三月、『日本経済新聞』「交遊抄」欄に、エッセイ「激しい失恋」を寄稿。『文藝春秋』巻頭随筆「五十歳と、放浪の画家」を寄稿。四月、東工大の組織改変に伴い、リベラルアーツ研究教育院及び環境・社会理工学院　社会・人間科学系　社会・人間科学コース所属となる。『「好き嫌い」と才能』（東洋経済新報社）に、経営学者の楠木建との対談「『予定調和』が嫌い」を収録。六月、三重県立津西高校図書館文化講演会にて講演。七月、渋谷のライブハウスBYGで行われたミュージシャンの福岡史朗さんのライブを観る。福岡さんとは意気投合し、その後バックバンドにも加入する。一一月、慶應義塾大学三田キャンパスにて、『三田文学』編集長福田拓也による公開インタビュー。一二月、『文藝別冊ボブ・ディラン』（河出書房新社）に、エッセイ「全ての芸術家の導き」を掲載。安曇野市豊科図書館にて講演。

二〇一七年（平成二九年）　五二歳

一月、『三田文学』の「特集／保坂和志」に「オープン・インタビュー／磯﨑憲一郎、保坂和志を語る！」を収録。二月、NHK-FM「夜のプレイリスト」に出演。四月、青山七恵『風』（河出文庫）に解説「音楽の状態を志す小説家」を掲載。『朝日新聞』朝刊「文芸時評」欄の執筆者となる。任期は二〇一九年三月までの二年間。町田市立国際版画美術館にて、横尾忠則・保坂和志と公開鼎談「出張アトリエ会議」を行う。神戸市の横尾忠則現代美術館にて開催の「ヨコオ・ワールド・ツアー」図録に、巻頭エッセイ「中心は、いつも、ない……」を掲載。『文藝春秋』「オヤジとおふくろ」コーナーに、エッセイ「母の車」を寄稿。六月、東京大学駒場キャンパスにて、ワークショップ「いま、パスカル・キニャールを読むこと」に参加。九月、『ユリイカ臨時増刊号 総特集／蓮實重彥』に、エッセイ「いかなる書き手も、一文一文が連なる小説の単線《リニア》的な構造から逃れることはできない」を掲載。一〇月、単行本『鳥獣戯画』（講談社）刊行。一一月、『電車道』（新潮文庫、解説は保坂和志）刊行。中島岳志との対談「『与格』がもたらした小説」を『群像』に掲載。紀伊国屋書店新宿本店にて円城塔とトークイベントを行い、後日『図書新聞』に収録。川崎市の桐光学園中学・高校にて講演。一二月、ＦＭ放送J-WAVE「Anytime, Anywhere」に出演。『朝日新聞』夕刊「回顧２０１７文芸」に「私の3点」を寄稿。世田谷文学館友の会会報の「世田谷とわたし」欄に、エッセイ「関東大震災と世田谷」を寄稿。

二〇一八年（平成三〇年）　五三歳

一月、ＮＨＫ－ＦＭ「クロスオーバーイレブン　２０１８新春」のスクリプト「デトロイト！デトロイト！」を執筆。『読売新聞』朝刊「始まりの1冊」欄に、エッセイ「『他者のために』想い強く」を寄稿。『日本経済新聞』夕刊「ロックタイムズ」欄にインタビュー掲載。三月、『早稲田文学』の「特集／金井美恵子なんかこわくない」に、エッセイ「残したのではなく、失ったのではないか？」を寄稿。四月、『群像』に横尾忠則との対談「わからない芸術」を掲載。『高校生と考える希望のための教科書（桐光学園大学訪問授業）』（左右社）の中の一章として「小説と夢の論理」を執筆。五月、東大駒場キャンパスにてイベント「パスカル・キニャールとの対話」に登壇し、キニャールさん本人とお話しする。八月、この年から文藝賞選考委員となる。任期は二〇二一年の選考会まで。有楽町よみうりホールにて、日本近代文学館主催「夏の文学教室」で講演。演題は「マジック・リアリズムの先駆としての北杜夫」。

一〇月、『文藝』に第五五回文藝賞選評「真顔で書き切る」と、受賞者山野辺太郎との対談「百年前の作家から励まされる仕事」を掲載。一一月、『銀座百点』にエッセイ「善意の街」を寄稿。一二月、長篇小説「日本蒙昧前史」第一回を『文學界』に発表（不定期連載で二〇二〇年一一月まで）。蓮實重彥『物語批判序説』（講談社文芸文庫）に解説「特異な高揚の理由」を掲載。『朝日新聞』夕刊「回顧2018文芸」に「私の3点」を寄稿。

二〇一九年（平成三一年・令和元年）　五四歳

四月、『朝日新聞』夕刊に横尾忠則・保坂和志との鼎談「アトリエ会議」掲載。以降は朝日新聞デジタル「好書好日」に連載されることになる。五月、『文藝春秋』巻頭随筆「『文芸時評』を終えて」を寄稿。一〇月、『文藝』に第五六回文藝賞選評「冷徹な観察者の視線」と、受賞者遠野遥との対談「圧力と戦う語り口」を掲載。一一月、『東京新聞』『中日新聞』に掌篇小説「チクロ」を発表。挿絵は古谷利裕。一二月、短篇「我が人生最悪の時」を『群像』に発表。「私の偏愛書／ロベルト・ムージル著『三人の女・黒つぐみ』岩波文庫」を『すばる』に寄稿。『金太郎飴　磯﨑憲一郎　エッセイ・対談・評論・インタビュー　2007-2019』（河出書房新社）を刊行。

二〇二〇年（令和二年）　五五歳

一月、日比谷図書文化館にて、丸善創業一五〇周年記念連続講演会第一〇回で講演。二月、調布市文化会館にて「小説家の『仕事』」という演題で講演。東工大の新組織「未来の人類研究センター」のメンバーとなり、研究会ゲストとして羽生善治さんをお招きする。『作家が選ぶ名著名作　わたしのベスト3』（毎日新聞出版）に、「磯﨑憲一郎が選ぶ保坂和志の三冊」を収録。二月、『新・大学でなにを学ぶか』（岩波ジュニア新書）の中の一章、「小説を読む」を執筆。六月、単行本『日本蒙昧前史』（文藝春秋）を刊行。『小説トリッパー』創刊二五周年記念号に、短篇「新元号二年、四月」を発表。『朝日新聞』夕刊「オトコの別腹」コーナーにインタビュー掲載。七月、乗代雄介との対談「小説のプランを信じ続ける」を『文學界』に掲載。棋聖戦第二局、第三局（渡辺明棋聖対藤井聡太七段）を観戦。観戦記を『産経新聞』に寄稿。八月、『日本蒙昧前史』が第五六回谷崎潤一郎賞を受賞。九月、『25の短編小説』（朝日文庫）に短篇「新元号二年、四月」を収録。一〇月、『中央公論』に谷崎賞受賞エッセイ「『日本蒙昧前史』の時代の子供」を寄稿。『文藝』に第五七回文藝賞選評「小説の自己生成」を掲載。一一月、FM東京開局五〇周年記念番組「True Stories」に出演。一二月、『すばる』に桜庭一樹、町屋良平との鼎談「『百年の孤独』の語り口をめぐって」が掲載。

二〇二一年（令和三年）　五六歳

一月、BS12トゥエルビ「BOOKSTAND.TV」に出演。『ドゥマゴパリ リテレール』にエッセイ「春に纏わる古い記憶」を寄稿。三月、『「利他」とは何か』（集英社新書）の中の一章、「作家、作品に先行する、小説の歴史」を執筆。五月、日本文藝家協会編『文学2021』（講談社）に短篇「我が人生最悪の時」が収録。九月、長篇小説「日本蒙昧前史 第二部」第一回を『文學界』に発表。

（二〇二一年九月、著者記）

著書目録

磯崎憲一郎

【単行本】

肝心の子供　平19・11　河出書房新社
眼と太陽　平20・8　河出書房新社
世紀の発見　平21・6　河出書房新社
終の住処　平21・7　新潮社
赤の他人の瓜二つ　平23・3　講談社
往古来今　平25・5　文藝春秋
電車道　平27・2　新潮社
鳥獣戯画　平29・10　講談社
金太郎飴　磯崎憲一郎　エッセイ・対談・評論・インタビュー　2007-2019　令元・12　河出書房新社
日本蒙昧前史　令2・6　文藝春秋

【文庫】

肝心の子供／眼と太陽（対談＝保坂和志）　平23・2　河出文庫
世紀の発見（解＝佐々木敦）　平24・5　河出文庫
終の住処（解＝蓮實重彦）　平24・9　新潮文庫
赤の他人の瓜二つ　平26・11　講談社文庫

（解＝安藤礼二）
往古来今（解＝金井美恵子）　平27・10　文春文庫
電車道（解＝保坂和志）　平29・11　新潮文庫

【共著・アンソロジー】
文学２０１０　平22・4　講談社
作家の口福　平23・2　朝日文庫
アトリエ会議（横尾忠則、保坂和志との共著）　平27・12　河出書房新社
現代小説クロニクル　2010～2014　平27・12　講談社文芸文庫
新・大学で何を学ぶか　令2・2　岩波ジュニア新書
25の短編小説　令2・9　朝日文庫
「利他」とは何か　令3・3　集英社新書
文学２０２１　令3・5　講談社

鳥獣戯画
初出　「群像」二〇一六年二月号〜二〇一七年八月号
底本　『鳥獣戯画』二〇一七年一〇月　講談社刊

我が人生最悪の時
初出　「群像」二〇二〇年一月号

鳥獣戯画《ちょうじゅうぎが》／我《わ》が人生最悪《じんせいさいあく》の時《とき》

磯﨑憲一郎《いそざきけんいちろう》

二〇二一年一〇月八日第一刷発行

発行者──鈴木章一
発行所──株式会社　講談社
東京都文京区音羽2・12・21　〒112-8001
電話　編集（03）5395・3513
　　　販売（03）5395・5817
　　　業務（03）5395・3615

デザイン──菊地信義
印刷──豊国印刷株式会社
製本──株式会社国宝社
本文データ制作──講談社デジタル製作

定価はカバーに表示してあります。

講談社
文芸文庫

ISBN978-4-06-524522-4

講談社文芸文庫

磯﨑憲一郎

鳥獣戯画／我が人生最悪の時

解説＝乗代雄介　年譜＝著者

いＡＢ１

978-4-06-524522-4

「私」とは誰か。「小説」とは何か。一見、脈絡のないいくつもの話が、〝語り口〟の力で現実を押し開いていく。文学の可動域を極限まで広げる21世紀の世界文学。

蓮實重彥

物語批判序説

解説＝磯﨑憲一郎

はＭ５

978-4-06-514065-9

フローベール『紋切型辞典』を足がかりにプルースト、サルトル、バルトらの仕事とともに、十九世紀半ばに起き、今も我々を覆う言説の「変容」を追う不朽の名著。